Katrin Schön

Abgeschlagen

Ein neuer Fall für Lissie Sommer

Kriminalroman

Die Autorin

Katrin Schön, geboren 1975 in Offenbach/Main, wuchs im hessischen Dörfchen Hochstadt auf. Ihr komödiantisches Talent entdeckte die gelernte Bankkauffrau schon früh im hiesigen Karnevalsverein, wo sie bereits als Teenager vor allem die Lokalpolitik mit spitzer Feder aufs Korn nahm.

Nach ihrem Studium der Publizistik in Bochum arbeitete sie als Fachjournalistin in Hamburg, bevor sie ein Angebot als Pressesprecherin annahm und ihren Lebensmittelpunkt nach Köln verlegte, wo sie seit über zehn Jahren zu Hause ist und aktuell als Projektmanagerin arbeitet.

Nervenkitzel und Spannung sind ihr genauso wichtig wie das Strapazieren der Lachmuskeln.

Bibliografische Information der Deutschen Nationalbibliothek: Die Deutsche Nationalbibliothek verzeichnet diese Publikation in der Deutschen Nationalbibliografie; detaillierte bibliografische Daten sind im Internet über http://dnb.dnb.de abrufbar.

© 2017 Katrin Schön

Herstellung und Verlag:

BoD – Books on Demand, Norderstedt

ISBN: 978-3-74488-165-4

Als E-Book erschienen bei Midnight by Ullstein 2017 unter der ISBN:
978-3-95819-116-7

Umschlaggestaltung: ZERO Werbeagentur, München

Titelabbildung: © FinePic®

Autorenfoto: © privat

Für meine Eltern und Freunde

Frühjahrsputz

Ein frischer Wind pfeift mir um die Ohren, während ich mich mit Eimer, Spülwasser und Lappen bewaffnet den Biergartenmöbeln vor meinem Lokal mit dem schönen Namen Zum Grünen Kränzchen nähere, um ihnen den Winterstaub vom Holz zu wischen.

Seit rund einem Jahr bin ich, Lissie Sommer, inzwischen Ende 30, nun die Pächterin dieser traditionsreichen Apfelweinwirtschaft inmitten der hessischen Idylle. Der ich eigentlich schon den Rücken gekehrt hatte, um mein Glück in Köln als Reiseverkehrskauffrau zu finden. Aber: Ein Mord und die damit zusammenhängenden Umstände brachten mich nach Jahren in diese meine alte Heimat Traunbach zurück. Und so kümmere ich mich nun um Hausmacherwurst, Bembel und »Gerippte« – wie man das traditionelle Apfelweinglas auch nennt –, und ich muss sagen: Ich habe meine Entscheidung nicht bereut. Ich mag mein Lokal, das Dorf, die neue Nähe zu meinen Eltern und meine Arbeit.

Mich fröstelt es, und so knote ich mir den dünnen Schal etwas fester um meinen Hals und ziehe den

Reißverschluss an meiner Daunenweste zu. Noch ist es zu kühl, um seinen Schoppen gemütlich im Freien zu genießen, aber im beginnenden Frühling konnten wir schon einige warme Tage verbuchen. Und prompt standen die ersten Gäste im Hof. Enttäuscht, dass ich im März den Biergarten noch nicht in Betrieb habe. Ich könnte natürlich Heizpilze aufstellen, aber dagegen wehre ich mich. Zum einen, weil die gasbetriebenen Wärmelampen umweltpolitisch eine Katastrophe sind, aber auch, weil alles einfach seine Zeit hat: Eine laue Sommernacht lässt sich auch mit noch so viel künstlicher Hitze nicht erzeugen. Und deshalb ist mein Biergarten nur in der Outdoor-Saison geöffnet. Mal ein paar Tage früher, mal ein bisschen später – manchmal muss man sich eben gedulden. Aber lange wird der Frühling nicht mehr auf sich warten lassen, und so möchte ich gerüstet sein, wenn der erste schöne Sonntag kommt und die Fahrradfahrer den Hof stürmen, um sich mit Ebbelwoi und Handkäs zu stärken.

Ich wuchte die Gartenmöbel aus dem kleinen Schuppen hervor und stelle sie zum großen Frühjahrsputz auf. Während ich über die Tischplatten wische und die Stühle von ein paar Spinnweben befreie, denke ich über die letzten Wochen nach.

Mein erster Urlaub, nachdem ich das Lokal im letzten Jahr übernommen hatte, führte mich – dank einer Idee meiner Mutter – zusammen mit meinen Eltern auf ein Kreuzfahrtschiff. Nach anfänglichen Bedenken und zwei Leichen an Bord muss ich trotzdem zugeben: Die Fahrt hat mir schlussendlich wirklich gutgetan. Nachdem der Mord an den beiden Travestiekünstlern auf dem Luxusliner aufgeklärt war, verbrachte ich mit meinen Eltern und Sebastian Loch – seines Zeichens Kommissar und Ermittler in den Mordfällen, in die ich völlig unabsichtlich verwickelt wurde – die restlichen Tage der Reise entspannt und gelöst. Durch die gemeinsame Arbeit an den Mordfällen kamen der Kommissar und ich uns näher – wenn ihm auch nicht gefiel, dass ich meine neugierige Nase immer wieder in seine Arbeit steckte. Aber was konnte ich denn dafür, dass mir die Hinweise auf die Mörder nur so vor die Füße fielen? Ausgesucht hatte ich mir das jedenfalls nicht. Aber wie gesagt: Nachdem die Morde aufgeklärt waren, verbrachten Sebastian und ich noch eine sehr entspannte Zeit auf dem Kreuzfahrtschiff. Mir gefiel es, wie sich Sebastian um mich bemühte, aber ich hielt ihn auf Distanz. Erst musste ich die Geschichte mit Micha – dem Ex von meiner Freundin Doris, der nun an mir interessiert ist – ins Reine bringen. Zweigleisig fahren ist nicht meine Art. Obwohl ich zugeben muss, dass es einige Situationen gab, in denen meine Selbstbeherrschung hinsichtlich eines Tête-à-Tête mit dem hübschen Kommissar schon auf der Kippe stand.

Zum Beispiel am letzten Abend unserer Kreuzfahrt, als wir zu zweit mit einem Gläschen Champagner am Heck des Schiffes lässig an der Reling lehnten und in den Sonnenuntergang schauten. Nur wir zwei. Die meisten Passagiere gaben sich mit dem Sekt zufrieden, der im Reisepreis inbegriffen war, und verzichteten auf die minimale Zuzahlung für den Champagner in der kleinen, feinen Outdoorbar. So auch meine Eltern – meine Mutter wollte sich stattdessen um einen guten Tisch kümmern. Und mein Vater verträgt alle Arten von Schaumwein nicht. (»Des stößt mir immer auf. Da hab ich die ganze Nacht noch was von.«) Und so standen Sebastian und ich praktisch allein an der Champagnerbar, genossen die traumhafte Aussicht, den guten Tropfen und das bisschen extra Exklusivität. Wir waren uns sofort einig, dass uns der letzte Abend die paar Euro für ein Glas Schampus wert sei. Natürlich ließ es sich der Kommissar nicht nehmen, mich einzuladen. Und so freute ich mich umso mehr. Nicht über die paar gesparten Münzen (das Gläschen hätte ich mir auch noch selbst leisten können), sondern darüber, dass sich Sebastian nicht als Geizkragen entpuppte und ebenso wie ich solche

9

Momente schätzte und auch genießen konnte. Außerdem ist gegen gute Manieren und ein bisschen »alte Schule« ebenfalls nichts einzuwenden.

So standen wir also allein an der Reling und schauten aufs Meer. Romantik ist ja eigentlich nicht so meine Sache, aber dieser Moment war wirklich schön, obwohl alle Klischees erfüllt wurden: Die Wellen, die von der riesigen Schiffsschraube erzeugt wurden, rauschten; die Möwen, die über uns kreisten, kreischten um die Wette; der Wind blies angenehm und spielte mit meinen roten Locken; und die Sonne tauchte langsam am Horizont ins blaue Meer. Der Kommissar und ich standen nebeneinander – er im Anzug, ich im leichten Sommerkleid -, nippten an unserem Champagner und genossen schweigend diesen gemeinsamen Augenblick. Sebastian drehte den Kopf zu mir und sah mir tief in die Augen. Und für einen Moment stand es auf der Kippe, ob ich meine guten Vorsätze nicht hier und jetzt über Bord dieses Schiffes werfen und mich von diesem charmanten Mann küssen lassen sollte. Bis meine Mutter ihren Kopf zur Tür herausstreckte und rief:»Lissie, der Kellner gibt uns den allerbesten Tisch direkt am Fenster. Ich glaube, Kapitän Berggrün hat das für uns arrangiert. Aber dazu müssen wir uns jetzt direkt setzen. Kommt ihr?«

»Wir kommen sofort«, rief ich ihr zu und leerte mein Glas in einem Zug, um die peinliche Situation zu überspielen.

Sebastian grinste, schaute mir noch einmal vielsagend in die Augen, trank dann ebenfalls den letzten Schluck seines Aperitifs und sagte süffisant:»Na dann: Hungrige Mütter sollte man nicht warten lassen.«

Ich stoße einen lauten Seufzer aus, während ich die nächste Stuhllehne abwische. Denn der Alltag hatte mich danach schneller wieder, als mir lieb war, und mit Micha – der eigentlich in Berlin lebt und was mit Medien macht – Schluss zu machen, erwies sich als schwieriger, als ich es mir vorgestellt hatte …

Vor ein paar Wochen saßen wir gemeinsam in der Pizzeria Calzone, als Micha mich ansah und rumdruckste:»Ich hab gedacht … also… wenn ich in Traunbach bin … also, da könnte ich doch bei dir wohnen.«

Ich schaute Micha an wie ein Auto und hörte auf zu kauen. Wie zum bildlichen Beweis meines Entsetzens klappte die Ecke des Pizzastücks, das ich in der Hand hielt, nach unten, und eine Tomate glitt – nur gehalten von einem Faden Mozzarella – wie in Zeitlupe hinunter auf meinen Teller.

»Du willst was?«, fragte ich, immer noch erstarrt, und wie auf Kommando machte eine zweite Tomate einen Abgang

– ohne dass ich meine Handhaltung auch nur einen Millimeter geändert hatte.

Ich war mit Micha in dieser Pizzeria, sozusagen auf neutralem Boden, verabredet und hatte mir fest vorgenommen, ihm heute reinen Wein einzuschenken: Das mit uns würde keine Zukunft haben. Egal, ob aus dem Kommissar und mir was werden würde – mit Micha konnte ich mir eine Beziehung einfach nicht vorstellen. Ja, er war ein gutaussehender Kerl, und auf den Kopf gefallen war er auch nicht. Aber bereits in wenigen Gesprächen hatte sich herausgestellt, dass wir ziemlich verschieden waren: unterschiedlicher Musikgeschmack, anderer Humor, verschiedene Sicht auf den Sinn des Lebens. Micha schien das weniger zu stören, aber bei mir verstärkte es nur mein Bauchgefühl, dass das auf Dauer mit uns nicht gutgehen würde. Und wenn ich in den letzten Jahren etwas gelernt habe, dann ist es, öfter mal auf meine Intuition zu hören. Damit liege ich meist richtiger als mit der angeblich logischen Variante, die mir der Verstand anbietet. Eine weitere Möglichkeit wäre natürlich, sich auf eine kleine Affäre einzulassen. Ohne Verpflichtungen. Nur Spaß. Aber nein: Dafür bin ich einfach zu alt. Oder unser Dorf zu klein. Und der zu erwartende Tratsch zu groß. Nein danke.

Vier Wochen waren seit der Kreuzfahrt vergangen, das Karnevalswochenende stand vor der Tür, und nur deshalb war Micha wieder in Traunbach. Feiern lässt es sich auf dem Land ebenso gut wie in der Stadt – zumal Traunbach eine lustige Enklave im sonst eher unkarnevalistischen Umland darstellt. Er hatte mir zwar beteuert, dass er mich eigentlich schon direkt nach meinem Urlaub hatte wiedersehen wollen, aber just in diesem Monat war ein Auftrag nach dem anderen reingekommen, und diese hatten ihn in Berlin festgehalten. Wenn ich wirklich in Micha verliebt gewesen wäre, hätte ich das nicht akzeptiert. Das Warten hätte mich umgebracht. Aber so war ich gar nicht böse darum, dass er sich mit seinem Besuch ein wenig Zeit ließ.

Da saßen wir also in der Pizzeria, und - nomen est omen – schon überkam mich das Gefühl, dass ich gerade von einem Pizzateig überrollt wurde, der über meinem Kopf zusammenklappte. Der wollte doch jetzt nicht ernsthaft bei mir einziehen?

»Du willst doch jetzt nicht ernsthaft bei mir einziehen?«, sagte ich, während nun auch noch die Tomatensauce von der Ecke meines Pizzastücks tropfte.

»Äh … also …« Micha wurde rot. Er suchte ganz offensichtlich nach den richtigen Worten. Bis er diese gefunden hatte, sah er auf meine Hand und sagte:

»Du tropfst.«

Ich brauchte einen Moment, bis ich begriff, was er meinte, dann legte ich die inzwischen wirklich unansehnliche Pizzaecke auf meinen Teller. Gut, dass es das letzte Stück der köstlichen Pizza Bufalo mit frischen Tomaten und Basilikum war, denn jetzt war mir der Appetit gründlich vergangen.

»Micha, hör mal …«, wollte ich die harte Wahrheit über unsere Beziehung nun endlich aussprechen, aber da fiel er mir schon ins Wort.

»Also zusammenziehen würde ich das nicht nennen. Aber ich müsste nicht immer in mein altes Kinderzimmer, wenn ich in Traunbach bin, und wir könnten bei der Gelegenheit ganz easy testen, ob wir uns auch in gemeinsamen vier Wänden gut verstehen.«

Gemeinsame vier Wände? Was redete der denn da? Wir hatten nichts gemeinsam. Schon gar nicht vier Wände! Das musste er doch inzwischen auch gemerkt haben. Das lief hier in eine ganz falsche Richtung.

Er nahm meine von der Pizza noch fettige Hand in seine und sah mir in die Augen. »Lissie, ich mag dich wirklich und wäre gerne in deiner Nähe.«

Ich schluckte trocken. So ein Mist. Ich bin nicht gut darin, anderen Menschen wehzutun. Und schon gar nicht denjenigen, die ich wirklich mag – wenn auch anders als sie mich.

»Hör mal, Micha«, sagte ich und zog meine Hand zurück, was dank des Olivenöls an meinen Fingern geschmeidiger vonstattenging, als ich befürchtet hatte.

»Ich mag dich ja auch, aber …«

»Aber?«

Dackelblick.

Ich nahm all meinen Mut zusammen und sagte zögerlich, in der Hoffnung, dass er meinen Wink mit dem Zaunpfahl direkt verstehen würde: »Ich glaube nicht, dass das gutgehen würde.« Weit gefehlt.

»Na gut«, sagte er und seufzte. »Dann wohne ich eben weiterhin in der Bude meiner Eltern. Vielleicht hast du Recht.« Ein verschmitztes Grinsen huschte über sein Gesicht. »Dann bleibt die Beziehung aufregender«, sagte er triumphierend.

Verdammt.

»Nein, Micha, ich meinte …«, aber bevor ich den Satz beenden konnte, piepte sein Smartphone, das neben seinem Teller auf dem Tisch lag. Er schaute auf das Display, leckte sich seinen pizzafettigen Zeigefinger ab, strich über den Bildschirm und grinste. Dann nahm er das Handy in die Hand und hielt es mir lachend entgegen.

»Schau mal. Wir haben ein Gruppenkostüm im Internet bestellt. Schneewittchen und die sieben Zwerge. Wir haben ausgelost, wer das Schneewittchen sein muss. Karsten hat verloren ...«

Ich sah mir das Foto auf dem Smartphone an. Darauf war Karsten – einer der vielen Jungs aus meiner damaligen Dorfjugendclique – zu sehen, verkleidet mit einer schwarzen Zopfperücke, einer weißen Bluse, deren Ausschnitt er mit irgendetwas zu einem üppigen Dekolletee ausgestopft hatte, und einem roten, bodenlangen Rock. Noch konnte man seiner Miene nicht entnehmen, dass er sich vorstellen konnte, in diesem Kostüm an Karneval Spaß zu haben, denn auf seinem Gesicht war nicht der Ansatz eines Lächelns zu sehen. Aber mit ein paar Schoppen würde es schon werden.

»Willst du mal meins sehen?« Micha blätterte in dem digitalen Fotoalbum seines Smartphones und hielt es mir dann erneut unter die Nase. Ein männliches Karnevals-Katalog-Model, das in einer grünen Dreiviertelhose und einem gelben T-Shirt steckte, strahlte mich unter einem langen, künstlichen Zwergenbart an.

Ich nickte und sagte süffisant: »Sehr schön. Steht dir bestimmt ganz hervorragend. Und du kannst dich nächstes Jahr ohne Bart dafür mit roter Perücke als Pumuckl recyclen.«

Micha sah mich zufrieden an. »Ja, und damit wir morgen für die große Party fit sind, sollten wir jetzt schnell in die Heia.« Sein Grinsen verriet mir, dass er nicht vorhatte, das Bett zum Schlafen aufzusuchen.

Ich nickte. »Genau. Wir brauchen beide unseren Schlaf. Du zum Feiern, ich zum Arbeiten. Lass uns zahlen.« Ich konnte ihm die Enttäuschung ansehen, aber er blieb wie immer ein Gentleman, nickte und fragte nach der Rechnung.

Und ich beschloss in diesem Moment, ihn einfach zu »ghosten«. Wenn er meine Andeutungen nicht verstand, musste ich mich einfach so rarmachen – quasi wie ein Geist -, dass er irgendwann doch selbst draufkommen würde, dass es mit uns vorbei war. Wer will schon eine Freundin, die nie da ist?

Da kam mir das Karnevalswochenende gerade recht und der Zufall zu Hilfe: in Form einer sexy Krankenschwester namens Michaela, die mit einigen Freundinnen meinen Maskenball im Grünen Kränzchen besuchte. Ich kannte die Mädels flüchtig. Sie waren ein paar Jahre jünger als ich und deshalb gefühlt für mich noch Kinder. Aber das ging mir mit allen Jüngeren so – man vergisst, dass die Kids von früher auch älter werden, plötzlich den Führerschein machen und auf Partys gehen. Einige von ihnen sind inzwischen schon verheiratet und haben selbst

Kinder. Aber für mich bleiben sie weiterhin »die Kleinen« – wie ich wahrscheinlich für viele, die wiederum nur ein paar Jahre älter sind als ich, immer »die kleine Sommer« bleiben werde.

Die Kneipe war rappelvoll, das Geschäft brummte. Offenbar hatte ich mit dem Revival eines klassischen Maskenballs den Nerv des feierfreudigen Teils der Gemeinde getroffen. Im Saal spielte eine Band, und wirklich alle Gäste waren verkleidet gekommen – einige sogar klassisch mit einer Maske, die um Mitternacht feierlich fallen gelassen werden würde. In der Kneipe selbst tummelten sich diejenigen an den zahlreichen Stehtischen, die eine kurze Auszeit vom Tanzen und Singen brauchten. So auch Micha und seine Truppe. Mir entging nicht, dass die Zwerge – inklusive des Schneewittchens – keinen Hehl daraus machten, dass sie sich von den Krankenschwestern in ihren kurzen Röckchen gerne ein bisschen pflegen lassen würden. Für die, die auf skurrile Geschichten stehen, wäre das ein prima Plot für einen Softporno gewesen: »Heiße Schwestern mit großen Zwergen«. Oder so.

Ich will nicht lügen: Einen kleinen Stich verspürte ich doch im Herzen, als ich sah, wie Micha und Michaela miteinander zu flirten begannen. Ja, ich wollte Micha nicht mehr. Dass er aber so schnell eine andere fand, gefiel mir auch nicht so richtig. Aber man konnte nicht alles haben. Ich seufzte in mein geringeltes Matrosenhemd hinein, zog den 10er-Bembel unter dem Zapfhahn hervor und sah auf. Und in ein vertrautes Gesicht.

»Bekommt ein Bulle hier ein Bier?«, fragte mich Kommissar Loch und lächelte verschmitzt. Er hatte sich wahrhaftig ebenfalls in ein Karnevalskostüm geworfen. Offensichtlich konnte er aber nicht ganz aus seiner Haut, denn er hatte ein Polizistenoutfit gewählt. Style: US-Cop. Das dunkelblaue Hemd saß wie angegossen und betonte seine durchtrainierte Brust, und auch die Hose hätte nicht enger sein dürfen, saß aber perfekt. Auf dem Kopf trug er eine passende Mütze, und an seinem Gürtel hingen lässig ein paar Spielzeughandschellen. Ich schluckte trocken und merkte, dass ich rot wurde. Ihn hatte ich heute Abend hier nicht erwartet, und er sah auch noch verdammt sexy aus in seiner Uniform. Meistens finde ich Männer, die nach allgemeiner Meinung als »schön« gelten, eher langweilig. Dagegen kann ich nicht verhehlen, dass ich Kerle in Uniform ziemlich attraktiv finde. Weniger Matrosen oder Piloten. Aber Polizisten … Und dabei hatte ich den Kommissar noch nie in Berufskleidung gesehen – weder in seiner richtigen Uniform noch in diesem US-Verschnitt.

Und jetzt sah er darin so unverschämt gut aus, dass ich ihn am liebsten direkt hinter den Tresen gezerrt hätte. »Hallo? Erde an Lissie? Ist was? Du, ich bin nicht im Dienst. Ich darf ein Bier trinken. Oder auch zwei – sollte ich denn heute noch eins von dir bekommen ...« Sebastians Stimme riss mich aus meinem Tagtraum. »Äh ... ja, klar ... Hallo erstmal. Irgendwie ... Entschuldige, hier ist heute Abend ganz schön was los«, stammelte ich unbeholfen vor mich hin und fragte schnell nach: »Kölsch? Pils? Weizen?«

»Kölsch, bitte.«

»Kommt sofort.«

Ich hatte mich wieder einigermaßen gefangen, trat einen Schritt zur Seite und zapfte Sebastian ein Kölsch. Der Getränkehändler hatte mich damals ziemlich ungläubig angeschaut, als ich bei meiner Übernahme des Grünen Kränzchens darauf bestand, Kölsch ins Sortiment aufzunehmen. Ich schätze, er hätte keinen Pfifferling darauf gegeben, dass ich auch nur ein Fass in der hessischen Provinz verkaufen würde. Aber weit gefehlt. Das leichte, frische Bier kam auch bei den Hessen gut an, und so hatte ich es seitdem dauerhaft im Ausschank. Auch der Getränkehändler hatte inzwischen das Kopfschütteln gegen ein freudiges Grinsen getauscht, wenn er mir die Fässer brachte.

Ich stellte Sebastian sein Kölsch auf einen Deckel, nahm mein Wasserglas und prostete ihm zu. Er griff nach der Bierstange, trank einen großen Schluck, setze das Glas ab und grinste mich mit einem kleinen Bierbärtchen auf der Oberlippe an. Ich starrte ihn an und trank beherzt einen weiteren Schluck Wasser. Wie gerne hätte ich …

Ich drehte mich schnell um, da ich merkte, wie ich schon wieder die Gesichtsfarbe zu wechseln begann, und tauchte kurz hinter der Theke ab. Geschäftig tat ich so, als suchte ich irgendetwas im bodennahen Gläserschrank.

»Kann ich dir helfen?«, fragte eine Stimme von oben. Ich erschrak, schnellte hoch und knallte mit meinem Kopf gegen einen vollen Bembel, den Peter – mein bester Mann hinter der Theke – in der Hand und leider auch über meinem Kopf gehalten hatte. Ein heißer Schmerz durchzog meinen Schädel.

»Autsch. Verdammt!«, fluchte ich und griff mir an den Kopf.

Peter sah mich zerknirscht und besorgt an. »Ach herrje. Lissie, hast du dir wehgetan?«

Ich rieb mir immer noch den Kopf. Ich konnte schon spüren, wie sich die Haut wölbte. Das würde eine schöne Beule geben. Ich tastete noch einmal über den Haaransatz. Immerhin fühlte ich kein Blut. Das hätte mir jetzt gerade noch gefehlt, wenn ich wegen einer Platzwunde von einem vollen Bembel am Karnevalswochenende ins Krankenhaus gemusst hätte. Ich winkte ab. »Schon gut. Wird wohl nur ne Beule. Ich geh mal kurz raus und packe etwas Schnee drauf.« Ich ließ den Kommissar und meine schusselige Thekenkraft stehen und ging durch die Küche hinaus in die Kälte und in den angrenzenden Biergarten. Denn wie es sich zur fünften Jahreszeit gehörte, hatte Petrus für eisige Temperaturen und ein wenig kaltes Weiß gesorgt.

Ich trat ein paar Schritte in den dunklen Biergarten, um mir aus einem Blumenkübel eine Hand voll Schnee für meine pochende Stirn zu holen, als ich merkwürdige Geräusche hörte. Ich blieb stehen und lauschte. An der Hauswand stand eine alte Bierbank, auf der sonst gerne die Raucher Platz nahmen, um eine Zigarette wegzuatmen. Während weite Teile des Biergartens wenigstens schwach durch das Licht der Kneipe erhellt wurden, lag diese Ecke in tiefer Finsternis. Und von dort kamen die Geräusche.

Mein Herz pochte plötzlich laut. Ich lauschte noch einmal. Ich hörte ein Schmatzen und Stöhnen. Ob sich vielleicht ein Tier etwas getan hatte und nun mit Schmerzen in der Kälte lag? Ach, so ein Quatsch. Wahrscheinlich hatte mir der Stoß mit dem schweren Bembel das Hirn vernebelt.

Das Stöhnen wurde jetzt lauter. Und irgendwie …

lustvoller? Meine Neugier gewann die Oberhand. Ich

musste wissen, was da in meinem Biergarten los war. Ich

trat vorsichtig einen Schritt näher. Langsam hatten sich

meine Augen an die Dunkelheit gewöhnt. Jemand atmete

schwer, stöhnte. Ich machte einen weiteren Schritt. Jetzt

konnte ich erkennen, was sich dort in der Dunkelheit

abspielte. Oder besser: wer hier mit wem spielte. Micha

saß mit halb heruntergelassener Zwergenhose auf der

Bierbank, sein Gummizug-Bart baumelte an einem Ohr,

und auf ihm saß Michaela, die Krankenschwester. Beide

waren in eine heftige Knutscherei vertieft. Das kurze

Stück Stoff des Krankenschwesterkostüms gab von

Michaelas Hinterteil mehr frei als es verbarg. Aber ob die

beiden schon komplett bei der Sache waren, konnte ich

gottlob nicht erkennen. Dunkelheit sei Dank.

»Na, da schau her. Da hat er sich ja schnell getröstet«,

dachte ich. Und merkte im gleichen Moment, dass ich es

nicht nur gedacht, sondern laut ausgesprochen hatte.

Die innig ineinander vertieften M&Ms sahen erschrocken

zu mir herüber.

»Lissie … ich …«, begann Micha unbeholfen zu

stammeln.

Ich sah ihn böse an. »Wenn du jetzt sagst, ›Es ist nicht so, wie du denkst‹, beleidigst du mich noch mehr als mit der Tatsache, dass du hier mit nem Teenie rummachst!«

»Ich bin schon 21«, quiekte Michaela kleinlaut.

»Lissie … bitte … also …«, stammelte Micha, dem noch immer sein Bart auf halb acht am Ohr hing.

»Damit hätte sich dann ja geklärt, wo du künftig schläfst, wenn du in Traunbach bist«, sagte ich trocken und drehte mich um. Im Davongehen rief ich noch: »Vielleicht solltet ihr dort besser jetzt schon hingehen. Ihr holt euch hier ja noch den Tod. Das ist das bisschen Spaß nicht wert.«

Ich wartete die Antwort der beiden Liebenden nicht ab, öffnete die Hintertür, ging in die Küche und blieb stehen. Ich atmete einmal tief durch. Dann nahm ein breites Grinsen mein Gesicht ein. Ich machte die Becker-Faust und rief laut und erleichtert »Tschakka!«.

Peter kam herein und sah mich verwundert an. »Lissie, geht's dir gut? Es tut mir wirklich leid, das mit dem Bembel.«

Freudestrahlend ging ich auf ihn zu, nahm seinen Kopf in beide Hände, küsste ihn auf die Wange und sagte: »Du hättest mir gar keinen größeren Gefallen tun können.«

Ich ließ den immer noch verwirrten Peter in der Küche stehen, ging fröhlich wieder in den Gastraum zurück und grinste Sebastian keck an, der immer noch an der Theke lehnte. »Trinkst du noch ein Kölsch? Ich glaube, jetzt trinke ich mal eins mit.«

Das Problem mit Micha war damit endgültig gelöst. Natürlich ließ es sich Micha nicht nehmen, mich noch ein paar Mal anzurufen. Ich drückte ihn weg oder ließ die Mailbox drangehen. Nach seinem abendlichen Tête-à-Tête bekam mein Ghosting-Versuch mehr Schwung, als ich zu hoffen gewagt hatte. Ich glaube, er war wirklich zerknirscht, aber als ich auch nach seinem fünfzehnten Versuch nicht zurückrief, gab er auf.

Zufrieden betrachte ich mein Werk. Ich habe den letzten Stuhl abgewischt, und der Biergarten erstrahlt in neuem, frühlingsfrischem Glanz. Dann schaue ich auf die Uhr. Halb fünf. Jetzt muss ich mich aber beeilen. Um halb sieben holt mich Sebastian ab. Er will mich an meinem Ruhetag endlich mal zum Essen ausführen. Mein Herz klopft ein wenig schneller, wenn ich daran denke. Ich freue mich wie ein kleines Mädchen, das auf das Christkind wartet. Nur um mich abzulenken, habe ich heute schon das Bierkühlhaus geschrubbt, die Buchhaltung für diesen Monat erledigt und jetzt eben auch noch den Biergarten auf Vordermann gebracht. Ich bin etwas kaputt, aber froh, nicht den ganzen Tag darüber gegrübelt zu haben, was ich anziehen soll, wohin er mich ausführen wird und ob das nun heute mit mir und dem

Kommissar was wird. Hoffentlich habe ich mir nicht zu viel zugemutet, so dass ich heute Abend am Tisch vor Erschöpfung einschlafe. Jetzt überlege ich doch, wohin wir zum Essen gehen werden. Er hat gesagt, ich soll mich »ein bisschen schick« machen. Was, bitte schön, ist denn »ein bisschen schick«?

Ich beschließe, darüber unter der Dusche nachzudenken, schließe die Kneipe ab und mache mich auf dem Weg nach Hause. Mit einem breiten Grinsen im Gesicht.

Ein Date – ein Toter

Ich atme noch einmal tief ein und ziehe mit einem Ruck die Spanx-Unterhose über Bauch und Hüften. Dann atme ich aus und betrachte mich im Spiegel. Sexy ist anders. Aber die hautfarbene Stretchhose tut ihr Werk. Als ich das Grüne Kränzchen vor einem Jahr übernahm, hatte ich die Hoffnung, dass ich vor lauter Arbeit und Herumgerenne das Essen vergessen und mich – ganz nebenbei – des einen oder anderen lästigen Pfündchens entledigen würde. Allerdings hatte ich die Rechnung ohne unseren Koch gemacht, der mir Abend für Abend vor Dienstbeginn ein wunderbares Essen zauberte. Und da nicht nur die Tage mit den Vorbereitungen anstrengend waren, sondern auch der abendliche Service, hatte ich es nach kurzer Zeit aufgegeben, dazu »nein« zu sagen. Hauchzartes, krosses Schnitzel mit scharfer Chili-Paprika-Sauce und hausgeschnitzten Wedges. Lachsfilet auf frischem Stangenspargel mit neuen Kartoffeln und Zitronenbutter. Gegrillte Minihaxe mit selbstgeschnittenem Rieslingkraut und Kartoffelstampf. Zartes Roastbeef mit original hessischer Grüner Sauce und Bratkartoffeln.

Nein, man muss nicht nur zu dem stehen, was man seinen Gästen verkauft – man muss es auch selbst kosten und vor allem: lieben! Und ich liebe die Kreationen unseres Kochs. Abgenommen habe ich also nicht viel, dafür aber das Gefühl, dass das ständige Auf-Achse-Sein meinen Körper wenigstens etwas straffer gemacht hatte. Und so habe ich irgendwann beschlossen, dass ich so, wie ich bin, ganz o.k. bin. Nichtsdestotrotz: Für Sebastian will ich heute perfekt aussehen – da darf die Bauchweg-Unterwäsche gerne noch einen Zentimeter wegschummeln. Und außerdem beschützt sie mich vor mir selbst und vor übereilten Dummheiten. Wer einmal Bridget Jones – Schokolade zum Frühstück gesehen hat, weiß, was ich meine: Miederhöschen sind eben der Keuschheitsgürtel des 21. Jahrhunderts.

Fröhlich steige ich erst in eine schwarze Strumpfhose, dann in meinen roten Rock – den ich so liebe, da er perfekt den Farbton meiner roten Locken trifft -, ziehe mir ein schwarzes Blusenshirt über und schlüpfe in meine Pumps, die nur noch selten zum Einsatz kommen. In meinem Job könnte ich auf High Heels keinen Abend überstehen. Ich bewundere die Frauen, die ihren Tag durchgehend auf hohen Hacken bewältigen. Ich gehöre definitiv nicht dazu. Da ich aber davon ausgehe, dass ich den größten Teil des Abends gemütlich sitzend an einem

Tisch verbringen werde, darf es heute mal das schickere Schuhwerk sein.

Gerade als ich den letzten Zug Lippenstift auf meinem Mund verteilt habe, klingelt es. Ich sehe auf meine Armbanduhr. Es ist eine Minute nach halb sieben. Perfekt. Wie heißt es so schön? Ein Gentleman kommt nicht zu spät, aber auch auf keinen Fall zu früh. Ich werfe einen zufriedenen Blick in den Spiegel und freue mich auf den Abend.

Wir sitzen auf der Terrasse des Golfclubs Zum alten Graben im Nachbarort Gundelheim. War der Golfsport früher nur den Reichen und Schönen – oder wenigstens den Reichen – vorbehalten, sprießen nun auch in der hessischen Idylle die Golfplätze wie Apfelbäume aus der Streuobstwiese. Vor zwei Jahren eröffnete diese schmucke Sportstätte, auf deren zugehöriger Restaurantterrasse Sebastian für uns einen Tisch reserviert hat. Im Gegensatz zu mir haben die Besitzer weniger Skrupel vor dem gemeinen Heizpilz, so dass der Außenbereich der Gastronomie an diesem Frühlingsmontag angenehm warm und somit bereits gut gefüllt ist. Und ich muss zugeben: Auch ich genieße es, diesen gemütlichen Abend dank Außenheizung an der frischen Luft verbringen zu können. Die Mehrzahl der anwesenden Gäste in ihren bunten Sportdressen kommt augenscheinlich gerade von einer Golfrunde und lässt den Tag mit Speis und Trank ausklingen.

»Ich hätte ja mit vielem gerechnet. Aber dass du mich in den Golfclub ausführst ... Ich muss sagen, du überraschst mich immer wieder«, sage ich anerkennend zu Sebastian und nippe an meinem Glas hervorragendem Winzersekt, den mein Gastgeber uns als Aperitif bestellt hat.

Sebastian schaut mich zufrieden und ein bisschen erleichtert an – nun in der Gewissheit, die richtige Entscheidung für unser erstes richtiges Date getroffen zu haben.

»Na ja, ich hatte gehofft, dass es dir gefällt. Ein Kumpel hat mich mal hierhergeschleppt. Erst wollte ich nicht, aber dann war ich doch positiv überrascht: Ich fand das Essen lecker und die Atmosphäre entspannter als gedacht.«

Ich will gerade zustimmend nicken, als die Stimmen am Nachbartisch deutlich lauter werden.

»Beschissen hast du! Mir hätte der Sieg gehört. Das weißt du ganz genau! Hab doch wenigstens so viel Anstand im Leib, und gib es zu!«, schreit ein etwa zwei Meter großer Mitsechziger, der in einem – für meinen Geschmack – etwas zu grell-orangen Poloshirt und dunkelblauen langen Sporthosen steckt. Seine Kritik gilt wohl dem Herrn, der ihm gegenübersitzt. Marke Angeber. Das sehe ich sofort. Teures Lacoste-Polo mit passender Golfhose, Brilli-besetzte Uhr – könnte sogar eine Rolex sein -, Goldkettchen am Handgelenk und um den Hals. Ich schätze, er dürfte ungefähr im gleichen Alter sein wie sein Gegenüber, das ihn gerade anschreit. Er grinst nur schief, sieht seinen verbalen Gegner abfällig an und sagt im gleichen herablassenden Ton: »Harald, mach hier keinen Aufstand. Es war alles korrekt. Beruhige dich, trink noch ein Bier. Geht auf mich. Ein zweiter Platz ist doch auch nicht schlecht!«

»Pfff. Dass ich nicht lache! Von wegen alles korrekt!« Seine Stimme wird noch ein wenig lauter. Ganz offensichtlich möchte er, dass nicht nur sein Tisch, sondern auch die anderen Gäste hören, was er zu sagen hat.

»Du kannst mir doch nicht erzählen, dass der Gerlach 48 Nettopunkte gespielt hat! Selbst wenn der einen guten Tag hatte: Der hat doch niemals acht Birdies gespielt. Das wäre ja fast Profi-Niveau. Ich weiß nicht, was du damit bezwecken willst, Hans-Herrmann, dass er das Turnier gewinnt, aber rechtens war das nicht. Du hast ihn gezählt. Der Beschiss geht ganz allein auf deine Kappe! Und gerade du als unser Club-Präsident solltest doch darauf achten, dass es auf dem Platz fair zugeht. Das ist wirklich unfassbar!«

Während seiner Anschuldigungen ist der schreiende Harald aufgesprungen und fuchtelt wild mit den Armen vor dem Gesicht des von ihm beschuldigten Hans-Herrmann herum. Dieser sitzt nach wie vor ruhig am Tisch und sieht sich das Schauspiel scheinbar regungslos an, während er immer wieder gelassen an seinem Hefeweizen nippt. Dann sagt er mit einem leicht gereizten Unterton in der Stimme:

»Harald, du bist doch nur sauer, weil du knapp verloren hast. Und: Solange du nichts beweisen kannst, würde ich dir raten, besser dein Schandmaul zu halten. Das ist Rufmord, und ich werde mich zu wehren wissen.«

Er lässt seine Worte kurz im Raum stehen, bevor er in lapidarem Tonfall fortfährt:»Lieben wir das nicht an unserem Sport? Wenn er einen guten Tag hat, haut jeder mal ein super Ergebnis raus – selbst Dieter. Pech für dich, dass er eben gestern noch etwas besser war als du. Er hat das Turnier verdient gewonnen. Und jetzt Schluss damit.«

Der Club-Präsident nimmt erneut sein Weizenglas in die Hand und leert den Rest in einem Zug. Für ihn scheint die Diskussion damit beendet zu sein. Er hält das leere Glas weiter in der Hand und sieht sich suchend nach der Kellnerin um. Diese kommt soeben mit zwei Tellerchen auf die Terrasse und steuert geradewegs auf unseren Tisch zu. »Süße, bringst du mir noch eins«, ruft er der Bedienung zu, die ihm im Vorbeigehen mit einem »Sehr gerne« antwortet. Ich kann ihr ansehen, dass sie sich über ein »Bitte« gefreut hätte, es aber andererseits von ihrem Club-Präsidenten auch nicht erwarten würde. Sie setzt die kleinen Teller vor uns ab, auf denen je ein Porzellanlöffel mit einer augenscheinlichen Köstlichkeit drapiert ist, lächelt und sagt: »Wir starten mit einem Gruß aus der Küche. Spargel-Erdbeersalat mit Orangendressing und einem Parmesan-Chip. Ich wünsche Ihnen einen guten Appetit.« Und mit etwas gesenkter Stimme fügt sie hinzu: »Und entschuldigen Sie bitte die Herren am Nebentisch. Eigentlich sind die ganz friedlich, aber das Golfturnier ging gestern anders aus als erwartet, deshalb sind einige Mitglieder etwas aufgebracht. Sie glauben ja nicht, was gestern Abend hier los war … wir hatten jedenfalls schon stimmungsvollere Gesellschaften. Andere Gäste würde ich ja bitten, sich leiser zu verhalten oder zu gehen. Aber unser Club-Präsident sitzt mit am Tisch …« Sie verzieht das Gesicht und zuckt entschuldigend mit den Schultern.

Ich lächele sie verständnisvoll an. Wenn jemand weiß, wie es ist, auch mit unbequemen Gästen freundlich umgehen zu müssen, dann ich. Und so sage ich:»Kein Problem. Wir lassen uns diesen wunderbaren Abend von niemandem verderben. Machen Sie sich also um uns keine Sorgen. Und wenn es ganz schlimm kommt: Sie haben die Polizei schon vor Ort.« Ich deute auf Sebastian und ergänze verschwörerisch:»Er ist Kommissar. Und gar kein schlechter.« Ich grinse breit und zwinkere Sebastian zu, der verlegen an seinem Sekt nippt.

Sie schaut überrascht auf Sebastian, mustert ihn von unten bis oben, als ob sie sichergehen wolle, dass er im Ernstfall wirklich das Zeug zum Eingreifen hat.»Wirklich? Das klingt ja spannend.«

»Na ja, ich sitze auch viel am Schreibtisch bei langweiligen Formalitäten. Es gibt nicht jeden Tag etwas wirklich Spannendes zu ermitteln«, sagt Sebastian, und ich glaube, das ganze Thema ist ihm etwas peinlich.

Die Kellnerin lächelt uns noch einmal dankbar an, wünscht uns einen guten Appetit und verschwindet schnell zurück in den Gastraum – wahrscheinlich wartet der Herr Präsident nicht gerne länger als nötig auf sein Bier.

Der aufgebrachte Harald steht immer noch vor dessen Tisch. Er trinkt mit zwei Schlucken sein Bier aus, knallt es auf den Tisch und zischt:»Ich werde herausbekommen, was du vorhast, Hans-Herrmann, verlass dich drauf.«

Dann sagt er zu dem Rest des Tisches gewandt:»Wir sehen uns nächsten Montag beim Training?!« Und verschwindet im Clubhaus. Die beiden Herren, die rechts und links neben dem Präsidenten Hans-Herrmann ebenfalls an dem Tisch sitzen, haben während der gesamten Dauer des Streits kein Wort gesagt. Sie sind im gleichen Alter wie die beiden Streithähne, und auch ihrem Outfit kann man ansehen, dass sie es nicht beim Discounter eingekauft haben. Im Gegensatz zu dem schreienden Zwei-Meter-Harald ist der eine höchstens 1,65 Meter klein – das kann ich selbst im Sitzen feststellen – und trägt die drei Haare, die er noch besitzt, herrlich altmodisch über seine Glatze gekämmt. Der Vierte im Bunde macht mir noch den normalsten Eindruck. Durchschnittlich groß, kein zu auffälliges Sportdress und eine ordentlich geschnittene Igelfrisur, die ihm wirklich gut steht. Nur sein dichter Bart passt nicht so recht zu ihm und lässt ihn ein wenig nach gealtertem Berliner Hipster aussehen. Jetzt fragt der Kleine den Bart:»Wie sieht's aus? Wollen wir noch zwei, drei Löcher spielen, bevor es dunkel wird?«

Der Bart nickt und erhebt sich.

Ebenso der Präsident.»Ich komme auch mit.« Und schreit Richtung Gastraum:»Tessa, storniere das Weizen. Ich dreh noch ne Runde. Trinke ich später!«

Ohne eine Antwort abzuwarten, verschwindet er zusammen mit den anderen beiden Herren Richtung Golfplatz, und auf der Terrasse kehrt wieder Ruhe ein.

Kurz darauf serviert uns Tessa die Vorspeise: Carpaccio vom Gundelheimer Biorind mit Austernpilzen und Parmesanspänen für Sebastian und eingelegte Rote Beete mit karamellisierten Walnüssen und Ziegenfrischkäse für mich. Beim Anblick meines Tellers schüttelt sich Sebastian und sagt angewidert: »Nur fürs Protokoll: Mit Rote Beete kannst du mich jagen.«

Ich lächele ihn an, schiebe genussvoll eine Gabel mit der Gemüse-Käse-Kreation in den Mund, schließe genießerisch die Augen, kaue verzückt, öffne sie wieder und sehe Sebastian direkt an: »Du weißt nicht, was du verpasst. Es ist köstlich. Aber: Ich werde es mir natürlich merken.«

Ich schmunzele und schaue ihm weiter tief in die Augen, er hält meinem Blick stand und grinst, bevor er sich – ebenso genussvoll – seinem Carpaccio widmet.

»Ist dir kalt?«

In der Tat wird es langsam kühler. Die Terrasse hat sich merklich geleert. Nur noch wenige Tische sind besetzt. Trotz künstlicher Wärme zog es die meisten Golfer ins Innere oder auf die heimische Couch. Auch die Hauptspeise, die wir gerade genießen durften, war hervorragend, und ich bin froh, dass ich die Spanx-Unterwäsche trage, sonst hätte ich in diesem Moment kein Bäuchlein, sondern eine Plauze.

Ich ziehe die Jacke enger um meine Arme und Schultern und nicke. Man merkt eben, dass es noch nicht Sommer ist, und auch die zwei Gläser Wein, die ich bereits getrunken habe, können mir noch keine wärmende Wirkung vorgaukeln. Sebastian schaut nach oben.»Ich glaube, ich sitze näher an den Heizstrahlern als du. Willst du … Willst du nicht zu mir rüberrücken?«

Er zieht einen Stuhl neben seinen, so dass er direkt unter der Wärmelampe steht, und sieht mich auffordernd an. Mein Herz pocht, und bei dem Gedanken, gleich Schulter an Schulter neben Sebastian zu sitzen, ist mir schlagartig warm. Jetzt bräuchte ich zwar den Heizpilz nicht mehr, aber natürlich möchte ich trotzdem gerne näher an Sebastian heranrücken. Ich zögere noch einen kurzen Moment – er soll bloß nicht glauben, ich sei eine dieser Frauen, die direkt springen, wenn der Mann was sagt! –, dann stehe ich auf, nehme meine Handtasche und setze mich neben ihn. Wärme von innen und außen.

Sebastian schaut über die Weite des Golfplatzes, nimmt dann entschlossen sein Weinglas, setzt es an seine Lippen und trinkt einen ordentlichen Schluck. Es sieht fast so aus, als müsse er sich für irgendetwas Mut antrinken.

Ich hoffe, dass es das ist, was ich glaube, und schmunzele mit Vorfreude darauf, was jetzt kommen könnte. Ich schiele von der Seite zu ihm hinüber und halte mich ebenfalls an meinem Glas fest. Er stellt seinen Wein ab, schaut noch einmal auf den still daliegenden Golfplatz. Obwohl der Club erst vor ein paar Jahren eröffnet wurde, hat man den alten Baumbestand der Streuobstwiesen schön integriert. Direkt vor dem Clubhaus wurde ein großer Teich angelegt, auf dem sich die ersten Seerosenblätter aufgefaltet haben und sich im Sommer bestimmt die Enten vor den herumfliegenden Golfbällen in Acht nehmen müssen. Die geschmackvoll in die Landschaft integrierte Terrasse des Clubhauses komplettiert diese wirklich idyllische, ja fast romantische, Atmosphäre. Sebastian dreht sich so abrupt zu mir um, dass ich mich fast ein bisschen erschrecke. Ich schaue ihn aber gleich darauf lächelnd an. Er sieht mir tief in die Augen. Er beugt sich etwas näher zu mir herüber. Lieber Gott, lass ihn gut küssen können, denke ich und schließe erwartungsvoll die Augen.

»Entschuldigen Sie bitte«, reißt uns eine Männerstimme aus unserer Zweisamkeit. Schnell öffne ich die Augen und drehe den Kopf herum. Auch Sebastian scheint sich erschrocken zu haben und tut es mir gleich. Leider sind unsere Köpfe so nah beieinander, dass unsere Stirnflächen beim Herumdrehen aneinanderschlagen.

»Aua«, entfährt es uns parallel, und wir reiben uns die Köpfe – Sebastian seine linke Stirnhälfte, ich meine rechte. Entgeistert blicken wir den Mann an, der uns so taktlos aus diesem vielversprechenden Moment gerissen und für jeweils eine Beule gesorgt hat.

»Was ist?«, faucht ihn Sebastian so unhöflich an, wie ich ihn noch nie erlebt habe.

»Es tut mir wirklich leid«, sagt der Mann und ringt dabei seine Hände, wie man es tut, wenn man eiskalte Finger hat. Und in der Tat: Selbst im fahlen Licht der Kerzen, die als Beleuchtung die Tische zieren, kann ich erkennen, dass er kreidebleich im Gesicht ist. Doch bevor ich ihn fragen kann, ob ihm nicht gut ist, sieht er Sebastian an und sagt: »Tessa sagt, Sie seien Kommissar.«

Sebastian nickt und blickt den Mann nun gespannt und erwartungsvoll an.

»Könnten Sie vielleicht mitkommen? Im Umkleideraum liegt ein Toter.«

Eine Leiche zum Dessert

Sebastian und ich erheben uns gleichzeitig. Er hält inne und sieht mich an. »Lissie. Ich glaube, es wäre besser, wenn du hier auf mich wartest.« Er mustert mich, zögert, blickt mich erneut an. Mein Gesichtsausdruck scheint eindeutig zu sein, denn er sagt: »Meinetwegen. Ich kann dich wohl eh nicht davon abhalten mitzukommen. Aber nichts anfassen!«

Ich nicke, und wir folgen dem Mann, dem ich statt eines Kusses meines Liebsten eine Leiche zum Dessert zu verdanken habe. Im Gehen streckt er Sebastian die Hand entgegen. »Ich glaube, ich habe mich noch gar nicht vorgestellt: Wilfried Spengler. Ich bin der Platzwart.«

Sebastian ergreift seine Hand und schüttelt sie. Als der Platzwart bemerkt, dass er dabei in das fragende Gesicht des Kommissars sieht, ergänzt er: »Ich kümmere mich um die Pflege des Platzes. Mähe das Fairway und die Grüns. Aber ich bin auch verantwortlich für die ganze Infrastruktur im Clubhaus.«

»Sie sind also sowas wie der Hausmeister?«, die Frage kann ich mir nicht verkneifen. Ich muss schon deshalb diese kleine Spitze loswerden, weil er es nicht für nötig gehalten hat, mir ebenfalls die Hand zu geben. Von der

Seite kann ich sehen, wie er das Gesicht verzieht. Statt auf meine Frage zu antworten, sagt er:»Sie spielen beide kein Golf, oder?«

Auch hier erübrigt sich eine Antwort.

Wir gehen durch den Gastraum und die Treppe hinunter. Das Clubhaus ist schräg in den flachen Hügel gebaut, so dass die Terrasse und das Restaurant an der dem Golfplatz zugewandten Seite im ersten Stock liegen, der offizielle Eingang aber ebenerdig zur Straße und den Parkplätzen geht. Entsprechend verhält es sich mit den Umkleiden, zu denen wir gerade unterwegs sind. Sie befinden sich zwar unter der Terrasse und somit eigentlich im Keller, sind aber ebenfalls über einen weiteren Zugang zu erreichen. Dieser führt am unteren Ende der Treppe direkt ins Freie, und wir gehen gerade daran vorbei. Man muss also nicht das schwere Golf-Equipment die Treppe hinaufwuchten, sondern kann bequem den Hintereingang nutzen. Auch wer vorhat, jemanden um die Ecke zu bringen, muss nicht durch das Restaurant und an unliebsamen Zeugen vorbei. Aber erst einmal abwarten: Vielleicht erwartet uns ja auch nur ein Herzinfarkt.

Am Ende eines längeren Flurs öffnet Herr Spengler die Tür zur Herrenumkleide, wie das Schild daran bezeugt. Und nach dem ersten Blick steht außer Frage, dass es sich definitiv nicht um einen Herzinfarkt handelt. Vor uns liegt ein Mann mittleren Alters im Golfdress, unnatürlich verrenkt und in einer roten Lache, auf dem Rücken, neben ihm eine Tasche mit Golfschlägern. Er kommt mir irgendwie bekannt vor. An seiner Stirn klafft eine große, tiefe Wunde, die aber bereits aufgehört hat zu bluten. Direkt neben ihm hat der Täter offenbar die Tatwaffe zurückgelassen: einen Golfschläger, an dessen Ende unübersehbar Blut und Haare kleben. Die Augen des Mannes starren offen ins Leere. Kein Zweifel: Der ist mausetot. Trotzdem tut Sebastian seine Pflicht und überprüft den Puls des Mannes. Wie zu erwarten war, ist nichts mehr zu fühlen. Danach zückt er, noch neben der Leiche hockend, sein Smartphone und informiert seine Kollegen bei der Spurensicherung.

Währenddessen schaue ich mir den Toten etwas genauer an. »Scheiße, das ist doch Dieter Gerlach«, rufe ich aus und halte mir erschrocken die Hand vor den Mund.

Sebastian schaut mich, noch immer hockend, von unten herauf an. »Du kennst den Toten?«

Ich nicke und schiebe erklärend hinterher: »Ja, das ist Dieter Gerlach. Er wollte nächste Woche seinen 60. Geburtstag bei mir feiern. Er und seine Frau Inge wohnen in Traunbach. Ich wusste gar nicht, dass er Golf spielt.«

Sebastian steht wieder auf und besieht sich die Szene. Aus der Innentasche seines Jacketts zieht er ein paar Einmalhandschuhe heraus und streift sie sich über. Ich wundere mich, was er bei einem Date scheinbar selbstverständlich so dabeihat ... Man stelle sich das vor: Wir stehen knutschend und fummelnd an einer Hauswand. Ich fahre mit meinen Händen über seine Brust und fühle in seinem Jackett – ein paar Latexhandschuhe. Wenn Frau da nicht weiß, dass Sebastian bei der Polizei arbeitet, könnte sie auch auf andere Gedanken kommen ...

»Wann haben Sie den Mann gefunden?«, fragt mein Kommissar Herrn Spengler streng und reißt mich damit aus meinen merkwürdigen Phantasien. Eine Leiche zum Dessert serviert zu bekommen, hat mich offenbar total verwirrt. Der Platzwart nimmt sofort Haltung an und ist sichtlich bemüht, Kooperationsbereitschaft zu signalisieren, um nicht selbst unter Verdacht zu geraten.

»Gerade eben. Ich habe ihn gefunden und sofort die Tür wieder zugemacht. Ich bat Tessa, die Polizei zu rufen, da sagte sie mir, dass Sie Kommissar seien.«

»Was wollten Sie hier unten?«, bohrt Sebastian professionell nach.

»Ich wollte schon mal anfangen, die Duschen sauberzumachen. Viel ist ja nicht mehr los. Da warte ich nie, bis alle weg sind. Die meisten Golfer haben sich schon auf den Heimweg gemacht, und deshalb dachte ich, ich beginne schon mal. Damit es nicht wieder so spät wird heute Abend.«

»Hat der Golfplatz keine Putzfrau?«, frage ich dazwischen.

Sebastian sieht mich vorwurfsvoll an – mit einer Mischung aus »Misch dich nicht ein« und »He, das war meine Frage!« im Blick.

»Natürlich«, beteuert der Platzwart schnell und erklärt: »Ich spritze die Duschen abends nur einmal durch. Dienstags kommt dann die Putzfrau und macht die Grundreinigung.«

Sebastian nickt und setzt seine Befragung fort. »Kennen Sie den Toten?«

»Ja«, sagt Herr Spengler. »Die Dame hat Recht. Es ist Dieter Gerlach.« Dann seufzt er und sagt:

»Jammerschade. Gestern hat er noch das Turnier gewonnen, und heute liegt er hier tot vor uns. Lange konnte er seinen Triumph ja nicht genießen.«

Sebastian und ich sehen uns erstaunt an. Und ich bin mir sicher, dass wir das Gleiche denken. Aber ich halte mich dieses Mal zurück und lasse ihm den Vortritt. Es ist ja schließlich sein Job, und ich will nicht schon einen Krach provozieren, bevor es mit uns richtig angefangen hat.

»Wie wir gehört haben, war der Sieg nicht ganz unumstritten«, hakt Sebastian nach.

»Das können Sie laut sagen«, echauffiert sich Herr Spengler. »Man soll ja nicht schlecht über einen Toten reden, aber dass Herr Gerlach mehr als einen Birdie – und das mit Glück – zusammengebracht hätte, hat kein Mensch geglaubt. Er hat ja erst vor einem halben Jahr mit dem Golfen begonnen.«

Ich nicke und sage: »Das erklärt, warum ich davon noch nichts wusste.«

Sebastian schaut mich mit einem Blick an, der sagt: »Ja, ja, Lissie, die allwissende Kneipenwirtin.« Dann wendet er sich wieder Spengler zu. »Er hat einen was gespielt?«, fragt Sebastian.

»Einen Birdie«, erklärt der Platzwart. »Einen Schlag besser als Par.«

Ich sehe Sebastian an, dass er immer noch nicht versteht, was ein Birdie ist. Aber ich verstehe es auch nicht, und wahrscheinlich spielt es erst einmal auch keine große Rolle. Mich interessiert ein anderer Aspekt. »Und es wurde kein Einspruch gegen den Sieg erhoben? Wenn er doch noch gar nicht so gut war«, frage ich nach.

Spengler wiegt den Kopf hin und her. »Na ja, offiziell nicht. Schließlich hat der Präsident zusammen mit ihm gespielt und ihn gezählt. Der Zweitplatzierte, Harald

Fliederer, hat sich mächtig aufgeregt, aber letztendlich konnte er auch nichts gegen das Ergebnis tun.« Sebastian macht sich ein paar Notizen und deutet dann auf die Golftasche.»Wissen Sie, ob das die Schläger des Toten sind?«

Der Platzwart nickt.»Ja, das weiß ich deshalb, weil es das alte Bag unseres Präsidenten ist. Als Gerlach mit dem Golfen angefangen hat, hatte sich Hoffmann gerade neue Schläger fitten lassen, und ...«

»Fitten?«, unterbricht ihn der Kommissar.

»Ja, fitten. Maßanfertigen eben«, erklärt Spengler mit einem Unterton, der verrät, dass man sowas doch wissen muss. Dann fährt er fort:»Jedenfalls verkaufte Hoffmann Gerlach seine alten Schläger. Und bestimmt zu einem guten Kurs. Für Hoffmann.«

»Können Sie sehen, ob der Schläger, mit dem er wahrscheinlich erschlagen wurde, Teil dieser Ausrüstung ist?«

Spengler geht mit dem gebührenden Abstand um den Toten herum, bückt sich und betrachtet das Bag. Dann nickt er.

»Ja, das Eisen 7 fehlt, und der Schläger, der dort liegt, ist ein passendes Eisen 7.« Dann erschrickt er augenscheinlich und sagt:»Aber ... Herr Kommissar, ich glaube, Dieter hat da was im Mund ...«

Sebastian beugt sich nun auch über den Toten und begutachtet dessen Gesicht. Er zückt sein Smartphone, macht zur Beweissicherung ein paar Fotos von der Leiche und ihrem Gesicht, greift dem Toten dann mit spitzen Fingern in den Mund und zieht etwas heraus, was wie ein kleiner Karussellchip aussieht.

»Wissen Sie, was das ist?«, richtet der Kommissar seine Frage an den Platzwart.

Dieser wird noch bleicher, als er sowieso schon die ganze Zeit aussieht, und sagt: »Ja. Es ist ein Ballmarker unseres Clubs.« Und schiebt schon wie selbstverständlich die Erklärung für Nicht-Golfer hinterher: »Damit markiert man die Position des Balls, wenn man ihn auf dem Grün aufnimmt, zum Beispiel, um den Ball zu reinigen. Fast jeder Club hat seine eigenen Marker, die man im Pro-Shop für ein paar Euro kaufen kann.«

Während Sebastian den Ballmarker in eine Plastiktüte steckt, die er zuvor ebenfalls aus seiner Jackett-Tasche gezogen hat – Was hat der Mann noch alles dabei? –, überlege ich, ob ich meinen Steuerberater mal fragen sollte, ob Sebastian das Abendessen als Fortbildung absetzen kann. Wir lernen hier schließlich in jedem Satz etwas Neues dazu.

»Ist der Pro-Shop der Laden im Eingangsbereich, der auch Kappen verkauft und wo es außerdem diese lustigen Mützen für die Schläger gibt?«, will ich zur Sicherheit noch einmal wissen.

Jetzt sieht mich Spengler etwas verständnislos an, bevor er begreift, was ich gemeint haben könnte. »Ach, Sie meinen die Headcovers. Ja, genau. Das ist der Pro-Shop. Aber die Headcovers braucht man nur für die Hölzer.«

»Es gibt noch Schläger aus Holz?«, fragt Sebastian interessiert.

Der Platzwart lacht kurz auf, wird sich dann aber der Situation bewusst und ist schnell wieder ernst.

»Früher wurden die Köpfe der langen Schläger – zum Beispiel des Drivers, mit dem man den ersten Ball abschlägt – aus Holz gefertigt. Heute nimmt man dafür meist ein leichtes Metall oder eine Legierung. Die kürzeren Schläger, so auch das Eisen 7, sind da schon massiver und bestehen zum Beispiel aus Stahl – damit kann man in der Tat einen ganz schönen Schaden anrichten.«

Er schaut auf den toten Dieter Gerlach und seufzt.

»Haben Sie jemanden gesehen oder etwas Auffälliges bemerkt?«, stellt Sebastian eine weitere Frage.

Der Platzwart überlegt kurz. »Nein, aber jeder kann tagsüber direkt über die Hintertür in die Umkleiden gehen, ohne oben durchs Clubhaus zu müssen. Ich saß die letzte halbe Stunde oben bei Tessa an der Theke und habe einen Kleinen Golfer getrunken, bevor ich nach unten ging. Sie kann das bestätigen. Und zuvor war ich auf dem Platz. Ich denke, da haben mich auch zahlreiche Clubmitglieder gesehen.«

»Was ist denn ein Kleiner Golfer? Haben Sie sich einen hinter die Binde gekippt?«, frage ich interessiert und auch ein bisschen skeptisch. Es klingt nach einem Mixgetränk, das ich noch nicht kenne. Neue Rezepte für meine Gastronomie zu erfahren, ist immer spannend – somit zählt der Abend auch für mich noch als Fortbildungsveranstaltung.

»Grapefruitsaft mit Bitter Lemon«, sagt Spengler mit Nachdruck.

Ich verziehe das Gesicht.

»Probieren Sie es ruhig mal! Im Sommer ist das eine herrliche Erfrischung – auch ohne Alkohol!«

»Ich glaube, wir sind hier unten erst einmal fertig«, sagt Sebastian. Vielleicht hat er Angst, dass ich mit dem Platzwart auch noch Kochrezepte austausche. »Können Sie den Umkleideraum bitte abschließen, bis meine Kollegen von der Spurensicherung eingetroffen sind? Der Tatort darf nicht verändert werden«, sagt der Kommissar bestimmend. Ich werfe nochmal einen Blick auf den toten Dieter Gerlach. Wer würde diesen netten Mann umbringen wollen?

Der Platzwart zückt einen großen Schlüsselbund und verschließt die Tür, nachdem wir den Raum verlassen haben.

Als wir gerade die Treppe hochsteigen und den Gastraum betreten wollen, kommen uns zwei Männer mit großen Pilotenkoffern entgegen. »Das ging ja fix. Hallo, Ernst, hallo, Bert«, begrüßt Sebastian die beiden und gibt ihnen nacheinander die Hand.

Ich stutze und muss sofort an die Sesamstraße denken. Zumal einer von beiden wirklich sehr buschige, schwarze Augenbrauen im Gesicht hat. Ob das Bert ist?

»Ja, wir waren gerade in der Nähe, als der Anruf von der Leitstelle kam«, sagt der Ältere der beiden. Und der jüngere Ermittler ergänzt: »In Langenheim hat sich einer vom Dach gestürzt. Eindeutig Selbstmord und kein schöner Anblick. Außer die Reste ordentlich zusammenzukratzen konnten wir da nicht viel tun.«

Der Kommissar nickt wissend. Ich schlucke und überlege mir, ob es wohl eine kindgerechte Ernie-und-Bert-Folge zum Thema Leichenfund geben könnte. Nein, wohl nicht. »Was hast du denn für uns? Auch einen Lebensmüden?«, fragt der Spurensicherer, von dem ich denke, dass er der Ernst sein muss.

Kommissar Loch schüttelt den Kopf.

»Nein, eindeutig Mord.«

»Gut, dass du dir da schon so sicher bist«, murmelt Bert mit einem leicht eingeschnappten Unterton in seinen nicht vorhandenen Bart und kneift dabei seine buschigen Augenbrauen derart zusammen, dass er nur noch einen einzigen schwarzen Balken über seinen Augen auf der Stirn hat.

»Wenn du mir erklärst, wie man sich mit einem Golfschläger selbst erschlägt und sich danach noch einen Ballmarker in den Mund steckt, werde ich natürlich auch Selbstmord bei meinen Ermittlungen in Betracht ziehen«, sagt Sebastian süffisant und hält dabei das Plastiktütchen mit dem Chip in die Höhe.

Nun runzelt auch Ernst seine Stirn und schaut den Kommissar vorwurfsvoll an.

»Ja, keine Angst: Ich hab vorher Fotos gemacht«, sagt Sebastian beschwichtigend und kommt damit dem Vorwurf seiner Kollegen zuvor, etwas am Tatort verändert zu haben.

Der Kommissar drückt Ernst die Tüte in die Hand und ergänzt:

»Die Bilder schicke ich dir später per Mail.«

»Hoffentlich sind sie nicht wieder unscharf«, sagt Ernst und lacht dabei ähnlich meckernd wie Ernie. Ob er als Kind wohl dauernd Sesamstraße geschaut hat? Man sagt ja, dass sich Herrchen und ihre Hunde ähneln – vielleicht trifft das auch für Helden aus Kinderserien zu.

Sebastian übergeht den Vorwurf einfach und wendet sich an den Platzwart, der ebenfalls noch bei uns rumsteht.

»Herr Spengler, wären Sie so nett, meine Kollegen an den Tatort zu bringen und ihnen Zugang zu verschaffen?«

Spengler nickt und macht eine einladende Handbewegung Richtung Treppe.

»Folgen Sie mir bitte.«

Als Sebastian und ich das Golfclub-Restaurant betreten, stehen die drei Männer, die vorhin noch zum Spielen auf den Platz wollten, und ein weiterer Golfer bei Tessa an der Theke. Sofort kommt der Club-Präsident auf uns zu und streckt Kommissar Loch seine Hand entgegen. Mich lässt er erst einmal stehen. Irgendjemand hat mir mal erzählt, dass auf dem Golfplatz neben dem sportlichen Können auch die Etikette eine große Rolle spielen würde. Das scheint wirklich nur auf dem Platz und nicht daneben zu gelten. Wie sonst erklären sich die hier scheinbar doch etwas mangelhaften Manieren? Erst der Platzwart, dann dieser Typ von Präsident. Nicht, dass ich großen Wert darauf legen würde, von diesem Schnösel als Erstes die Hand geschüttelt zu bekommen, aber merkwürdig finde ich es schon. Aber vielleicht bin ich zu streng. Diese ganze Situation ist ja schließlich auch etwas merkwürdig.

Bestimmt wird nicht jeden Tag ein Golfer in einem Clubheim erschlagen.

»Sind Sie der Kommissar?«, fragt der Club-Präsident und ergänzt, nachdem Sebastian genickt hat:

»Mein Name ist Hoffmann. Hans-Herrmann Hoffmann. Mit 2 R, 2 F, 2 Mann. Ich bin der Präsident des Golfclubs.«

»Angenehm, Herr Hoffmann. Mein Name ist Sebastian Loch.« Er zückt seinen Dienstausweis und hält ihn seinem Gegenüber unter die Nase. Dieses wirft nur einen flüchtigen Blick darauf und fragt: »Was ist denn nur passiert? Das ist eine Katastrophe für unseren Club. Gut, dass wir gerade das Turnier hinter uns haben. Wenn das vorher passiert wäre ... Na ja, es ist so oder so eine unsägliche Angelegenheit. Uns gibt es ja erst seit zwei Jahren, und wir sind gerade dabei zu expandieren. So eine Nachricht kommt wirklich ungelegen. Ich kann doch davon ausgehen, dass Sie die Presse noch nicht informiert haben?«

Sebastian sieht Hoffmann kühl an und sagt: »Zunächst mal ist es eine Katastrophe für Herrn Gerlach, der dort unten tot in der Umkleide liegt. Und nein, ich habe natürlich die Presse noch nicht verständigt.«

Hoffmann atmet hörbar erleichtert aus.

»Ich würde Ihnen gerne ein paar Fragen stellen«, sagt Sebastian betont sachlich, aber ich kann ihm ansehen, dass sich der Club-Präsident mit seiner wenig mitfühlenden Äußerung bei ihm nicht gerade beliebt gemacht hat.

»Natürlich«, sagt Hoffmann. Erst jetzt scheint er mich zu bemerken.

»Sind Sie auch Polizistin?«, fragt er unverblümt und etwas barsch.

Ich schüttele den Kopf, und bevor ich etwas sagen kann, kommt mir Sebastian zuvor: »Frau Sommer und ich haben hier heute Abend gegessen.«

Hoffmann nickt kurz, ohne mir weiter Beachtung zu schenken, und geht wieder zu den anderen drei Golfern, die noch immer an der Theke stehen und sich dem Kommissar jetzt ebenfalls vorstellen. Neben dem Kleinen mit der Glatze und dem Großen mit dem Hipsterbart komplettiert ein weiterer Herr mittleren Alters das Quartett. Er ist groß, sieht gepflegt aus in seinem unauffälligen Dress. Einzig seine große Hakennase im Gesicht stört den Anblick und macht ihn ein wenig unsympathisch. Er stellt sich dem Kommissar als Otto Laufberger vor. Ich trete mit einem kleinen Abstand zu der Gruppe, aber in Hörweite an die Theke, worauf sich Tessa sofort zu mir gesellt. Sie lächelt mich an und beginnt, Gläser zu polieren – etwas, was ich auch gerne mache, wenn sich interessante Gespräche in meinem

Lokal anbahnen: Man ist beschäftigt und kann trotzdem unverblümt zuhören. Ich bin versucht, mir auch ein Handtuch zu schnappen und Tessa beim Polieren zu helfen, aber stattdessen bestelle ich bei ihr nur ein Wasser. Tessa und ich spitzen die Lauscher und folgen der Befragung, die Kommissar Loch nun beginnt.

»Sie kannten alle den Toten? Herrn Dieter Gerlach?«

Alle vier Männer nicken.

»Ich habe gehört, er hat gestern das Golfturnier gewonnen. Und nicht alle waren mit der Entscheidung einverstanden.«

Hoffmann ergreift sofort das Wort: »Ja, Harald Fliederer, der den zweiten Platz belegt hat, vermutete Manipulation. Aber das ist natürlich totaler Quatsch. Heute hat er noch einmal davon angefangen. Wir hatten vorhin auf der Terrasse dazu eine Auseinandersetzung.«

»Habe ich gehört«, stellt Sebastian fest und hakt nach: »Herr Fliederer war ziemlich aufgebracht.«

Hoffmann macht ein mitleidiges Gesicht: »Tja, es ging um einen wirklich tollen Preis. Der Sieger hat ein Privattraining mit der derzeitigen Nummer 1 im Golf, Peter Pranger, gewonnen. Seine Exfreundin spielt bei uns im Club und hat das Meet & Greet während der kommenden Deutschen Meisterschaften mit ihm klargemacht. So einen außergewöhnlichen Preis gibt es selten bei einem so kleinen Turnier wie bei unserem. Da kann man schon mal neidisch werden.«

Sebastian schaut den Präsidenten eindringlich an:»So sehr, dass man dafür einen Mord begehen würde?«

Hoffmann blickt dem Kommissar fest in die Augen, zögert aber ein wenig und sagt dann:»Was weiß ich? Ich kann in seinen Kopf schließlich nicht hineingucken.«

»Harald ist ein Hitzkopf, Herr Kommissar, aber sowas traue ich ihm nicht zu«, wirft der kleine Golfer ein, der sich als Jupp Schäfer vorgestellt hatte und dessen drei Haare noch immer wie angeklebt über seiner Glatze liegen. Vielleicht sind sie es ja – also angeklebt.

»Wo waren Sie in den letzten drei Stunden?«

»Das sollten Sie besser Harald fragen«, echauffiert sich Herr Hoffmann (mit 2 R, 2 F, 2 Mann), aber Jupp legt seinem Präsidenten beruhigend die Hand von unten auf die Schulter und erklärt:»Dass wir zusammen auf der Terrasse gesessen haben, dürfte Ihnen ja nicht entgangen sein. Und da das Wetter heute noch so beständig war, haben Gustav und ich danach noch drei Löcher gespielt und sind gerade wieder hereingekommen. Auf dem Weg zum Abschlag hat Hans-Herrmann dann noch Otto getroffen, und die beiden wollten dann stattdessen lieber auf die Driving-Range.«

»Da waren wir auch«, sagt der angesprochene Otto schnell. Der Präsident sieht zu Otto hinüber, zögert kurz, dann nickt er ebenfalls. Jupp fährt fort:»Wir trinken meistens noch etwas, bevor wir unsere Taschen in die Umkleide bringen. So auch dieses Mal. Aber ich schätze, wir müssen unsere Bags heute mal mit nach Hause nehmen, oder?«

»Ja, das ist richtig«, bestätigt Sebastian und erklärt:»Ich denke, einen Tag werden wir den Tatort noch absperren müssen. Danach können Sie die Umkleidekabine wieder benutzen.«

Dann fragt er noch nach:»Wo kann ich Sie erreichen, falls ich noch Fragen habe, und könnten Sie mir bitte auch sagen, wo ich Herrn Fliederer finden kann?«

Nacheinander nennen die Herren ihre Adressen und Telefonnummern, und Hoffmann gibt Sebastian die Kontaktdaten von Harald Fliederer, die sich der Kommissar ebenfalls notiert.

»Gut, das wäre erst einmal alles. Wie gesagt: Ich melde mich, wenn ich noch weitere Informationen brauche.«

Hoffmann wendet sich zu seinen Mitspielern:»Wir trinken aber jetzt noch einen auf den Schreck, oder? Tessa, mach uns mal vier Willi.«

Jupp Schäfer greift seine Golftasche und macht eine abwehrende Handbewegung.

»Lass mal, Hans-Herrmann, mir reicht es für heute. Tschüss zusammen«, sagt er und verlässt das Lokal.

»Dann nicht«, brummt Hoffmann eine Spur beleidigt und wendet sich an seine verbliebenen Golfkumpel:»Gustav, Otto: Aber ihr nehmt noch einen mit mir!«

Es klingt nicht nach einer Frage, sondern nach einer Feststellung. Gustav und sein Bart nicken. Otto zögert kurz, nickt dann ebenfalls und sagt dann zu Hans-Herrmann:

»Ich muss sowieso noch etwas mit dir besprechen.«

Tessa stellt die Schnäpse vor die drei Herren und wendet sich Sebastian und mir zu:»Möchten Sie auch noch etwas trinken? Als tröstenden Abschluss? Sie hatten sich den Ausgang ihres Abends sicher auch anders vorgestellt«, sagt sie mitfühlend.

»Das kann man wohl sagen«, seufze ich und denke mit Sehnsucht an Sebastians Lippen zurück, die schon zum Greifen – oder besser gesagt – zum Küssen nah waren.

»Das ist wirklich sehr nett von Ihnen«, bedankt sich mein Kommissar und fügt bedauernd hinzu:»Aber ich fürchte, ich muss jetzt noch einmal aufs Präsidium. Gerade bei Kapitalverbrechen darf man den Zeitfaktor nicht unterschätzen: Je schneller die Ermittlungen beginnen, desto größer ist die Chance, dass wir den Täter finden.«

Ich weiß, dass Sebastian damit Recht hat. Trotzdem kann ich eine gewisse Enttäuschung nicht verhehlen, die ich meinem Freund in spe aber natürlich nicht zeige – wer bin ich, dass ich die Hoffnung auf einen Kuss über die Aufklärung eines Mordes stelle. Das wäre ja wohl ziemlich albern und kein schöner Charakterzug. Und doch wünsche ich mir in diesem Moment, dass Sebastian einen Marketingjob hätte. Oder einen Schreibtischjob bei der Stadtverwaltung. Mir dämmert, dass seine und meine Arbeitszeiten nicht dazu führen werden, dass wir nur noch aufeinanderhocken. Ich seufze innerlich noch einmal.

Auch ich will, dass der Mord an Dieter Gerlach schnell gelöst wird, deshalb muss ich schweren Herzens zugeben, dass er jetzt schnell ins Büro fahren sollte. Sebastian lässt sich von Tessa die Rechnung geben, zahlt, und wir verlassen das Lokal.

Inzwischen ist es dunkel geworden, als wir uns zum Wagen des Kommissars aufmachen. Auf dem Weg zum Parkplatz geht mir die Aussage des Club-Präsidenten noch einmal durch den Kopf, und ich sage zu Sebastian: »Was hat Hoffmann eigentlich damit gemeint, dass der Club expandieren will? Der Platz hat doch 18 Loch, oder? Ich dachte immer, das reicht für eine Runde.«

Sebastian zuckt unwissend mit den Schultern, als wir eine Stimme aus dem Halbdunkeln zwischen den geparkten Autos hören.

»Ja, 18 Loch reichen, aber wenn man größere Turniere ausrichten will, braucht man mindestens 27.«

Jupp Schäfer tritt zwischen den Wagen hervor und kommt auf uns zu. Da er kaum größer als die Autos ist, haben wir ihn überhaupt nicht gesehen.

»Entschuldigen Sie bitte, dass ich Sie hier noch einmal so überfalle, aber genau dazu wollte ich noch etwas sagen.«

»Was Sie nicht in Gegenwart ihres Präsidenten tun wollten?«, fragt der Kommissar direkt.

Schäfer lässt die Frage unbeantwortet, und Sebastian insistiert nicht auf eine Antwort. Stattdessen sagt der Golfer: »Vielleicht sollten Sie wissen, dass Hans-Herrmann und Harald nicht nur über den Ausgang des Turniers unterschiedlicher Meinung sind, sondern auch, was die Zukunft unseres Clubs angeht.«

Er zögert kurz. Offenbar überlegt er, ob er wirklich mit der Sprache herausrücken und sich gegebenenfalls Ärger mit seiner Clubleitung einhandeln soll. Aber dann fährt er doch fort: »Hans-Herrmann will den Club auf 27 Loch erweitern, also noch eine 9-Loch-Anlage anbauen. Durch die Vergrößerung könnten wir uns mittelfristig auf größere

Turniere bewerben und auch mehr Mitglieder
aufnehmen.«

»Und Herr Fliederer ist dagegen?«, grätsche ich neugierig
dazwischen und handele mir dafür einen tadelnden Blick
meines Lieblingskommissars ein.

»Nicht nur er«, sagt Schäfer und streift sich nervös über
die drei Haare auf seiner Halbglatze. »Der Club ist
gespalten. Die eine Hälfte hält die Expansion für eine gute
Sache. Denn eine größere Anlage würde auch mehr
Greenfee-Spieler anlocken – also diejenigen, die nicht
Mitglied sind, sondern den Platz nur mal für eine Runde
gegen eine Gebühr spielen wollen. Das bringt höhere
Einnahmen, man kann mehr in die Platzpflege
investieren, und für die Gastronomie und den Pro-Shop
würde es auch mehr Umsatz bedeuten. Und wie gesagt:
Man hätte zudem die Chance, mal ein großes Turnier
auszurichten. Das bringt Presse und Prestige – in
unserem Sport leider noch immer kein zu
unterschätzender Faktor.«

»Und die andere Hälfte der Mitglieder?«, will der
Kommissar wissen.

Schäfer seufzt. »Die andere Hälfte glaubt, dass damit der
Club zu schnell zu groß werden wird. Dass vielleicht die
Beiträge bald steigen, weil jeder aus der Umgebung dann
in unserem Club spielen will. Dass man keine

Abschlagzeiten mehr bekommt, wie das bereits in anderen Clubs praktiziert wird, wo die besseren Slots für die zahlenden Gäste reserviert sind. Und dass schlussendlich das im Moment doch sehr familiäre Clubleben flöten geht. Inzwischen werden die Diskussionen immer unsachlicher und emotionaler. Ja, man kann sagen, dass sich schon zwei Lager gebildet haben. Die Fronten sind ziemlich verhärtet.«

»Die Erweiterung ist aber noch nicht beschlossen?«

»Nein ...«, Schäfer zögert erneut und nestelt an seinen drei Haaren herum.

»Herr Schäfer«, beginnt Sebastian auffordernd. »Sagen Sie mir jetzt bitte, was Sie wissen. Ich werde es so oder so herausbekommen.«

»Für den Neubau müsste der Club noch zwei Grundstücke kaufen. Eines davon gehört Dieter Gerlach. Besser gesagt: gehörte. Aber er hatte sich noch nicht entschieden, ob er seine Streuobstwiese an den Club verkaufen wollte.«

Ich pfeife erstaunt durch die Lippen.

»Es könnte also sein, dass Herr Hoffmann die Verkaufsabsicht von Herrn Gerlach mit dem Sieg im Turnier etwas ... beschleunigen wollte?«, spricht der Kommissar meine Gedanken aus.

»Ich würde es Hoffmann zutrauen. Aber beweisen könnte ich es nicht. Ich könnte mir allerdings vorstellen, dass so ein Treffen mit Deutschlands bestem Golfer seine Entscheidung bestimmt beeinflusst hätte. Da bekommt jeder Golfer Lust auf mehr. Und bestimmt hätte Hoffmann Pranger entsprechend gebeten, dass er Gerlach den Verkauf schmackhaft machen soll.«

»Und Harald Fliederer? Wäre der darauf auch angesprungen?«, hakt Sebastian nach.

Schäfer überlegt kurz. Dann schüttelt er den Kopf, und das erste Mal habe ich den Eindruck, dass sich seine angeklebten Haare einen Millimeter bewegt haben.

»Nein. Im Gegenteil. Ich glaube, er hätte die Gelegenheit eher genutzt, um zu versuchen, in Peter Pranger einen prominenten Unterstützer gegen den Ausbau des Clubs zu gewinnen.«

»Fällt ihm nach dem Tod von Herrn Gerlach als Zweitplaziertem jetzt nicht automatisch der Preis zu?«, will ich wissen.

Sebastian sieht mich mit einem seltsamen Blick an. Vielleicht findet er meine Fragen ja insgeheim nützlich, würde das aber sicher nie zugeben.

Schäfer überlegt kurz.

»Ja, da haben Sie Recht. Darüber hatte ich noch gar nicht nachgedacht.« Und nach einer kurzen Pause fügt er hinzu:

»Aber ich fürchte, Hans-Herrmann wird das sicher zu verhindern wissen. So, ich habe schon viel zu viel erzählt. Ich mache mich mal auf den Heimweg. Sie haben ja meine Nummer, wenn Sie noch etwas wissen wollen.« Er hebt die Hand zum Gruß und streicht ein letztes Mal über seinen Kopf. Ich vermute, dass er deshalb kein Haupthaar mehr hat, wenn er sich dauernd an seinem Kopf rumnestelt. Da ihn Sebastian nicht vom Gehen abhält, steigt er in seinen Wagen, lässt den Motor an und fährt davon.

Sebastian seufzt.

»Bevor ich ins Präsidium fahre, werde ich wohl direkt Herrn Fliederer einen Besuch abstatten. Ich schätze, es wird eine lange Nacht. Kanntest du Gerlach eigentlich gut?«

Ich schüttele den Kopf.

»Nur aus dem Grünen Kränzchen. Er kam immer mal mit seiner Frau zum Essen. Die Familie hatte früher eine alte Apfelweinkelterei, die Gerlach aber schon vor etlichen Jahren verkauft hat. Und der Rest des alten Gehöfts wird auch schon länger nicht mehr bewirtschaftet. Dass er im Umkreis noch ein paar Wiesen und Äcker hatte, kann ich mir trotzdem gut vorstellen. Ich schätze, er hat ein bisschen was an andere Bauern verpachtet.«

Sebastian schließt nachdenklich seinen Wagen auf, öffnet – ganz Gentleman – die Beifahrertür und lässt mich einsteigen.

Schweigend fahren wir nach Traunbach.

Als wir vor meiner Haustür halten, taucht Sebastian kurz aus seinen Gedanken auf und lächelt mich sanft an.

»Tut mir leid, wie der Abend gelaufen ist. Manchmal hasse ich meinen Job.«

Ich lächele zurück, streiche ihm verständnisvoll übers Gesicht und drücke ihm einen Kuss auf die Wange. Das muss für heute reichen, denn ich möchte mich nicht an unseren ersten richtigen Kuss erinnern mit dem Wissen, dass Sebastian mit seinen Gedanken bei einer Leiche hängt. Und auch ich wäre wohl nicht ganz bei der Sache.

»Der Abend war toll. Vielen Dank«, sage ich und öffne die Tür. Ich steige aus, und bevor ich sie wieder schließe, beuge ich mich noch einmal zu ihm hinunter.

»Wir wiederholen das. Und dann ohne Tote. Versprochen? Arbeite nicht mehr zu lange.«

Er ringt sich ein gequältes Lächeln ab, hebt die Hand zum Gruß, und dann ist er weg. Ich stehe noch einen Moment auf der Straße und schaue ihm nach, obwohl Sebastian samt Auto schon längst aus meinem Blickfeld verschwunden ist. Ich seufze und schließe die Haustür auf. Ein Gutes hat es ja: Endlich raus aus der Spanx-Hose.

Fall gelöst!

Ich starre auf das Telefon und zögere noch einen Moment. Dann wähle ich Sebastians Nummer. Ich möchte seine Stimme hören. Na gut, ich will außerdem wissen, ob es etwas Neues im Fall Gerlach gibt.

»Loch«, meldet sich der Kommissar kurz und knapp bereits nach dem ersten Läuten.

»Sommer«, sage ich genauso kurz und muss wieder daran denken, dass Sommer-Loch ein wirklich dämlicher Doppelname wäre.

»Hi, Lissie«, begrüßt er mich und klingt ein wenig freundlicher als noch gerade.

»Ich wollte mich noch einmal für den schönen Abend bedanken«, sage ich und muss mir selbst eingestehen, dass das etwas vorgeschoben klingt.

Ich höre Sebastian lachen.

»Und – lass mich raten – ganz nebenbei willst du wissen, ob es was Neues im Mordfall Gerlach gibt.«

Ich werde rot. Er kennt mich doch schon ganz gut, der Herr Kommissar. Trotzdem ergreife ich diese Steilvorlage: »Gibt's denn was Neues?«, will ich unverblümt wissen.

»Ja, ich glaube, der Fall ist so gut wie gelöst«, sagt er triumphierend.

Ich stutze.

»Ach ja? Wer war's denn?«, frage ich etwas ungläubig nach.

»Ich habe Harald Fliederer heute Nacht noch festgenommen. Er hat kein Alibi und sich in Widersprüche verwickelt.«

»Fliederer? Meinst du wirklich?« Ich weiß, dass ich skeptischer klinge als beabsichtigt. Das ist auch dem Kommissar nicht entgangen.

»Ja, meine ich«, sagt er bestimmt und ergänzt: »Er hat aus seiner Wut gegenüber Hoffmann und den Befürwortern des Ausbaus des Clubs gar keinen Hehl gemacht. Und er war davon überzeugt, dass Gerlach seine Wiese an den Golfplatz verkauft hätte.«

»Aber das macht ihn doch noch nicht zum Mörder«, verteidige ich Fliederer aus einem Gefühl heraus, das ich mit keinerlei Fakten untermauern könnte.

»Da hast du prinzipiell Recht. Aber er hat Täterwissen.«

»Täterwissen?«, frage ich.

»Ja, in meiner Vernehmung platzte er heraus, dass er niemals jemanden mit einem Golfschläger erschlagen würde. Ich hatte mit keinem Wort erwähnt, dass Gerlach durch einen Schlag zu Tode gekommen ist. Das kann nur der Täter wissen.«

Da muss ich dem Kommissar wiederum Recht geben.

»Meinst du wirklich, er hat Gerlach umgebracht, damit der seine Streuobstwiese nicht verkauft? Ich weiß nicht ...«

Ich bin nach wie vor skeptisch. Sollte es so einfach sein? Aber vielleicht muss es ja auch nicht immer kompliziert sein.

Es ist kurz still in der Leitung, dann sagt der Kommissar: »Wir werden sehen. Ich hoffe, ich bekomme das Ergebnis der Spurensicherung im Laufe des Tages. Ob er den Mord geplant hat, kann ich noch nicht sagen. Wenn er ihn im Affekt erschlagen hat, finden sich vielleicht Fingerabdrücke am Griff.«

Nach einer kleinen Pause sagt er zögernd: »Du, Lissie ...«

Mir wird ganz warm ums Herz, und ich freue mich darauf, was jetzt kommt. Vielleicht schafft er es ja trotz Ermittlungen, dass wir uns heute auf einen Kaffee treffen.

Stattdessen sagt er: »Das ist ja jetzt eine Mordermittlung. Du bist quasi eine Zeugin, und ich glaube, es wäre besser, wenn wir uns nicht sehen, bevor der Fall abgeschlossen ist. Das wäre unprofessionell. Es tut mir leid.«

Mir wird augenblicklich schlecht, und ich habe das Gefühl, als hätte mir jemand mit voller Wucht in die Magengrube geschlagen. Mir steigen die Tränen in die Augen – vor Wut auf seinen doofen Job und Enttäuschung, dass ich ihn weder heute noch in den nächsten Tagen treffen werde. Und ich bin froh, dass mich Sebastian jetzt nicht sehen kann.

»Ist das dein Ernst?«, frage ich gepresst.

»Lissie, versteh doch. Das hat nichts mit dir zu tun. Aber ich muss Privates und Berufliches trennen. Jeder gewiefte Strafverteidiger würde der Staatsanwaltschaft sonst einen Strick daraus drehen. Und die wiederum würde mir den Kopf abreißen. Ich kann nicht riskieren, dass wegen unserer ... unserer ...«

»Unserer was?«, fauche ich dazwischen, giftiger, als ich eigentlich wollte.

»Was weiß ich«, motzt er jetzt ebenfalls trotzig und sagt: »Ich ruf dich an, wenn die ganze Sache rum ist, okay?«

Ich nicke, aber eine Träne läuft mir über die Wange. Vor Wut. Vor Enttäuschung. Über unser Timing, das unglücklicher nicht hätte sein können.

»Lissie?«, höre ich Sebastian am Telefon.

»Ist schon gut«, sage ich.

»Du, ich muss hier weitermachen. Bis dann«, sagt Sebastian, und ich antworte:»Bis dann.«

Aber er hat schon aufgelegt.

»Der Dieter? Na, des gibt's ja net.«

Meine Mutter schüttelt immer noch den Kopf und kann noch gar nicht fassen, was sie gerade von mir gehört hat.

Nach dem unrühmlichen Telefonat mit Sebastian hatte ich mir meine Laufschuhe geschnappt und mir meinen Frust von der Seele gewalkt. Ich musste an die frische Luft und mich abreagieren. Joggen macht mir einfach keinen Spaß, aber mit dem Walken habe ich inzwischen meinen Frieden gemacht.

Nach einer Sechs-Kilometer-Runde und einer heißen Dusche fühlte ich mich besser, und auch mein Verstand setzte wieder ein – Sebastian hatte ja Recht: Nichts wäre ärgerlicher, als wenn er einen Mörder laufen lassen müsste, nur weil wir die Finger nicht voneinander lassen können. Leider ist Geduld einfach nicht mein zweiter Vorname, so dass ich die ganze Sache gelassener nehmen könnte. Ich weiß, was ich will. Und meistens will ich es jetzt. Aber das geht nun mal nicht immer. Und das fällt mir besonders schwer zu akzeptieren. Da hilft dann nur noch laufen oder saufen – und laufen ist gesünder.

Ich machte mich auf ins Grüne Kränzchen, um den Abendservice vorzubereiten. Pünktlich um 17 Uhr standen zu meiner Überraschung dann meine Eltern vor der Tür.

»Ich habe heute keine Lust zu kochen«, erklärte meine Mutter, und so nahmen die beiden in meinem Lokal Platz.

Natürlich konnte ich nicht umhin, den beiden von dem gestrigen Mord und der Verhaftung von Harald Fliederer zu erzählen.

»Ich kann mir beim besten Willen net vorstellen, dass der Harald den Dieter erschlagen haben soll«, sagt meine Mutter jetzt und nippt an ihrem Apfelwein.

»Die Wege des Herrn sind unergründlich«, kommentiert mein Vater und handelt sich dafür einen strafenden Blick meiner Mutter ein. Unsere Familie ist nicht wirklich religiös, deshalb lassen wir aber Gott auch weitestgehend aus dem Spiel.

Bevor meine Mutter ihrem stillen Protest einen verbalen folgen lassen kann, schwingt die Tür auf, und Georg Schneider, seines Zeichens immer noch Privatdetektiv, kommt herein. Während der Ermittlungen zur Ermordung von Mamas Freundin Carla ist er in mein Leben getreten, und seitdem werde ich ihn irgendwie nicht mehr los. Über der ganzen Mordgeschichte hatte ich erfolgreich verdrängt, dass ja Dienstag ist. Und dienstags hat es sich Schneider seit ein paar Wochen zur lieben Gewohnheit gemacht, zu mir zum Essen zu kommen. Ich vermute ja, es hat weniger mit mir als mit unserem »Angebot am Dienstag« zu tun – zum Start in die Woche gibt es im Grünen Kränzchen zu jedem Hauptgericht ein Freigetränk dazu. Rechnerisch macht das für Schneider, der an der

Stadtgrenze zu Frankfurt wohnt, eigentlich keinen Sinn. Ich schätze, er gehört aber auch zu den Zeitgenossen, die für zwei Euro Sprit verfahren, um an der Tankstelle – dank günstigerem Preis – einen Euro zu sparen. Wie auch immer: Mir soll es Recht sein, man kann sich seine Gäste schließlich nicht aussuchen. Ich setze mein Profi-Wirtinnen-Lächeln auf, begrüße den Privatschnüffler, und meine Mutter bietet dem Detektiv sofort einen Platz an ihrem Tisch an. Schneider setzt sich also dazu, und bevor ich meine Eltern mit einem vielsagenden Blick um Diskretion bitten kann, legt meine Mutter auch schon los: »Haben Sie das mit dem Mordfall im Golfclub auch schon gehört?«, fragt sie Schneider und erntet nur ein fragendes Gesicht. Worauf sie einfach weitererzählt: »Der Bauer Gerlach ist erschlagen worden! Auf dem Golfplatz! Stellen Sie sich das vor! Da hat der gerade erst angefangen, Golf zu spielen, und schon ist er tot!«

»Sport ist Mord«, kommentiert mein Vater trocken und handelt sich erneut einen strengen Blick meiner Mutter ein. Offenbar mag sie die Kommentare meines Vaters heute nicht, obwohl sie sich doch längst daran gewöhnt haben müsste. Da sie aber noch mit den Erklärungen gegenüber Schneider beschäftigt ist, der auch hochinteressiert an den Lippen meiner Mutter hängt, verkneift sie sich noch einmal eine Bemerkung und wendet sich wieder dem noch unwissenden Detektiv zu. Da hat Papa aber nochmal Glück gehabt.

»Das ist ja spannend. Weiß man denn schon, wer den armen Mann auf dem Gewissen hat?«, will der Detektiv wissen, bevor meine Mutter die Geschichte weitererzählen kann.

»Wahrscheinlich der Harald Fliederer. Den hat der Kommissar Loch gestern noch verhaftet. Gut, dass der mit Lissie dort zum Essen war, da konnte er gleich anfangen zu ermitteln.«

»Mama!«, protestiere ich jetzt doch mal. Schon schlimm genug, dass sie alle bisherigen Ermittlungsergebnisse an unseren Möchtegern-Schnüffler ausplaudert, aber mein Privatleben geht Schneider nun mal überhaupt nichts an.

»Was denn?«, fragt meine Frau Mutter mit gespielter Verwunderung und hebt unschuldig die Hände.

»Des weiß doch sicher eh schon des ganze Dorf.«

»Wer ist denn dieser Fliesenherr?«

»Wer?«, fragt meine Mutter nach, dann aber fällt der Groschen.

»Fliederer, Herr Schneider, nicht Fliesenherr. Mein Gott, Sie müssen wirklich an Ihrem Namensgedächtnis arbeiten, wenn Sie in ihrer Branche weiterhin erfolgreich arbeiten wollen!«

»Wieso erfolgreich?«, murmele ich vor mich hin, während ich meinem Vater noch einen Apfelwein hole. »Also«, setzt meine Mutter zu einer erneuten Erklärung an.

»Ich mein, der Fliederer hätte früher einen ganz guten Job in Frankfurt gehabt. Bei der Bank oder der Versicherung oder sowas. Aber seit er in Rente ist, hab ich den kaum noch gesehen. Ich glaub, die Hilde hat mal erzählt, dass der nur noch auf dem Golfplatz ist. Ganz narrisch ist der mit dem Golf. Aber dass der Gerlach auch gespielt haben soll – des wundert mich schon e bissi. Ich mein, ich kann mir ihn, als ehemaligen Bauer, nicht wirklich auf dem Golfplatz vorstellen.«

Ich seufze, schlucke aber eine Diskussion über die gepflegten Vorurteile meiner Mutter über das, was angeblich zu wem passt oder auch nicht, runter. Es bringt ja eh nichts – ich werde sie nicht mehr ändern.

»Nur schad, dass er jetzt net mehr seinen 60. Geburtstag bei dir feiern kann«, seufzt nun meine Mutter und nippt an ihrem Schoppen.

Ich seufze mit.

»Ja, das stimmt. Und ich habe für das kommende Wochenende schon alle Aushilfen gebucht. Denen kann und will ich so kurzfristig nicht wieder absagen.«

»Dann lässt du die mal schaffe und hast mal e bissi weniger Arbeit. Des schad auch nix«, sagt meine Mutter und tätschelt fürsorglich meinen Unterarm. Ich denke kurz darüber nach und muss ihr tatsächlich Recht geben: Im Laufe des letzten Jahres konnte ich mir ein nettes Serviceteam zusammenstellen, auf das ich mich außerdem hundertprozentig verlassen kann. Da geht es auch mal ein Wochenende ohne mich. Was werde ich an meinen freien Tagen machen? Wellness in der Therme? Oder doch endlich das Bad streichen? Oder einfach nur lange frühstücken gehen, und danach ...«

»Lissie, könne mir des Esse bestelle?«, reißt mich meine Mutter jäh aus meinen Tagträumen. »Wenn's zu spät wird, liegt mir das Schnitzel Meyer so im Magen. Aber euer Koch soll mir eine Seniorenportion machen: Ein Schnitzel reicht. Herbert, was nimmst du?«

»Ich nehm das auch«, sagt mein Vater kurzentschlossen und klappt die Karte zu.

»Ich dachte, du wolltest den Fisch?«, fragt meine Mutter nach.

»Naaa, ich ess auch mal Schnitzel«, erwidert mein Vater.

»Aber du sagst doch immer, du willst kein Fleisch mehr essen«, hakt meine Mutter nach.

»Darf ich jetzt kein Schnitzel mehr essen, oder was?« Der Ton von meinem Vater ist nun schon etwas trotzig.

»Natürlich! Du darfst essen, was du willst!« Aber wenn ich sag: Ess doch mal wieder ein Schnitzel, sagst du, du willst net mehr so viel Fleisch essen«, stellt meine Mutter fest und wendet sich dann an den Privatschnüffler:»Herr Schneider, was essen Sie?«

»Ich nehm den Fisch«, sagt der Detektiv kleinlaut und unsicher, nicht wissend, ob das nun die Antwort ist, die meine Mutter von ihm hören will.

»Siehst du, der Herr Schneider isst auch den Fisch. Wenn du willst, kannst du doch auch den Fisch essen.« Herr Schneider atmet hörbar erleichtert aus.

»Nein, ich will heute Schnitzel. Und aus!« Mein Vater hat einen roten Kopf und schlägt mit der flachen Hand auf den Tisch.

»Du kannst auch den Fisch nehmen und ich das Schnitzel, und wir machen halbe-halbe?«, startet meine Mutter einen letzten Versuch, meinen Vater – warum auch immer – zum Fischessen zu bewegen.

»Zweimal Schnitzel Meyer, Lissie. Seniorenportion. Danke.« Sagt mein Vater und stürzt seinen letzten Schluck Apfelwein hinunter.

Ich liebe meine Eltern.

Als ich den beiden ihre Seniorenportion Schnitzel und Georg Schneider seinen Fisch serviere, betritt Frau Gerlach, Witwe des gestern erst erschlagenen Dieter

Gerlach, das Lokal. Sie trägt einen erstaunlich schicken schwarzen Hosenanzug und eine stilvolle weiße Bluse – beides augenscheinlich nicht billig. Auf ihrem Gesicht zeichnet sich eine angemessene Trauer, aber kein übermäßiger Gram ab. Sie ist außerdem nicht allein, sondern in für mich überraschender Begleitung: Hans-Herrmann Hoffmann. Ich trete der Witwe und dem Golfclub-Präsidenten entgegen und strecke Frau Gerlach die Hand hin, die sie auch gleich ergreift:»Frau Gerlach ... ich weiß gar nicht, was ich sagen soll. Es tut mir so leid.«

Sie nickt und quält sich ein schmales Lächeln ab.

»Vielen Dank, Frau Sommer. Ich wollte kurz persönlich vorbeikommen, um mit Ihnen zu besprechen, was wir jetzt mit dem Samstag machen. Einen Geburtstag gib es ja nun leider nicht mehr zu feiern. Aber Sie haben sicher schon vieles für das Fest eingekauft, oder? Hans-Herrmann ist so nett, mich zu begleiten – es gibt ja so schrecklich viel zu tun und zu entscheiden. Das ist ja alles so furchtbar.«

Sie zieht ein feines Stofftaschentuch aus ihrer ebenfalls sehr mondänen Handtasche, tupft sich damit eine kaum sichtbare Träne aus den Augen. Sie sieht zwar nicht aus, wie ich mir eine trauernde Bauersfrau vorgestellt hätte,

aber sie tut mir trotzdem leid, und ich muss den dicken
Kloß in meinem Hals mit ganzer Kraft runterschlucken.
»Wollen Sie sich nicht erst einmal setzen?«, frage ich sie
und mache eine einladende Geste.
»Gerne. Haben Sie noch ein Plätzchen am Fenster, wo
wir uns in Ruhe unterhalten können?«
Ich nicke und geleite die beiden zu einem Tisch, der
außer Hörweite zu meinen Eltern liegt, allerdings gefolgt
von den neugierigen Blicken meiner ehemaligen
Erziehungsberechtigten und Georg Schneider. Frau
Gerlach und Hoffmann haben noch nicht richtig Platz
genommen, da steht meine Mutter schon neben dem
Tisch und reicht der Witwe die Hand.
»Anne, ich habe es gerade erst von Lissie erfahren. Mein
herzliches Beileid – auch von Herbert.«
Frau Gerlach nickt erneut und quält sich ein dankbares
Lächeln ab. Meine Mutter nickt ebenfalls, steht kurz noch
etwas unschlüssig herum, setzt sich dann aber wieder an
ihren Tisch – das Kondolieren hat sie sich nicht nehmen
lassen, obwohl sie das sicher Überwindung gekostet hat.
Eins muss man meiner Mutter lassen: Sie pflegt zwar die
Sitten und Gebräuche unseres Dorfes, aber sich am Leid
der anderen zu ergötzen – das liegt ihr fern.
Ich bringe Frau Gerlach ein stilles Wasser und Herrn
Hoffmann ein Pils und setze mich kurz zu den beiden.

»Ja, wie gesagt, Frau Sommer«, ergreift Frau Gerlach gefasst das Wort. »Seinen 60. Geburtstag hat mein Mann ja nun leider nicht mehr erlebt, und damit bleibt mir nichts anderes übrig als die Feier abzusagen.«

Sie räuspert sich kurz.

»Könnten wir uns so einigen, dass ich stattdessen den Beerdigungskaffee bei Ihnen mache? Und die Lebensmittel und was Sie sonst schon für den Samstag gekauft haben, ersetze ich Ihnen natürlich.«

Ich bin etwas überrascht.

»Frau Gerlach, es würde mich natürlich sehr freuen, wenn Sie die Trauerfeier hier machen würden. Aber Sie können das am Samstag geplante Fest auch ohne eine Ersatzveranstaltung kostenlos absagen. Unter diesen Umständen ... Das ist doch selbstverständlich.«

»Das ist sehr freundlich, Frau Sommer. Ich weiß Ihre Großzügigkeit zu schätzen. Aber ich möchte auch gerne die Beerdigung hier machen. Irgendwie wäre es der passende Abschluss. Ich weiß leider noch nicht, wann der ...« Sie atmet einmal tief durch und fährt fort: »Also wann der Leichnam meines Mannes für die Beerdigung freigegeben wird. Kann ich mich auch spontan bei Ihnen melden? Es wird sicher noch einige Tage dauern.«

»Natürlich. Melden Sie sich einfach, wenn Sie wissen, wann die Beerdigung ist. Wir werden das möglich machen.«

Sie nickt mir dankbar zu.

Damit ist alles gesagt. Ich stehe auf und lasse die beiden erst einmal alleine.

Da das Lokal sonst noch leer ist, geselle ich mich noch einmal zu meinen Eltern, die weiterhin dabei sind, sich über ihre Seniorenteller herzumachen. Mein Vater schneidet gerade das Eigelb seines Spiegeleis, das die »Meyer«-Komponente dieser Schnitzelvariation ausmacht, an, so dass das Dotter sich in einem kleinen See über das Fleisch ausbreitet. Ich muss unweigerlich an die Blutlache denken, die den Kopf des armen Herrn Gerlach umgeben hat, halte aber besser den Mund – ich will meinen Eltern den Appetit nicht verderben.

Stattdessen lausche ich mit einem Ohr ihrer Unterhaltung, die sich darum dreht, welches Gemüse sie in diesem Jahr im Garten pflanzen wollen und wie viel davon. Meine Mutter plädiert für weniger Kartoffeln und will stattdessen dafür eine Reihe Blumen mehr einsäen, damit sie sich die Sträuße aus dem Blumenladen sparen kann. Mein Vater insistiert auf mindestens zehn Stöcke Tomaten, woraufhin meine Mutter vermutet, dass Papa jetzt ins Ketchupgeschäft einsteigen will.

Frau Gerlach und Herr Hoffmann sind inzwischen ganz in ihr Gespräch vertieft, aber es sieht nicht so aus, als würden sie die Details einer Beerdigung besprechen. Dafür diskutieren sie zu angeregt. Und das über Minuten. Nach einiger Zeit trete ich wieder an ihren Tisch, um höflich nachzufragen, ob es noch etwas sein darf, aber weder Hoffmann noch Frau Gerlach scheinen mich zunächst wahrzunehmen. Stattdessen kann ich hören, wie Frau Gerlach zu Hoffmann sagt:

»Es wäre mir wirklich recht, wenn wir das Geschäft bald abschließen könnten. Ich weiß auch nicht, warum sich Dieter so lange geziert hat. Der Golfplatz kauft jetzt dieses vermaledeite Grundstück, und ich kann endlich nach einer Finca auf Mallorca Ausschau halten.«

»Machen wir, Anne. Und ich versuche, für dich einen guten Preis auszuhandeln. Aber wie hoch die Kaufsumme sein wird, kann ich dir jetzt noch nicht sagen – nach dem Tod von Dieter werden die Vorbehalte gegen den Golfplatzausbau bei einem Teil des Vorstands sicher nicht kleiner geworden sein. Das kann sich natürlich auf den Preis auswirken, den der Club bereit ist zu zahlen ...«

Frau Gerlach verzieht abfällig das Gesicht.

»Erzähl mir doch nichts, Hans-Herrmann. Ich weiß, dass du den Ausbau des Platzes unbedingt willst. Da springen doch sicher ein paar nette Bauaufträge für dich und deine

Firma heraus, oder? Und ich will endlich nach Mallorca. Du wirst schon einen Weg finden, damit mir der Golfclub einen anständigen Preis bezahlt.«

Ich räuspere mich, und Frau Gerlach erschrickt.

»Darf es noch etwas sein?«, frage ich schnell und greife nach dem leeren Wasserfläschchen, damit nicht der Verdacht aufkommt, ich würde nur hier rumstehen, um zu lauschen. Obwohl ich zugeben muss, dass die wenigen Sätze, die ich gerade aufgeschnappt habe, höchst interessant sind. Aber das lasse ich mir nicht anmerken.

»Was? Wie?«, Frau Gerlach zuckt zusammen.

»Nein, danke. Ich würde gerne zahlen«, sagt Hoffmann und sieht mir fest in die Augen. Im Gegensatz zur Gerlach scheint er mir meine Höflichkeitsnummer nicht so recht abzunehmen. Ich hoffe, dass ich nicht wieder die Gesichtsfarbe wechsele – das passiert mir ja leider öfter als mir lieb ist.

»Gerne. Geht das zusammen?«, sage ich so selbstverständlich wie möglich.

Hoffmann nickt und greift in seine Hosentasche, um seinen Geldbeutel herauszuholen.

Er bezahlt, hilft Frau Gerlach noch in den Mantel, und die beiden verlassen mein Lokal. Ich schaue ihnen noch nach und runzele nachdenklich die Stirn.

»Lissie, is was?«, will meine Mutter wissen. Mein Gesichtsausdruck ist ihr nicht entgangen. »Ich weiß nicht«, murmele ich vor mich hin. »Ich glaube immer weniger, dass der Fliederer den Gerlach erschlagen hat. Irgendwas geht da im Golfclub vor.«

Ich mache eine Pause, dann fange ich mich wieder und sehe in das sehr interessierte Gesicht von Detektiv Schneider. Hätte ich doch besser meine Klappe gehalten.

Golf ist keine Frage von Leben und Tod – Golf ist wichtiger.

»Er hat was?«, frage ich entgeistert in mein Smartphone. Am anderen Ende der Leitung bestätigt mir mein alter Schulfreund Karsten noch einmal, was ich dachte, falsch gehört zu haben.

»Ja, du hast schon richtig gehört. Mein Vater hat als stellvertretender Vorsitzender des Golfclubs den Detektiv Schneider beauftragt, ein bisschen inkognito dort rumzuschnüffeln.«

Ich seufze.

»Du weißt schon, dass das wahrscheinlich rausgeschmissenes Geld ist?«, versuche ich Karsten nicht allzu große Hoffnungen auf einen Ermittlungserfolg des etwas vertrottelten Detektivs zu machen.

»Na ja, Schneider hat meinen Vater angerufen und ihm ein Angebot gemacht. Und so viele andere Detektive kennt mein Dad ja nun auch nicht. Und sollte er keinen Erfolg haben: Der Schaden hielte sich in Grenzen.«

»Hat denn der Vorstand so schnell darüber entschieden?«, frage ich verwundert nach.

»Nein. Mein Vater hat ihm ohne Wissen der anderen Vorstandsmitglieder den Auftrag erteilt – er meint, er könne im Moment niemandem trauen, und will sie erst ins Bild setzen, wenn der Fall geklärt ist. Da ist es natürlich von Vorteil, wenn die Rechnung und damit das finanzielle Risiko für den Club nicht zu hoch sind. Aber darüber muss er sich bei Schneider keine Sorgen machen: Rechnen kann der Schnüffler schon mal nicht. Mein Vater hat ihm den Golf-Schnupperkurs, in den er den Detektiv am Wochenende einschleusen will, nämlich schon mal vom Honorar abgezogen – er habe ja schließlich auch noch danach etwas von dem Kurs. Und die Leihschläger und das Bag ...« Karsten lacht kurz auf. »Der scheint sich seine Aufträge nicht gerade aussuchen zu können. Den großen Reibach macht er mit diesem Engagement jedenfalls nicht.«

»Also ich verstehe ja, dass der Golfclub möglichst schnell wissen will, wer Gerlach ermordet hat. Jetzt, da sie den Fliederer wieder laufen lassen mussten. Aber Schneider ... na ja, es ist ja nicht meine Kohle.«

Wir schweigen kurz. Dann frage ich Karsten (und versuche, möglichst beiläufig zu klingen): »Sag mal, Karsten ... du meintest, Sebastian hätte den Fliederer wieder freigelassen. Weißt du eigentlich, warum?«

Ich kann sein Schmunzeln quasi durch das Telefon hören, als er mich fragt:»Wieso? Ich dachte, du säßest bei Loch dichter an der Quelle als ich«, fragt er mit einem süffisanten Unterton. Ich merke, dass es ihm gefällt, mich etwas zappeln zu lassen.

»Ach komm, Karsten. Sebastian ... also ... der darf mir gerade gar nichts erzählen ... Weil ich doch auch eine Zeugin bin«, druckse ich herum und drehe den Spieß dann einfach um.

»Aber wahrscheinlich ist das doch bloß wieder Gerede, und du weißt gar nichts und ich damit genauso viel wie du ...«

Das lässt Karsten erwartungsgemäß nicht auf sich sitzen und entgegnet:»Du weißt also, dass man Fliederer freilassen musste, weil man ihm gar nichts beweisen konnte? Zwar räumt er wohl ein, dass er am Tatort war und Gerlach gefunden hat. Aber er hat sich dann direkt vom Acker gemacht, eben weil er kein Alibi hatte und befürchtete, der Verdacht würde auf ihn fallen.«

»Und das glauben sie ihm?«

»Es wird ihnen nichts anderes übrigbleiben, da sonst überhaupt keine Beweise gefunden wurden. Keine Fingerabdrücke und nichts. Und: Fliederer ist Linkshänder und außerdem viel zu groß. Gerlach wurde aber ganz eindeutig von einem Rechtshänder erschlagen, der aber unmöglich Fliederers Zwei-Meter-Größe gehabt haben kann. Also … hört man jedenfalls …«

Ich grinse und freue mich, dass ich Karsten nun doch alles entlocken konnte, was ich wissen wollte, und somit wieder auf dem aktuellen Stand bin.

»Wie steht denn eigentlich dein Vater zu der ganzen Diskussion über den Ausbau des Golfplatzes?«, frage ich Karsten.

»Er ist einer der wenigen, die sich da raushalten. Er sagt, er wolle vor allem in Ruhe Golf spielen. Ob auf 18 oder 27 Loch, das sei ihm wurscht. Und deshalb hat er ja auch so großes Interesse daran, dass schnell wieder Ruhe im Club einkehrt.«

»Verstehe«, sage ich. Eine Sache interessiert mich aber noch:»Und was hält dein Vater von seinem Präsidenten? Ich finde, dieser Hoffmann ist ein windiger Typ. Er wirkt auf mich jedenfalls reichlich unsympathisch. Dem traue ich alles zu.«

»Hm. Dad meint, er wolle gar nicht so genau wissen, welche Geschäfte der laufen hat. Den Mord hat er aber nicht begangen.«

»Wieso bist du dir da so sicher?«

»Mein Dad sagt, er sei mit Otto Laufberger auf der Driving-Range gewesen.«

»Stimmt«, murmele ich. »Das hat er jedenfalls an dem Abend gesagt. Obwohl …«

»Oh Mann, ich muss ja los«, fällt Karsten in diesem Moment lauthals ein und lässt mich nicht zu Ende denken, was gerade aus meinem Unterbewusstsein hervorkriechen wollte.

»Also reservierst du uns den kleinen Nebenraum für nächsten Freitag?«

»Acht Uhr. Ist notiert.«

»Prima. Danke. Mach's gut, Lissie.«

»Tschüss, Karsten.«

Ich drücke die Beenden-Taste auf meinem Smartphone und hänge noch einen Augenblick meinem verlorengegangenen Gedanken nach, der mir aber nun endgültig entwichen ist. Aber: Plötzlich habe ich eine Idee, was ich mit meinem freien Wochenende machen könnte.

Pünktlich um 8:45 Uhr stehe ich am kommenden Samstagmorgen in der Rezeption des Golfclubs, die gleichzeitig auch als Shop fungiert, und bezahle die Gebühr für meinen Golf-Wochenend-Schnupperkurs und 15 Euro für einen Golfhandschuh. Ich bin gespannt, ob ich den nach den kommenden zwei Tagen noch einmal brauchen werde, aber die Investition scheint mir überschaubar.

Während ich am Mittwoch noch darüber nachgrübelte, ob das mit dem Golfkurs wirklich eine gute Idee ist, nahm mir Sebastian die Entscheidung mit einer WhatsApp noch am gleichen Tag ab:

»Lissie, ich würde dich gerne wiedersehen, aber wir können uns leider weiterhin nicht treffen, bis ich den Fall abgeschlossen habe. Das verstehst du doch, oder? Sei bitte nicht mehr sauer. S.«

Nein, sauer war ich nicht mehr. Aber fest entschlossen, meinem Beinahe-Freund bei den Ermittlungen etwas unter die Arme zu greifen, damit ich bald wieder IN seinen Armen liegen konnte. Also buchte ich den Wochenendkurs und googelte, welches Outfit für meine ersten Golfstunden wohl angemessen wären.

Jetzt stehe ich also im Golfclub in einer bequemen Cargohose mit aufgesetzten Taschen an den Beinen und einem Poloshirt sowie in den Sneakern, die noch nicht zu sehr ausgetreten sind, und warte auf den Golflehrer und die anderen Teilnehmer. Einige habe ich schon entdeckt: ein junges Pärchen, schätzungsweise Mitte 20, das kleidungsmäßig aussieht, als wäre es dem Katalog eines Golfausstatters entsprungen – inklusive passender Golfschuhen und Kappen. Ich bin gespannt, ob sie so perfekt den Ball treffen, wie sie angezogen sind. Eine etwas füllige Dame in den 50ern – die sich im Gegensatz zu dem Musterpärchen in die lockersten, aber auch ihre ältesten Sportklamotten geworfen hat – begutachtet die ausgestellten Schlägersets und kommentiert beim Blick auf die Preisschilder jedes Bags mit einem »Pfff«, wobei sie außerdem mit den Augen rollt. Sie macht mir eigentlich nicht den Eindruck, dass sie großes Interesse an diesem neuen Sport – oder an Sport im Allgemeinen – hat. Aber wer weiß? Vielleicht hat sie ja eine Menge Schotter auf ihrem Konto, eben weil sie es nicht für neue Klamotten oder Schuhe ausgibt. Und hey: Die Turnschuhe aus den 70ern sind doch noch gut! Jetzt betritt Georg Schneider den Golfshop, und ich staune mal wieder nicht schlecht. Erneut erinnert er mich an eine Figur aus einem alten Hercule-Poirot-Film, denn mir fallen sofort seine braunen Knickerbocker und die dazu passenden, altmodisch großkarierten Kniestrümpfe ins Auge. Dazu trägt er ein Hemd mit einem Pullunder darüber – inklusive Fliege – und eine »Batschkapp«, also eine Schiebermütze, auf dem Kopf. Bestimmt wäre das ein perfektes Golf-Outfit, wenn wir 1920 schreiben würden und uns in Schottland befänden. Ich frage mich, wo er diese Klamotten überhaupt immer herbekommt.

Er sieht mich und stutzt. Ich lege schnell meinen Zeigefinger auf die Lippen, und zu meiner Überraschung versteht er sofort, was ich meine: Ich lasse seine Tarnung nicht auffliegen, und er fragt nicht, warum ich an dem Kurs teilnehme. Er tritt zur Rezeption und begrüßt die reichlich verdutzte Mitarbeiterin, die aussieht, als sähe sie einen Außerirdischen, der in ihren Shop gestapft ist. Nun ja. Das stimmt ja sogar in gewisser Weise.

»Mein Name ist Humpertinck. Engelbert Humpertinck. Herr Schenk hat einen Platz für den Schnupperkurs für mich reserviert«, erklärt er der Rezeptionistin, die ihn immer noch mit offenem Mund anstarrt.

Ich kann nicht anders als mir mit der flachen Hand gegen die Stirn zu schlagen und mit dem Kopf zu schütteln. Engelbert Humperdinck. Schlagerstar aus der Generation meiner Eltern. Wie kommt er denn bloß auf dieses Pseudonym? Ich hoffe, er kann sich den Namen wenigstens korrekt bis zum Ende des Kurses merken. Sein Namensgedächtnis ist ja nicht das beste, wie wir wissen.

Während ich mich noch wundere, kommt ein sportlicher, gutaussehender Mittdreißiger in den Raum, schaut sich um, klatscht auffordernd einmal in die Hände und sagt:

»Hallo zusammen. Ich bin Marc, euer Golflehrer für die nächsten zwei Tage. Sind alle da?«

Er sieht zur Mitarbeiterin an der Rezeption hinüber, die von ihrem Handy aufschaut und ihm bestätigend zunickt.

»Sehr gut. Ich habe schon gehört, dass wir nur eine kleine Gruppe sind. Prima! Dann kommt auch was dabei rum. Auf geht's!«

Er macht eine einladende Handbewegung und geht sportlich-strammen Schrittes aus dem Shop. Das Golfpärchen folgt ihm mit der gleichen Dynamik, die muffelige Dame schlurft ihnen deutlich weniger energiegeladen hinterher. Als ich den Raum verlassen will, drehe ich mich nach Schneider um, der noch dabei ist, seine Fliege zurechtzurücken. Die Rezeptionistin hat ihr Handy immer noch in der Hand und macht von unserem Privatschnüffler – so unauffällig es ihr möglich ist – ein Foto. Ich seufze und überlege, wie lang es dauert, bevor dieses Bild auf Facebook oder Instagram viral geht. Marc führt uns zur Driving-Range, auf der schon fünf kleine Bags, mit Schlägern darin, aufgestellt sind. Daneben steht jeweils ein Eimer Golfbälle. Wir stellen uns erwartungsvoll im Halbkreis auf und uns dann einzeln Marc und den anderen vor. Das Pärchen heißt Robert und Camilla. Sie entpuppen sich als BWL-Studenten, die nach einem Praktikum in England gerne mit dem Golfen beginnen würden.

»Iris. Wie die Berben«, sagt die Mittfünzigerin selbstbewusst. Niemand aus der Gruppe verzieht eine Miene. Alle befürchten wohl, dass sie direkt eins mit dem

Schläger drüberkriegen, wenn sie jetzt etwas Falsches sagen. Dann stellt sich der Detektiv vor:»Mein Name ist Ge...«

»Engelbert! Richtig, oder?«, falle ich ihm schnell ins Wort, und Georg Schneider erschrickt ein wenig. Als ob ich es nicht geahnt hätte! Ich ergänze schnell:»Den Namen konnte ich mir gleich merken, als ich ihn vorhin im Golf-Shop gehört habe. Wie der Schlagersänger! Ich bin übrigens Lissie.«

Ich verziehe meinen Mund zu einem schiefen Grinsen, und Marc sieht mich etwas merkwürdig an. Na, prima. Wegen des trotteligen Detektivs hält mich der hübsche Golflehrer nach fünf Minuten für leicht bekloppt.

»Äh, ja, genau. Da habe ich mir in meinem Leben schon viele Sprüche dazu anhören dürfen. Manchmal hat die Namensgleichheit aber auch Vorteile: bei der Hotelbuchung, zum Beispiel ...« Schneider hält plötzlich inne, und ich hege den Verdacht, dass er dieses Pseudonym nicht das erste Mal benutzt. Und ausnutzt.

»Na, dann sing mal was!«, sagt Marc auffordernd zu seinem neuen Schützling.

Schneider stutzt erst, dann räuspert er sich schon. Kurz bevor er tatsächlich ansetzen will, um uns ein Liedchen zu schmettern, winkt Marc lachend ab.

»Lass stecken! Wir kümmern uns lieber mal um das, weswegen ihr hier seid – Golf!«

Ich atme erleichtert auf, und Marc fährt fort:

»Haben wir Linkshänder dabei? Dann brauchen wir nämlich einen anderen Schlägersatz.«

Alle schütteln verneinend den Kopf, und ich denke gleichzeitig, dass somit alle zu dem Kreis der Verdächtigen zählen können, den armen Gerlach erschlagen zu haben. Was aber natürlich Quatsch ist. Warum sollten meine Mitstreiter jemanden umbringen wollen?

Jeder nimmt sich einen Schläger, ein Eisen 9, wie ich direkt lerne, und Marc zeigt uns den Griff. Als wir unser Sportgerät von unten nach oben vor unser Gesicht in die Luft heben, um die Haltung korrekt auszuführen und den Griff zu überprüfen, hat Camilla Glück, dass sie über ein ausgezeichnetes Reaktionsvermögen verfügt, sonst hätte ihr der trottelige Detektiv direkt eins mit dem Schläger verpasst. Instinktiv gehen sie und ich, die an seiner anderen Seite steht, noch einen weiteren Meter auf Distanz. Sicher ist sicher. Man weiß ja nie. Marc erklärt bereits etwas von Interlocking und Overlapping – offenbar handelt es sich hierbei um die Position der kleinen Finger, die entweder übereinandergelegt oder ineinander verschränkt werden, während man sich an den Schläger klammert. Ich werfe einen flüchtigen Blick zu Schneider und sehe, dass der Detektiv sein Sportgerät eher wie einen Kochtopf hält. Na, das kann ja heiter werden.

»So, ich will mal sehen, wie es um euer Ballgefühl bestellt ist. Jeder sucht sich ein Plätzchen und beginnt mal, ein paar Bälle zu schlagen. Ich komme zu jedem Einzelnen und schaue mir an, wie es so klappt«, sagt unser schicker Golflehrer.

Wir tun wie geheißen und legen los. Nach den ersten Luftschlägen fliegen schon einige Bälle ein paar Meter auf den kurzgemähten Rasen. Auch ich treffe schon was und muss sagen: Es fängt direkt an, mir Spaß zu machen.

Konzentriert stehe ich neben dem Ball, den ich mir zurechtgelegt habe, und will gerade ausholen, als ich zwei Hände auf meinen Hüften spüre. Marc steht hinter mir und sagt: »Das sieht doch schon nicht schlecht aus. Aber du musst die Hüfte mitnehmen. Siehst du: So!«

Und dabei schiebt er meinen Körper von hinten nach vorne, dreht dabei sanft mein Becken, und ich spüre, wie mir warm wird. Oder sogar heiß? Der Typ ist ja wirklich nicht von schlechten Eltern. Und er riecht gut, denn er steht ziemlich eng hinter mir, so dass ich an seinem Hals das Aftershave schnuppern kann. Es passt hervorragend zu ihm und ist nicht zu üppig aufgetragen, dass es aufdringlich würde. Er beugt sich etwas nach vorne und grinst mich über meine Schulter an. Ich spüre, dass ich mal wieder rot zu werden drohe, als mir ein Ball gegen die Wade fliegt.

»Aua!«, rufe ich und fasse mir an die getroffene Stelle.

»Oh, entschuldigen Sie bitte«, sagt Georg Schneider kleinlaut. »Ich weiß gar nicht, wie das passieren konnte.«

»Das ist mir allerdings auch ein Rätsel. Aus diesem Winkel einen Mitspieler zu treffen, ist fast schon eine Kunst«, kommentiert Marc süffisant und ergänzt: »Ich glaube, ich helfe mal lieber Engelbert. Ich fürchte, der hat es nötiger als du. Du machst das schon ganz gut. Probiere es einfach weiter.«

Er lächelt, und ich grinse ihn verständnisvoll an. Schade. Ich hoffe, ich komme noch einmal in den Genuss einer kleinen Privatsession. Obwohl ich zugeben muss, dass Marc eigentlich eine Spur zu jung für mich wäre. Der kleine Altersunterschied scheint ihn aber nicht zu stören, denn er flirtet ganz offensichtlich mit mir.

Es ist doch immer dasselbe: Sobald man nicht mehr auf der Suche nach einem netten Typen ist, weil man vielleicht endlich jemanden gefunden hat, stehen die Kerle Schlange. Verstehe einer die Männerwelt. Aber mir soll es heute recht sein: Das kann ja ein richtig vergnügliches Wochenende werden.

Nachdem wir alle unsere Bälle mehr oder weniger ansehnlich abgeschlagen haben, steht Marc immer noch bei Schneider. Er hat wirklich eine Engelsgeduld mit »Engelbert«, obwohl mir schon jetzt klar ist, dass der Detektiv ein hoffnungsloser Fall ist. Ich fürchte, der wird Jahre brauchen, bis er so weit ist, überhaupt nur mal bei einer Golfrunde mitzugehen – ich kann mir nicht vorstellen, wie er hier in kurzer Zeit irgendwas ermitteln will. Weiter als bis zur Terrasse des Restaurants wird er nicht auf den Golfplatz und unter Spieler kommen.

»Und was mache mir jetzt?«, ruft Iris etwas ungeduldig und in schönstem Hessisch unserem engagierten Trainer zu.

Marc schaut auf. Es ist zwar schon frühlingshaft warm, aber die Schweißtropfen auf seiner Stirn rühren daher, dass er mit Schneider wirklich Schwerstarbeit zu leisten hat.

»Holt euch mal neue Bälle. Wir gehen gleich alle zum Putten. Wer will, kann eine kurze Pause machen«, sagt Marc und beginnt bei Schneider wieder bei null.

»Ich hoff, des mit dene Pause nimmt heut net noch überhand. Ich hab schließlich net für die Pause bezahlt«, raunt mir Iris zu, als wir gemeinsam zum Ballautomaten gehen, um unsere Körbchen aufzufüllen. Bevor ich kommentieren kann, dass ich den Kurs jetzt auch nicht so unverschämt teuer finde, dass man nicht mal ein Päuschen machen kann, fährt sie fort: »Schon schlimm genuch, dass mir nur so e paar Leut sin. Ich hätt ja gedacht, hier mache auch e paar gutsituierte Männer in meim Alter mit, aber Pustekuchen! Na ja, ich denk, mir werde nachher ja noch was im Clubhaus trinke, da schaue mer mal nach em Potential!«

Aha, daher weht der Wind. Iris macht diesen Kurs also vornehmlich, um sich eine gute Partie zu angeln. Auch dazu kann ich erst einmal nichts sagen, da sie direkt fortfährt:

»Der Trainer is natürlich schon e Schnittsche, aber der is vielleicht doch e bissi jung für mich. Obwohl … Rein so von de Lebenserwartung her, müsse sich die Fraue ja all en jüngere Mann nemme, wenn man zusamme alt werde will. Aber gut, vielleicht will man des auch gar net.«

Sie lacht und plaudert weiter:

»Aber der Trainer wär doch vielleicht was für dich? Oder haste en Freund?«

Sie sieht mich erwartungsvoll an. »Ich? Nein … Also ja … Sagen wir: Es ist gerade etwas kompliziert.«

»Ach, die junge Leut! Ja, des kenn ich von meiner Tochter. Da is de Facebook-Status auch immer ›kompliziert‹.«

»Nein, nein, so habe ich das gar nicht gemeint. Wir …
also wir sind quasi fast liiert«, versuche ich schnell die
wirklich etwas komplizierte Situation mit meinem
Kommissar zu erklären.

Iris bleibt stehen, dreht sich zu mir um und sieht mich
erstaunt an.

»Wie kann man denn ›quasi fast‹ liiert sein? Liebsche,
lass dir eins von mir sage: Entweder will er dich oder net.
Und wenn er's noch net so genau weiß, dann sorg dafür,
dass er's bald mit dir wisse will. Natürlich nur, wenn du
des auch willst! Um sei Entscheidung zu beschleunige,
wär der nette Trainer net des schlechteste Mittel!«

Sie grinst mich verschwörerisch an, und ich frage mich,
wie ich innerhalb von fünf Minuten in eine Diskussion mit
einer wildfremden, mannstollen Dame im gesetzten Alter
über meinen Beziehungsstatus mit Sebastian geraten bin.
Aber vielleicht hat sie gar nicht so Unrecht? Auch meine
Mama sagt ja immer, dass man sich bei den Männern
rarmachen muss. Und wenn ich in unserem nächsten
Telefonat mit dem Kommissar nur so beiläufig von dem
gutaussehenden Golftrainer berichte … Na, es wird sich
schon eine Gelegenheit ergeben, dass es die richtige
Wirkung bei Sebastian hat.

Inzwischen sind auch Marc und Georg Schneider zu uns
gestoßen, und wir gehen mit der ganzen Gruppe zum

Puttinggrün. Jeder bekommt ein Loch zugewiesen, in das er aus einem bestimmten Abstand seine Bälle versenken soll. Auch hier stellt sich Schneider nicht viel besser an: Die Streuung seiner Bälle ist so groß, dass er – natürlich dann nur zufällig – in allen Löchern seiner Mitspieler einlocht. Nur seins trifft er nicht. Wenigstens laufen seine Bälle hier so langsam, dass er niemanden abschießen kann.

Nach einer halben Stunde sagt Marc:»So. Jetzt habt ihr alle schon mal reinschnuppern können, was es heißt, einen Golfschläger in der Hand zu haben. Aber so richtig Spaß macht es natürlich erst, wenn man den Platz spielen kann. Davon würde ich euch gerne vor der Mittagspause noch ein bisschen was zeigen und euch über die ersten Löcher unseres Golfcourt führen. Ich habe uns die nächste Stunde geblockt, so dass wir keinen Spieler stören und selbst nicht Gefahr laufen, von einem Ball getroffen zu werden. Also los geht's!«

Marc setzt sich in Bewegung, und wir laufen ihm, wie die Küken ihrer Entenmutter, hinterher. Dabei erklärt er uns ein paar weitere Golfbegriffe – Bunker, Fairway, Rough –, und ich kann mir immer besser vorstellen, dass das wirklich ein Sport für mich sein könnte.

»Gefällt es dir bisher?«, spricht mich Marc von der Seite an und lächelt.

»Besser, als ich dachte«, gebe ich fröhlich zurück und schenke ihm ebenfalls ein verschmitztes Lächeln. Ich glaube, er mag mich schon – was aber auch keine Kunst ist, da ich mich zwischen zwei verliebten Studenten, einer hessischen Matrone und einem aus der Zeit gefallenen Golf-Problemfall ganz unbescheiden als echtes Highlight der Gruppe bezeichnen würde.

»Wenn man denn irgendwann mal einen Ball trifft, macht es sicher Spaß, im Freien die eine oder andere Runde zu drehen. Sport draußen in der Natur ist ja auch wirklich super.«

»Ja«, sagt Marc und seufzt. »Leider sehen das nicht alle gern.«

»Wie meinst du das?«, frage ich nach.

»Du hast gehört, dass es Pläne gibt, den Golfplatz zu erweitern?«

Ich nicke, so dass Marc direkt mit seiner Erklärung fortfährt: »Wenn es so kommt wie geplant, müssen ein paar Streuobstwiesen weichen. Na ja, ein paar der alten Obstbäume bleiben natürlich und sollen in den neuen Kurs auch integriert werden – alter Baumbestand macht sich ja auch immer gut in der Optik eines Platzes. Aber einige Bäume werden sicher fallen, und dagegen hat der örtliche Naturschutzverein etwas einzuwenden und geht ganz schön auf die Barrikaden. Einige von denen sind sogar ziemlich militant. Ich glaube, die mögen ihre Bäume lieber als Menschen.«

»Ja, das mag sein«, sage ich nur und hoffe, dass mir Marc noch etwas mehr erzählt. Und ich habe Glück. Er erklärt:»Wir könnten schon viel weiter sein, wenn sich nicht auch Dieter Gerlach so gesträubt hätte. Ich weiß, man soll nicht schlecht über Tote reden, aber der hat sich wegen seinen alten Speyerlingbäumen echt ein bisschen angestellt. Ich glaube, das lag auch daran, dass die Familie früher eine Apfelweinkelterei besaß – da ging es bei ihm wohl mehr um Erinnerungen als um die Bäume selbst.«

Ich nicke und versuche mal einen Schuss ins Blaue:
»Wollte er nicht mit seiner Frau nach Mallorca umziehen? Hab ich jedenfalls gehört …«

Und ich habe Glück.

»Na ja«, sagt Marc.»Seine Frau wollte schon lange weg aus Deutschland und lieber in den sonnigen Süden. Aber Dieters Sache war das nicht. So, wie er an seinen Speyerlingbäumen hing, so gerne mochte er auch seine Heimat. Ich hab mal mitbekommen, wie er sich mit seiner Frau darüber heftig gestritten hat. Sie hätte lieber heute als morgen verkauft. Aber ich hatte das Gefühl, je mehr sie ihn gedrängt hat, desto weniger wollte er die Wiese aufgeben.«

Inzwischen haben wir uns schon ein ganzes Stück vom Clubhaus entfernt, wir stehen quasi mitten im Grünen. »Herrlich! Hier ist es einfach herrlich! Und die gute Luft!«, ruft plötzlich Georg Schneider alias Engelbert und schwingt fröhlich einen Schläger, den er aus unergründlichen Motiven mit auf die Tour genommen hat. Denn heute steht ja nur die Besichtigung des Platzes auf dem Programm – spielen werden wir definitiv noch nicht. »Da ist man doch gleich doppelt motiviert, wenn man sieht, was einen später mal erwarten wird«, sagt er und jauchzt dabei sogar ein bisschen.

»Viel später …«, murmele ich, und Marc grinst breit. Der Detektiv stellt sich in Position – von der er eben denkt, dass es die korrekte Stellung für einen Schlag sei – und holt weit aus. In der Tat zieht er mit Schwung den Schläger an sich vorbei, trifft aber leider nicht den imaginär vor ihm liegenden Ball, sondern lässt in der Bewegung plötzlich los und schleudert in hohem Bogen das Eisen weit über eine etwa eineinhalb Meter hohe Graskante.

»Nicht so stürmisch!«, ruft Marc. »Na, lass uns schauen, ob dein Sandwedge im dahinterliegenden Bunker gelandet ist. Tückisch oder? Hättet ihr gedacht, dass sich hinter der Grasnarbe ein Bunker verbirgt? Deshalb sollte man sich jede Bahn vor dem Abschlag gut anschauen –

Bunkerschläge sind gerade am Anfang nicht so leicht. Aber so oder so: Eigentlich spielt man ja mit diesem Schläger den Ball aus dem Sand und wirft ihn in den Bunker. Aber aller Anfang ist schwer.«

Sein Fauxpas ist Schneider sichtlich peinlich, aber er versucht Haltung zu bewahren und läuft im Stechschritt Richtung Bunker, um seinen Schläger wieder an sich zu nehmen. Wir folgen ihm etwas gemächlicher, immer noch amüsiert von diesem Schauspiel. Als der Privatdetektiv an der Bunkerkante angekommen ist, bleibt er abrupt stehen und starrt in den Sand. Er fasst sich an die Brust und dreht sich zu uns um – sein Gesicht ist weiß wie ein Handtuch. Dann stammelt er:

»Da … also … Da liegt einer! Mein Gott … Ich glaube, ich habe jemanden erschlagen.«

Wir stehen am Rande des Bunkers und starren auf einen offensichtlich leblosen Körper. Die Augen des Mannes sind weit aufgerissen, und sein Mund steht offen. Ich brauche keinen Puls mehr zu fühlen, um sicher zu wissen, dass man diesem armen Teufel nicht mehr helfen kann. Ich sehe sofort, dass der Tote nicht durch den unachtsamen Wurf unseres erfolglosen Detektivs ins Jenseits befördert worden ist: Zum einen liegt der Schläger von Schneider weiter hinten im Sand, zum anderen ruht direkt neben der Leiche ein weiteres Eisen, an dessen Schlägerkopf Blut und Haare kleben. Genau wie bei Gerlach. Und: In der Mundhöhle des Toten, genauer gesagt auf seiner Zunge, liegt etwas Rundes. Ich habe schon eine Vermutung, was es sein könnte. Kein Zweifel – dieser Golfer wurde absichtlich erschlagen und mit dem Ballmarker im Mund zurückgelassen. Er wurde ermordet. Und auf die gleiche Weise wie Dieter Gerlach.

»Oh Gott, ich glaub, mir wird schlecht«, höre ich noch Camilla sagen, bevor sie neben ihrem Robert in Ohnmacht fällt. Gut, dass das Gras in diesem Frühling schon üppig gewachsen ist und das arme Ding somit weich landet. Robert, ebenfalls blass im Gesicht, aber bemüht, ein echter Mann zu sein, kniet sich neben seine Freundin und versucht, sie wieder wachzubekommen, was ihm Gott sei Dank auch schnell gelingt. Sie rappelt sich auf und streift sich ein paar Halme vom neuen Golfoutfit, das nun leider grüne Flecken aufweist. Dann sitzen beide nebeneinander sprachlos im Gras.

»Wenn die schon so viel gesehe hätt wie isch, würd se net sofort umfalle«, kommentiert Iris trocken und mit einem Blick auf den Toten: »Schad eigentlich, dass der tot is. Der wär so meine Kragenweite gewesen.«

»Nichts anfassen und sofort stehen bleiben!«, rufe ich schnell aus, denn ich sehe im Augenwinkel, dass sich Schneider anschickt, in den Bunker zu stapfen, um seinen weggeworfenen Schläger einzusammeln. Aber entweder will er mich nicht hören, oder ist so aufgeregt, dass er meine Mahnung ignoriert: Denn er stapft mit großen Schritten quer durch den Bunker, hebt seinen Schläger auf und hält ihn triumphierend in die Luft.

»Na, Gott sei Dank! Ich war es doch nicht! Der ist ja noch ganz sauber!«

»Im Gegensatz zu Ihnen!«, schreie ich den unfähigen Detektiv an.

»Wie bescheuert sind Sie eigentlich! Sie zertrampeln alle Spuren! Kommen Sie sofort aus dem Bunker raus.«

Schneider, der gerade wieder etwas Farbe im Gesicht angenommen hatte, wird augenblicklich wieder blasser, als er seinen Fehler erkennt. Kleinlaut verlässt er den Bunker. Immerhin auf dem kürzesten Weg, denn der Sand endet direkt neben seinem Schläger.

»So wäre es übrigens auch beim Golf richtig gewesen: Immer den kürzesten Weg nehmen«, belehrt ihn nun auch noch Marc etwas gedankenverloren. Denn während ich mein Smartphone aus einer der Außentaschen meiner Cargohose krame, starrt Marc noch immer auf den Toten.

»Das ist Otto Laufberger«, stammelt er leise. »Ihm gehörte ebenfalls ein angrenzendes Grundstück, das der Club für den Ausbau des Platzes braucht. Wie Gerlach. Und jetzt sind beide tot.«

Das Wandern ist des Müllers Lust

Eine halbe Stunde später sehe ich Sebastian schnellen Schrittes über den Golfplatz auf uns zukommen. Er hat direkt schon Ernie und Bert von der Spusi im Schlepptau und zwei Streifenpolizisten, die Mühe haben, dem flotten Tempo des Kommissars zu folgen. Neben dem Tross eilt Marc. Er hatte sich angeboten, die Polizisten am Parkplatz abzuholen, zum Tatort zu bringen und außerdem der Clubleitung Bescheid zu geben, dass der Platz für den Rest des Tages gesperrt wird – weitere Tote durch etwaige herumfliegende Golfbälle galt es schließlich zu vermeiden. Wir anderen aus dem Kurs sitzen noch immer im Gras. Nur mit Mühe hatte ich vor allem Iris davon überzeugen können, sich nicht aus dem Staub zu machen. Offenbar hatte sie meine verbale Attacke gegen Georg Schneider aber doch so eingeschüchtert, dass sie sich entschloss, zusammen mit den anderen auf die Polizei zu warten und es nicht auf eine Auseinandersetzung mit mir ankommen zu lassen. Ich rechne sowieso schon mit Ärger von meinem Kommissar, aber wenn ich auch noch zugelassen hätte, dass sich Zeugen vom Tatort entfernen, würde er mir das noch zusätzlich aufs Butterbrot schmieren.

Wie befürchtet, liegen tiefe Falten auf der Stirn von Sebastian, als er mich sieht, und sie graben sich noch etwas tiefer ein, als er einen Blick in den Bunker wirft und den Toten erblickt. Die beiden Spurensicherer besehen sich den Sand.

»War da schon jemand drin?«, fragt Ernie alias Ernst, und ich erkläre schnell: »Ja, leider. Unser lieber Herr Schneider musste unbedingt seinen Schläger holen.«

»Konntest du ihn davon nicht abhalten!«, raunt mich Sebastian vorwurfsvoll an, und ich werde rot.

»Hab ich ja versucht. Aber du kennst den Trottel doch«, gebe ich beleidigt im Flüsterton zurück. Gleichzeitig muss ich einen Kloß im Hals runterschlucken. Ich wusste ja, dass Sebastian nicht begeistert sein würde, dass ich mich plötzlich fürs Golfspielen interessieren würde – und das ausgerechnet hier auf diesem Platz. Aber dass er mich so anraunzt, gibt mir doch einen Stich ins Herz.

»Dann können wir das mit den Fußabdrücken wohl vergessen«, seufzt Bernd, zückt seine Kamera und macht trotzdem erst einmal ein paar Fotos – vielleicht kann man ja auf den Bildern später noch ein paar Details erkennen. Danach begeben sie sich vorsichtig zu der Leiche, immer bemüht, wenigstens die restlichen Spuren nicht komplett zu verwischen, was auf Grund des losen Sandes nicht ganz einfach ist.

»Na, sieh einer an!«, ruft Ernst aus und beugt sich über den Kopf des Toten. »Der hat ja auch einen Ballmarker im Mund. Wie der andere, für den wir vor ein paar Tagen hier waren.«

Nachdem er auch diese Tatsache erst einmal fotografisch dokumentiert hat, fischt er mit einer Pinzette die runde Plakette aus dem Mund der Leiche, verstaut sie sorgfältig in einem Plastiktütchen und reicht sie dem Kommissar rüber. Sebastian wirft – immer noch stirnrunzelnd – einen Blick auf den Marker und murmelt: »Der Gleiche wie beim ersten Mord.«

Dann schaut er auf und sieht mir tief in die Augen. Ernst sagt er: »Lissie, wir haben es hier offenbar mit einem Serienmörder zu tun. Versprich mir, dass du dich raushältst, ja? Ich möchte dich nicht mit zertrümmertem Schädel vor mir liegen haben müssen.«

Seine Augen glänzen ein wenig, und jetzt erst begreife ich: Er ist gar nicht sauer. Er macht sich Sorgen um mich!

Kurz bin ich ein bisschen gerührt, dann lächele ich ihn an. »Ich passe schon auf mich auf. Ich versprech's!«

Er sieht mich an, und ich denke, dass jetzt der perfekte Moment für einen langen Kuss wäre – würden nicht neben uns ein Toter im Sand liegen und uns ein Dutzend Leute anstarren.

Und deshalb reißt sich Sebastian auch zusammen, räuspert sich, zieht seinen Notizblock aus der Jackentasche und fragt mich:»Also gut, dann schieß mal los. Was hast du gesehen?«

Sebastian nimmt nach und nach erst meine, dann die Aussagen der anderen Kursteilnehmer auf. Alle ähneln sich, und ich habe keine große Hoffnung, dass das die Ermittlungen weiterbringt. Zum Schluss wendet sich Sebastian an Marc:»Sie wissen, wer der Tote ist, oder?«

Marc nickt und erklärt:

»Ja, es ist Otto Laufberger, seit einiger Zeit Clubmitglied. Er hatte ein ganz passables Handicap.«

Sebastian macht sich Notizen, und Marc fährt fort:

»Ihm gehört übrigens auch ein Grundstück, das der Club benötigt, um den Ausbau zu realisieren. Es liegt direkt neben dem von Dieter Gerlach. Und auch er hat es noch nicht verkauft.«

»Noch nicht? Wollte er denn verkaufen?«, fragt Sebastian nach.

Marc nickt.

»Ja, Laufberger unterstützte den Ausbau. Ich denke, er wollte die Wiese ganz bestimmt verkaufen, aber man munkelt, er habe noch den Preis hochtreiben wollen. Vielleicht hätte man sein Grundstück nicht zwingend für die Erweiterung gebraucht, aber er saß außerdem als

Beamter im Bauamt. Er hätte dem Club das Leben ganz schön schwermachen können.«

»Wie meinen Sie das?«, fragt der Kommissar weiter nach.

»Na ja«, Marc zögert einen Augenblick und sucht nach den richtigen Worten. »Genehmigungen können schnell oder langsam oder gar nicht erteilt werden. Oder es werden immer wieder neue Auflagen verfügt, und das verzögert dann den Baufortschritt. Wie ich ihn eingeschätzt habe, wusste er genau, was seine Position im Bauamt und damit sein Grundstück wert war.«

»Sie denken, er wollte einen höheren als den Marktpreis erzielen? Quasi als Bestechung für ein reibungsloses Bauverfahren?«

Marc zuckt mit den Schultern und sagt: »Angebot und Nachfrage. Wer hätte ihm denn nachweisen sollen, dass die Höhe des Kaufpreises für seinen Acker mit seinem Job auf dem Bauamt zu tun haben könnte? Aber jetzt wird es wohl noch schwieriger für den Club, das Grundstück zu kaufen.«

Sebastian schaut erneut von seinen Notizen auf, und Marc fährt unaufgefordert fort: »Laufbergers Sohn ist ein militanter Umweltschützer. Er engagiert sich sehr im hiesigen Naturschutzverein, der von Anfang an gegen den Bau des Golfplatzes war. Und natürlich sind dessen

Mitglieder mit dem jetzt geplanten Ausbau noch viel weniger einverstanden. Mehr als einmal habe ich selbst mitbekommen, wie der Junior hier aufgetaucht ist und Streit mit seinem Vater vom Zaun gebrochen hat. Vielleicht hat er gedacht, er würde seine Meinung ändern, wenn er ihn im Club bloßstellt. Aber nicht nur wegen der Wiese war das Verhältnis der beiden nicht das beste. Sie waren wie Feuer und Wasser – unterschiedlicher können Vater und Sohn nicht sein. Ich kann mir nicht vorstellen, dass René Laufberger zulässt, dass seine Mutter das Grundstück jetzt noch an den Club verkauft. Mit dem Pflichtteil, den er erbt, braucht sie dafür seine Zustimmung.«

»Interessant«, sagt Sebastian. »Würden Sie ihm zutrauen, dass er für eine Wiese den eigenen Vater ermordet?«

Marc zuckt mit den Schultern.

»Bei seinen militanten Umweltschutz-Aktionen kennt er jedenfalls wenig Skrupel.«

Der Kommissar fragt bei Marc noch nach der Adresse der Familie Laufberger und klappt dann zufrieden sein Notizbuch zu.

»Ich danke Ihnen sehr für diese Informationen. Vielleicht bringen die unsere Ermittlungen endlich etwas weiter.«

»Keine Ursache, Herr Loch. Melden Sie sich, wenn ich noch etwas tun kann.«

Und zu mir gerichtet:»Hey, Lissie. Wir holen den Kurs doch nach, oder? Ich würde mich freuen, wenn du es mit dem Golfen versuchst. Ich glaube, du hättest wirklich Talent, und ich könnte dir auch gern ein paar Privatstunden geben, wenn du magst ... Es hat heute echt Spaß gemacht mit dir.«

Wie immer in solchen Situationen verselbständigt sich mein Blutdruck und macht aus meinem Kopf optisch eine Tomate.

»Ja, mal schauen, ob ich wirklich Zeit dafür habe. Aber Spaß gemacht hat es mir auf alle Fälle auch«, sage ich und lächele Marc etwas verlegen an. Ich vermeide es, zu Sebastian zu schauen. Aus dem Augenwinkel meine ich aber wieder eine tiefe Falte auf seiner Stirn wahrzunehmen.

Als ich in meinem Auto auf dem Weg nach Hause sitze, entschließe ich mich spontan, bei meinen Eltern vorbeizuschauen. Ich möchte jetzt nicht allein sein, und wenn ich nun in meine Apfelweinkneipe fahre, bleibe ich doch wieder dort hängen und arbeite, statt den freien Tag in Ruhe ausklingen zu lassen. Außerdem brauche ich nach dem ganzen Stress ein bisschen Zucker. Ich mache also einen Zwischenstopp bei unserem Bäcker, kaufe ein großes Stück Zuckerkuchen – ein Hefeteig, dick belegt mit einer Butter-Zucker-Streuselmischung, die nach dem Backen in süßer Sahne ertränkt wird – und klingele wenig später an der Haustür meiner Eltern.

Meine Mutter öffnet mir erstaunt und mit Lockenwicklern im Haar und wirft einen skeptischen Blick auf mein Kuchenpaket.

»Wieso hast'n Kuche gekauft?«, begrüßt sie mich etwas ungehalten und ohne die übliche Begrüßungsfloskel.

»Tach auch«, sage ich etwas provozierend und schiebe hinterher: »Ich wusste nicht, ob du was gebacken hast, und ich brauche jetzt was Süßes«, sage ich und entferne das Papier, das rund um den Blechkuchen gewickelt ist, noch bevor ich richtig im Haus bin.

»Ach, Kind, also en Zuckerkuche hätt ich auch noch eingefroren gehabt. Den hätt ich schnell auftauen könne. Ich will gar net wisse, was du für die paar Stücksche bezahlt hast. Da hätt ich drei Kuchen von backen könne.« Sie schüttelt missbilligend den Kopf, setzt aber trotzdem das Kaffeewasser auf und beginnt, den Tisch zu decken.

»Was machst du eigentlich um die Zeit hier? Wolltest du nicht heute einen Golfkurs machen? Is der schon rum? Na, die wisse wohl auch, wie se Geld mache könne. Isch bin nur froh, dass du de Kuche net noch im Golfclub gekauft hast – dann hätte se bestimmt Blattgold drauf gestäubt«, redet sie sich grundlos in Rage, während sie die Kaffeetassen aus dem Schrank holt, und fährt fort: »Ich begreif sowieso net, warum du den Kurs machst. Du wirst doch eh keine Zeit haben, dauernd auf dem Golfplatz zu stehen. Das ist doch wieder rausgeschmissenes Geld«, setzt sie nach. Es sieht ganz danach aus, als hielte meine Mutter meine Golfpläne für eine Schnapsidee. Ich weiß ja selbst noch nicht, ob das ein Sport für mich wäre und ob ich genug Zeit dafür finden werde, aber so einfach gebe ich mich nicht geschlagen.

»Man muss ja nicht in den Club eintreten. Man kann ja auch nur gegen Greenfee spielen. Dann ist es gar nicht so teuer.«

Meine Mutter hält in der Bewegung inne und sieht mich an.

»Jetzt hör aber auf! Was ham die arme Küh damit zu tun? Die sind doch schon genug gestraft, dass sie nemmä auf ihre alte Weide komme.«

Einen Moment brauche ich, um zu begreifen, um welche Ecke meine Mama nun schon wieder gedacht hat. Dann muss ich lachen.

»Mama! Greenfee hat nichts mit dem Vieh auf der Weide zu tun! Das ist Englisch und bedeutet, dass man immer nur dann zahlt, wenn man eine Runde spielt!«

Ich lache noch einmal auf, dann werde ich wieder ernst. Der Tag war heute nämlich nicht wirklich zum Lachen. Ich warte, bis sie alles Geschirr auf den Tisch gestellt hat, denn ich fürchte, dass sie das Porzellan bei meinen Neuigkeiten sonst vor Schreck fallen lässt.

»Also, ja, ich war beim Anfängerkurs. Aber wir mussten früher aufhören. Denn wir haben auf dem Golfplatz eine Leiche gefunden«, sage ich frei heraus. Was soll ich es auch beschönigen.

Meine Mutter hält inne und sieht mich entsetzt an. Da kommt mein Vater in die Küche und fragt: »Ich dachte immer, Golf sei schwer?«

Meine Mutter und ich sehen ihn fragend an.

»Hast du nicht gerade gesagt, dass du es leicht gefunden hast?«

»Papa!«, rufe ich kopfschüttelnd. »Wir haben EINE LEICHE gefunden!«

Jetzt guckt mein Vater ebenfalls erschrocken, fingert aber gleichzeitig an seinem Hörgerät herum.

»Es hört doch jeder nur, was er versteht«, kommentiert mein Vater entschuldigend, fummelt das Mini-Teil aus seinem Gehörgang und beginnt, zwischen Kaffeetasse und Kuchenteller die Batterie seiner Hightech-Hörhilfe auszuwechseln. Dabei schiebt er erklärend hinterher: »Goethe.«

Es hätte mich auch sehr gewundert, wenn mein Vater nicht auch zu dieser Situation – wie zu jeder anderen – den passenden Spruch auf Lager gehabt hätte.

Meine Mutter füllt den Filterkaffee in die gute Kaffeekanne um und stellt diese zusammen mit dem gekauften Kuchen auf den Tisch. Wir setzen uns, und ich berichte ausführlich von meinem Golftag, der so unerwartet beendet wurde.

Meine Eltern hören gebannt zu, zwischendurch runzelt meine Mutter mal die Stirn, wartet aber, bis ich mit meiner Erzählung fertig bin. Irgendwas scheint sie zu beschäftigen. Als ich geendet habe, fragt sie: »Was ich nicht verstanden hab, ist, warum man jemanden mit einem Sandwich umbringt und wie das gehen soll? Wie lang hatten die denn das Brot liegen, dass man jemanden damit erschlagen kann? Na gut, wenn es so ein Baguette aus dem Supermarkt war, dann geht das vielleicht. Das ist ja nach einem Tag knüppelhart. Aber ein Ausgehobenes müsste schon e Woch oder so liegen, und selbst dann is des doch noch net sooo hart. Und eigentlich macht man ausm Ausgehobene ja auch kein Sandwich.«

Ich schlage mir – wieder mal – mit der flachen Hand an die Stirn, atme einmal tief durch und versuche, mich nicht ganz so arg über meine Mutter lustig zu machen.

»Sandwedge, Mama, nicht Sandwich. Das ist ein Schläger, den man benutzt, um den Golfball aus dem Bunker zu spielen.«

»Bunker?«, fragt jetzt mein Vater. »Ich wusste gar nicht, dass es da draußen noch Bunker aus dem Krieg gibt. Und dass man dafür einen eigenen Schläger braucht? Gab es denn schon Bunker, als man den Sport erfunden hat? Ist das so ein Hindernis wie beim Minigolf? Die Mühle, die auf dem Minigolfplatz in Hanau steht und in die man zwischen die kreisenden Flügel ins Loch spielen muss, hab ich meistens mit einem Schlag geschafft. Da ham die annern immer ganz schö geguckt.«

Ich schlage mir nun auch mit der anderen Hand an die Stirn und stütze meinen Kopf erschöpft in die Hände.

»Papa! Bunker nennt man die Sandlöcher auf einem Golfplatz. Das hat nichts mit den Bunkern zu tun, in denen man sich vor Bomben versteckt hat. Und Windmühlenhindernisse gibt's auf dem Golfplatz auch nicht!«

»Na ja, hätt sich der Laufberger mal lieber in einem richtigen Bunker aufgehalten, dann wär er jetzt net tot«, stellt meine Mutter fest und nippt an ihrem Kaffee.

»Ja, apropos. Mich würde ja schon interessieren, was der junge Laufberger für ein Typ ist, aber wenn ich mich jetzt auch noch beim Naturschutzverein umhöre und Bäume retten gehe, reißt mir Sebastian den Kopf ab. Dass er mich bei einem Golfkurs angetroffen hat, fand er schon nicht gut«, sage ich abschließend so vor mich hin.

Meine Mutter sieht mich über ihre Kaffeetasse hinweg mit diesem ihr eigenen unergründlichen Blick an. Irgendwas hat sie vor. Dann sagt sie entschlossen:»Ja, wenn du da hingehen würdest, wäre das sicher merkwürdig. Aber wenn dein Vater und ich …«

»Mama, das kommt überhaupt nicht in Frage!«, unterbreche ich sie direkt und schiebe erklärend hinterher:»Da draußen läuft ein Serienkiller rum, und wir können nicht ausschließen, dass der René Laufberger etwas damit zu tun hat.«

Meine Mutter schweigt kurz, überlegt, dann sagt sie:»Ich kann mir beim besten Willen nicht vorstellen, dass der seinen Vadder wegen ner Wiss umbringt. Und selbst wenn: Die Helene hat schon so oft gefragt, ob wir mal mitkomme wolle. Des fällt gar net auf, wenn wir da mal auftauchen.«

»Helene Gundlach? Die Mama von Doris?«

»Ja«, sagt meine Mutter und erklärt:»Die ist da seit kurzem dabei und ganz engagiert. Ich glaub, seit die Doris ihren Selbstfindungskurs gemacht hat, hat sie sich auch vorgenommen, die Welt zu verbessern. Ich hätt ja net gedacht, dass die Helene auf sowas anspringt, aber der Naturschutzverein organisiert wohl immer ganz schöne Wanderungen. Und bei dene geht se immer mit. Ich glaub, deshalb ist die da auch hauptsächlich dabei. Und sie hat uns schon oft gefragt, ob wir nicht mal mitgehen wollen. Da wäre doch jetzt die perfekte Gelegenheit! Und wir könnten ein bisschen die Augen und Ohren offenhalten.«

Ich schweige und überlege, wie ich meine Mutter von dieser Schnapsidee abhalten kann. Aber dann komme ich zu dem Schluss: gar nicht. Ich weiß ja schließlich, von wem ich meinen Dickkopf habe. Wenn sie sich was in den Kopf gesetzt hat, zieht sie das auch durch. Genau wie ich. Ich seufze, und meine Mama weiß, wie sie das zu deuten hat.

Kurzentschlossen greift sie zum Telefonhörer und ruft Helene an:»Grüß dich, Lenchen … Bestens, und euch? … Ach, wem sachste das. Schon net schee, wenn man alt wird … Ja, ja … De Herbert hat's grad auch wieder im Rücke … Ja, ja, genau … Deshalb muss man was tun! Wer rastet, der rostet … Hm, ja, hahaha … Du sagst es! … Sag mal, macht ihr eigentlich noch die Wanderungen beim Naturschutzverein? Du hattst da ja so von geschwärmt … Ja? Morgen gibt's wieder eine? Sach bloß! … Ja, wir würden jetzt doch mal mitgehen wollen. Bisschen Bewegung tut uns ja doch auch gut. Und das

Wetter soll ja ganz schee werde. Geht das noch? ... Ja? Einfach mitkommen? Um 12 vor der Kirche? Mir sin dabei! ... Ja, ich freue mich auch ... Was? De Alfred? E neu? 20 Jahr jünger? Sag bloß! Du, Lenchen, lass uns da morgen in Ruhe drüber schwätze. Da ham mir ja genug Zeit ... So isses ... Dann bis morgen!«

Zufrieden legt meine Mutter auf.

»Das Wandern ist des Müllers Lust?«, fragt mein Vater wie zur Bestätigung, und meine Mutter nickt zufrieden.

Schnecken, Schrecken, Streuobstwiesen

Da am Montag mein Lokal Ruhetag hat und ich den Sonntag nun wider Erwarten nicht auf dem Golfplatz verbringe, bin ich unverhofft zu einem wirklich komplett langen, ruhigen Wochenende gekommen. Ich kann mich gar nicht daran erinnern, wann ich das letzte Mal zwei Tage, außer im Urlaub, einfach mal nichts gemacht habe. Und so verbringe ich den Sonntag mit einem ausgedehnten Frühstück, einem spannenden Krimi und schließlich mit Wein, Pizza und Tatort. Herrlich.

Natürlich bin ich gespannt wie ein Flitzebogen, was meine Eltern von ihrer sonntäglichen Wandertour zu erzählen haben und ob sie überhaupt etwas in Erfahrung bringen konnten. Deshalb habe ich mich kurzerhand am nächsten Tag bei ihnen zum Mittagessen eingeladen, denn bis zu unserem traditionellen Kaffeeklatsch am Nachmittag konnte ich beileibe nicht mehr warten. Weil es Montag ist, gibt es bei meinen Eltern leider nur eine Suppe, denn später kommt ja noch Kuchen auf den Tisch. Das stimmt mich nur so mittel zufrieden, obwohl es nicht am Geschmack der »Quer-durch-den-Garten-Gemüsesuppe«

liegt, die meine Mutter selbst gekocht hat. Alle Zutaten sind aus dem eigenen Garten, mit frischen Kräutern abgeschmeckt und das Gemüse noch etwas bissfest. Eine Minestrone, wie sie besser nicht sein könnte. Trotzdem: Suppe ist für mich einfach kein Essen. Suppe esse ich höchstens mal, wenn ich krank oder bis auf die Knochen durchgefroren bin. Wenn ich bei einem Menü zwischen Suppe oder einer anderen Vorspeise wählen kann, bestelle ich mir immer die Alternative. Ich glaube, es liegt daran, dass ich einfach zu gern kaue. Flüssiges Essen macht mich deshalb nicht glücklich.

Da ich aber so neugierig auf den Bericht meiner Eltern bin, nehme ich heute auch dieses bei mir so unbeliebte Mittagsmahl in Kauf.

»Los, erzählt schon. Wie war's?«, frage ich und setze mich an unseren Esstisch.

Meine Mutter stellt die Suppenschüssel in die Mitte und fängt an, das Mittagessen zu verteilen.

»Also e bissi bekloppt sind da manche ja schon, die da dabei sind«, beginnt sie mit ihrem Bericht.

»Wir haben uns an der Kirche getroffen und sind dann auch gleich los. Ich hab mich gewundert, dass doch so 20 Leut mitgegange sind. Viele kannten mir ja – wenigstens vom Sehen -, aber es waren auch ein paar junge Leut dabei. Und beim Spazierengehen kommt man ja so ins Gespräch.«

»Das klingt ja schon mal spannend«, werfe ich ein und schiebe mir nebenbei einen Löffel Suppe in den Mund. Meine Mutter nutzt die Sprechpause, um ebenfalls etwas Suppe in sich hineinzulöffeln. Vielleicht auch, um ihre Stimme zu ölen. Dann fährt sie fort.

»Also ein Pärchen, das mitgelaufen ist, war schon etwas merkwürdig. Beide hatten so pechschwarz gefärbte Haare aufm Kopp, und die Frau hatte noch so drei lila Strähnen dazwischen. Ich musste mich beherrschen, um net zu fragen, ob des noch Reste vom Fasching sind. Und auch sonst hatte die komplett schwarze Klamotten an – als ob sie zu ner Beerdigung wollten. Das heißt, so richtig schwarz waren die ja Hose und des T-Shirt auch net mehr. Eher so ausgewaschen grau. Ach siehste …«, meine Mutter macht eine Pause und überlegt kurz. »Ich wollt dem Mädsche ja noch des Waschmittel für schwarze Kleidung empfehle. Hab ich jetzt doch vergesse. Na ja, egal. Jedenfalls holt die Trulla ihr Handy raus, und stell dir vor …«

Meine Mutter macht eine Kunstpause, um die Spannung zu erhöhen, was ihr bei mir natürlich gelingt. Was wird wohl auf dem Smartphone zu sehen gewesen sein? Ein erster Hinweis auf den Mörder? Meine Mutter nimmt noch einen Löffel Gemüsesuppe, dann sagt sie:»Frösche!«

»Wie bitte?«

»Frösche! Die züchtet Frösche! Und stell dir vor, die haben alle Namen! Sie hat mir erzählt, dass gerade der Ferdinand gestorben ist. Der war aber schon neun Monate alt – womit ein Frosch wohl schon sehr betagt zu sein scheint. Und dann hat se mir ein Foto mit ner Bromelie drauf gezeischt, in der ein Frosch angeblich geschlafen hat. Also ich hab nur einen grünen Fleck mit Augen in grünen Blättern gesehen. Und die waren offen! Ob sichs des Reptil da drin wirklich gemütlich gemacht hatte, konnte ich jetzt nicht erkennen. Aber vielleicht schlafen Frösche ja auch mit offenen Augen. Muss ich mal bei Wikipedia nachgucke.«

Meine Mutter schüttelt den Kopf, immer noch nicht nachvollziehen könnend, warum Menschen grüne Reptilien

zu Hause in einem Terrarium ihr Eigen nennen.

»Sie erzählte dann noch, dass ihre Mutter bald Geburtstag hat und sie für sie als Geschenk einen Fotokalender mit den schönsten Froschbildern macht. Der würde sicher einmalig werden, aber sie müsste zugeben, dass ihre Freunde, die sie in so nem … so nem …«

Meine Mutter versucht, sich an den korrekten Begriff zu erinnern. Dann scheint es ihr eingefallen zu sein, und sie macht mit dem Zeigefinger eine wissende Geste und fährt fort:»Forum im Internet hat. Also, dass die auch schöne Frösche haben. Das müsse man neidlos anerkennen. Kind, sei so gut und komm net auf die Idee, mir en Kalender mit Fotos vom Pünktchen und dem Anton drauf zu schenke. Ich seh die Katze ja jeden Tag, da müsse se net auch noch aufs Papier. Jedenfalls: Deshalb engagieren sich die beiden auch beim Naturschutzverein, weil sie wollen, dass die Frösche mehr geschützt werden. Dann hat sie noch erzählt, wie sie letztes Jahr geholfen haben, die Frösche bei der Froschwanderung unten am kleinen Lullebach – «

»Mama, bitte!« unterbreche ich sie jetzt. Mir ist schon ganz komisch bei dem Gedanken an die glitschigen Tierchen, und ich hoffe, es ist ein Zufall, dass die Gemüsesuppe heute irgendwie grüner aussieht als sonst. »Gab es außer Fröschen denn nicht noch was wirklich Interessantes? Etwas, was mit unserem Fall zu tun hat?«

Meine Mutter kaut, schluckt und nickt. Dann kratzt sie sich am Kopf und runzelt die Stirn.

»Ja, warte mal, ob ich das alles noch zusammenbekomme. Ich hätte vielleicht einen Schoppen Wein weniger trinken sollen, aber ich hatte so einen Durst nach der Wanderung, als wir noch in dene ihr Vereinsheim eingekehrt sind. Und die Runde war noch so lustig.«

»Mama …«

»Schon gut, schon gut! Also: Der Wilhelm ist ja auch mitgewandert.«

Sie sagt das, als müsse ich selbstverständlich wissen, wer »der Wilhelm« ist. Ich weiß es natürlich nicht. Zumal Wilhelm in unserem Dorf ein so gebräuchlicher Name ist wie in der Großstadt Kevin. Ich beschließe aber, diesen Umstand zu ignorieren und einfach weiter zuzuhören.

»Ich war ja wirklich baff, dass der Wilhelm mit seinen 87 noch so fit ist. Jedenfalls meinte der, dass der junge Laufberger, der die Tour geleitet hat, ein ziemlich Radikaler sein muss. Der ist ein Öko. Ich sag dir, da hätten die Grünen in den 80er Jahren ihren Spaß dran gehabt. Der kauft alles nur aus rein biologischem Anbau, fährt bei Wind und Wetter mit dem Rad, und Wilhelm meint, er wäre auch schon ein paar Mal von der Polizei verhaftet worden, weil er Tiere aus Versuchsanstalten gerettet hat oder sowas. Und er setzt seinen Joghurt selbst an. Sag mal, Herbert, ham mir net auch noch so e Ding im Keller stehen? Des könnt ich ja vielleicht auch mal wieder machen.«

Mir läuft es kalt den Rücken hinunter. Ich kann mich noch dunkel daran erinnern, wie ich als Kind dazu genötigt wurde, mir selbstgezüchteten Joghurt reinzuziehen. Natürlich enthielt der keinen Krümel Zucker, geschweige denn irgendeine Frucht und schmeckte so gesund, wie er bestimmt auch war.

Mein Vater überlegt kurz, dann sagt er:»Haben wir die Maschine net letztes Jahr aufm Flohmarkt verkauft?«

Meine Mutter lässt enttäuscht den Löffel in ihre Suppe sinken.

»Ach, du hast ja Recht. Den hat ja so eine Studentin aus Frankfurt gekauft, als wir den Keller leergemacht haben.

»Und was fott ist, is fott«, bestätigt mein Vater noch einmal.

Ich atme erleichtert aus und schicke innerlich ein Dankesgebet gen Himmel, dass ich von selbstgemachtem Joghurt weiterhin verschont bleibe. Erst einmal. Bei meiner Mutter weiß man schließlich nie. Vielleicht wünscht sie sich zum Geburtstag ja eine neue Joghurtmaschine.

Ich versuche, das Gespräch wieder auf unsere Tatverdächtigen zu lenken.

»Ob der Laufberger junior wohl so weit gehen würde, seinen Vater wegen der Erhaltung einer Streuobstwiese zu erschlagen?«

»Kind, ich kann es dir nicht sagen. Wir haben nur ein paar Sätze mit ihm gesprochen. Er macht schon den Eindruck, dass er weiß, was er will, und seine Überzeugungen – auch mit unerlaubten Mitteln – durchsetzen kann. Aber ob er so weit gehen würde, seinen Vater zu erschlagen: Wie soll man

sowas wissen? Ich hätte ja auch nicht gedacht, dass jemand die arme Carla erschlägt.«

Da muss ich meiner Mutter leider Recht geben.

Sie räuspert sich, dann fährt sie fort: »Jedenfalls: Als wir an den Streuobstwiesen am Golfplatz vorbeigekommen sind ...«

»Ihr seid ausgerechnet da vorbeigelaufen?«, frage ich erstaunt. Meine Mutter nickt und fährt fort:

»Also da hat der René eine richtig flammende Rede gehalten, wie wichtig doch diese Wiesen und die Bäume seien. Und dass man für deren Erhalt kämpfen müsse, da das ja auch ein wichtiger Lebensraum für Singvögel und Bienen sei.«

»Und Frösche«, ergänzt mein Vater etwas belustigt.

»Wahrscheinlich auch für die«, wiegelt meine Mutter ab.

»Merkwürdig«, murmele ich so vor mich hin. »Sagt man nicht, dass es den Täter oft an den Tatort zurückzieht?«

Meine Eltern grübeln darüber auch einen kurzen Moment nach, dann setzt meine Mutter jedoch ihre Erzählung fort:

»Aber was ich doch eigentlich erzählen wollte: Als wir dann abends im Vereinsheim saßen, um noch einen Schoppen zu trinken, hat der Wilhelm dann noch eine interessante Bemerkung gemacht.« Meine Mutter macht wieder eine kurze Pause. Ich versuche, mich nicht darüber aufzuregen, dass sie sich alles aus der Nase ziehen lässt, und sage lieber nichts – jedes Gemecker würde die Erzählung nur noch weiter verlängern.

»Trotz seiner 87 ist der Wilhelm also auch noch mitgekommen, und nach dem dritten Ebbelwoi hat er gesagt, dass der Golfplatz wahrscheinlich mit den Grundstücken gar nichts anfangen kann.«

»Warum das denn nicht?«, frage ich nach. Jetzt scheint es doch noch interessant zu werden.

»Er meint sich zu erinnern, dass auf diesem Gebiet, ganz früher mal, eine illegale Müllkippe war. Das war noch vor den Zeiten mit Umweltauflagen und Entsorgungsvorschriften – wenn du dem Platzwart damals zehn Mark in die Hand gedrückt hast, konntest du vom Holzschutzmittel über Autobatterien bis zum Ölfass dort alles verklappen. Irgendwann haben sie die Deponie aber zugemacht. Sprich, sie haben Erde drübergeschüttet und Bäume draufgepflanzt.«

»Klingt nach ner ziemlichen Sauerei.«

Meine Mutter nickt.

»Deshalb sollte man das vielleicht besser gar nicht anrühren. Wer weiß, was da hochkommt, wenn man dort anfängt zu graben.«

»Könnt ihr euch denn auch noch an diese Deponie erinnern? Also, ich meine ... Der Wilhelm ist doch schon 87. Ist er sich sicher, dass die Müllhalde genau da war?« Meine Eltern sehen sich nachdenklich an.

»Als Wilhelm davon erzählt hat, kam mir das irgendwie bekannt vor. Aber das ist so lange her. Und die Feldwege liefen damals auch e bissi anders. Ob der Müll also wirklich genau unterhalb dieser Streuobstwiese liegt, das kann ich beim besten Willen nicht sagen«, erklärt mein Vater. Und meine Mutter ergänzt: »Und du hast schon Recht, Lissie. So ganz stimmt's beim Wilhelm mit der Orientierung manchmal nicht mehr immer. Obwohl er ja körperlich für seine 87 noch ganz gut in de Reih ist. Aber hier oben merkt man's doch manchmal ...«

Sie macht eine kreisende Bewegung mit dem Zeigefinger an ihrer Stirn.

»Unterwegs hat er steif und fest behauptet, wir würden an der alten Scheuer vom Heffner Karl vorbeikommen. Dabei liegt die noch mindestens einen Kilometer weiter unten. Ich glaube ihm das mit der Deponie, aber ob die wirklich genau dort war ...«

Meine Mutter zuckt mit den Schultern.

Ich verstehe.

»Trotzdem jede Menge spannender, neuer Informationen. Ob der René Laufberger wohl auch von der Deponie weiß?«

Meine Mutter zuckt noch einmal mit den Schultern.

»Er saß jedenfalls nicht an unserem Tisch, als der Wilhelm davon erzählt hat. Wenn er es weiß, dann nicht von gestern Abend.«

Wir schweigen kurz.

»Ich hol mal den Kuchen«, sagt dann meine Mutter entschieden und steht auf.

»Jetzt schon?«, frage ich erstaunt, aber mit einer gewissen Vorfreude in der Stimme.

»Ach, nach dem ganze Geschwätz über Frösche und Giftmüll brauch ich jetzt was Süßes!«, erklärt meine Mutter, nimmt die Suppenschüssel vom Tisch und wirft einen kritischen Blick hinein. Dann schüttelt sie den Kopf und murmelt im Hinausgehen vor sich hin: »Ich weiß auch net, aber die Supp war mir heute irgendwie zu grün. Giftgrün.«

Ich muss lächeln.

Interessenkonflikte

Kurz nachdem ich am nächsten Tag mein Lokal geöffnet habe, betritt Anne Gerlach den Gastraum und kommt an die Theke, hinter der ich hin und her wusele, um die letzten Vorbereitungen für den Abend zu treffen. Ich gehe auf sie zu und reiche ihr die Hand.

»Guten Tag, Frau Sommer.«

»Guten Tag, Frau Gerlach. Wie geht es Ihnen?«, erkundige ich mich noch immer ehrlich mitfühlend.

Sie nickt dankend und kommt dann aber direkt zur Sache: »Ich dachte, ich schaue kurz vorbei, um noch einmal mit Ihnen über den Beerdigungskaffee zu sprechen. Der Termin für die Beisetzung steht nun fest. Mein Mann wird nächste Woche Mittwoch hier in Traunbach beerdigt. Könnten wir danach zu Ihnen kommen?«

Ich schaue zur Sicherheit noch einmal in mein Reservierungsbuch. Dann nicke ich zustimmend.

»Wir werden so gegen 14:30 Uhr da sein. Wie viele Leute kommen werden, kann ich beim besten Willen nicht sagen. Die Menge der Beileidskarten hat mich doch überrascht. Ob mein Mann wirklich so beliebt war oder ob es der Tatsache geschuldet ist, dass er so ein tragisches

Ende genommen hat: Ich rechne mit einer großen
Beerdigung.«

»Ich reserviere Ihnen den Saal, Frau Gerlach. Das ist
doch selbstverständlich.«

Sie nickt und ergänzt: »Die Details überlasse ich Ihnen.
Machen Sie es einfach so, wie Sie es für richtig halten.
Blumenschmuck, Schnittchen, Kuchen – ich möchte mich
damit gar nicht befassen. Solange Sie auf Champagner
und Kaviar verzichten.«

Sie ringt sich ein gequältes Lächeln ab. Ich tätschele
verständnisvoll ihren Unterarm.

»Lassen Sie mich mal machen. Das ist kein Problem. Ich
organisiere Ihnen den passenden Rahmen.«

Sie nickt und sieht sich im Lokal um. Dann deutet sie auf
den gleichen Tisch, an dem sie vor kurzem schon mit
Hans-Herrmann Hoffmann gesessen hat, und fragt: »Ist
der Tisch noch frei? Ich bin noch mit jemandem hier
verabredet.«

Ich nicke und mache eine einladende Handbewegung in
Richtung des gewünschten Tisches.

»Bitte sehr.«

Sie sitzt noch nicht richtig, da schwingt die Tür auf, und
René Laufberger kommt herein – gefolgt von
Privatdetektiv Georg Schneider. Richtig, heute ist ja
Dienstag. Oder ist Anne Gerlach etwa hier mit dem

verpeilten Schnüffler verabredet? Nein, René Laufberger erblickt Frau Gerlach, steuert auf ihren Tisch zu, gibt ihr kurz die Hand und setzt sich ihr gegenüber. Schneider nimmt – wie immer – an dem runden Stammtisch Platz, der in der Mitte des Raumes steht. Ich zapfe ihm unaufgefordert einen Apfelwein, dann schnappe ich mir zwei Speisekarten und trete zu Laufberger und seiner Begleiterin. Eine reiche ich Frau Gerlach, die sie gerne annimmt, aufschlägt und bereits einen Blick hineinwirft. Die andere strecke ich dem Ökoaktivisten entgegen, der so etwa in meinem Alter sein dürfte, und frage: »Guten Abend, darf es schon etwas zu trinken sein?«

»Ich nehme einen trockenen Weißwein und ein Mineralwasser – mit Sprudel«, bestellt Frau Gerlach ohne zu zögern.

Ich halte noch immer die Speisekarte in der Hand, da Laufberger keine Anstalten macht, sie entgegenzunehmen, und stattdessen mit verschränkten Armen vor mir sitzt.

»Ich brauche die Karte nicht. Es sei denn, Sie arbeiten nur mit Bioprodukten und gänzlich ohne Geschmacksverstärker, Konservierungs- und Farbstoffe.«

Ich bin etwas verdutzt ob dieser Forderung. Dann überlege ich kurz und versuche, so diplomatisch wie möglich zu antworten: »Wir setzen unsere Saucen selbst an und kaufen unser Fleisch im Nachbarort direkt vom Helmerhof. Außerdem versuchen wir, regionales, saisonales Gemüse zu verwenden, und es kommen nur Bio-Eier in unser Essen, aber ich fürchte, völlig frei von Zusatzstoffen ist unsere Gastronomieküche nicht.«

Ich muss an die Sauce Béarnaise denken, die wir im Tetrapack kaufen, die aber leider so pervers geil schmeckt, dass wir auf dieses Fertigprodukt nicht verzichten wollen. Mir läuft das Wasser im Mund zusammen, und ich freue mich bereits, mir später einen Gemüseteller zurechtzumachen, den ich in dieser Béarnaise ertränken werde.

Laufberger nickt ein wissendes Nicken.

»Hab ich mir schon gedacht. Wenigstens sind Sie ehrlich. Danke, aber dann verzichte ich auf das Essen und nehme nur ein stilles Wasser. Geben Sie mir ein Glas aus der Leitung. Ich will meinen Durst nicht durch gereinigtes Flusswasser eines Getränke-Großkonzerns stillen.«

Ach du meine Güte. Jetzt weiß ich, was meine Mutter meinte, als sie Laufberger als militant bezeichnet hat. Ich betrachte ihn mir noch einmal genauer. Er entspricht in der Tat jedem Klischee von einem alternativ lebenden Öko-Freak: Braune Cordhose, Gesundheitslatschen, das Hemd ist bestimmt aus Baumwolle mit Öko-Tex-Zertifikat, und sein selbstgestrickter Schal kratzt mich schon beim

Hinsehen – dabei gibt es heute doch auch natürliche Garne in wunderbar weicher Qualität. Aber vielleicht gehört das zu seiner Vorstellung eines nachhaltigen Lebensstils: Es muss einfach alles ein bisschen unbequem sein, damit es in seinen Augen gut ist. Dabei sieht er sonst gar nicht schlecht aus. Hochaufgeschossen, durchtrainiert und braungebrannt – man erkennt sofort, dass er viel Zeit an der frischen Luft verbringt. Die langen Haare, die er zu einem Pferdeschwanz zusammengebunden hat, würde ich gegen einen Kurzhaarschnitt tauschen, aber dafür, dass er bestimmt nur Kernseife zur Körperpflege benutzt, wirkt seine Frisur gepflegter als alles andere an ihm.

Ich bringe den beiden die Getränke, Frau Gerlach bestellt außerdem einen Salatteller mit gebratenem Frühlingsgemüse und Lachs und erntet dafür von ihrem Gegenüber prompt eine Standpauke, wie man denn in einem Lokal Fisch ordern könne. Und dann noch Lachs! Wo doch alle Flüsse und Meere leergefischt seien und sie sicher sein könne, dass das arme Tier aus einer Aquakultur stamme. Aber Frau Gerlach entgegnet, sie habe nun mal Hunger, und wenn es Laufberger nicht passen würde, könne er ja gehen. Dieser brummt etwas davon, dass mit dieser Einstellung unser Planet dem Untergang geweiht sei, bleibt aber trotzdem sitzen.

Zunächst kann ich nicht hören, worum es in dem Gespräch der beiden geht, dann wird die Diskussion aber intensiver und die Stimmen lauter.

»Du willst das Grundstück wirklich an diese Kapitalistenbande verkaufen?«, echauffiert sich Laufberger und beugt sich drohend zu Frau Gerlach hinüber, die ungerührt weiter in ihrem Salat herumstochert. Dann hält sie kurz inne und sagt ruhig, aber mit einem bissigen Unterton:

»René! Ich finde dein Engagement sehr löblich, aber ich möchte nun eben lieber die Mandelblüte auf Mallorca genießen, als mich weiter um Apfelbäume in Traunbach kümmern zu müssen. Wenn Dieter nicht so sentimental gewesen wäre, hätten wir das Grundstück schon längst verkauft.«

»Aber er hatte mir zugesagt, dass er die Wiese nicht an den Golfclub verscherbelt! Er wollte doch auch die alten Speyerlingbäume schützen, die seit Generationen dort stehen. Ich weiß, dass er der Tradition der Kelterei seiner Familie damit Rechnung tragen wollte. Das ist doch quasi sein Vermächtnis! Das kannst du nicht ignorieren!«

»Pff, Vermächtnis!«, schnaubt Anne Gerlach zwischen zwei Salatblättern und wedelt mit einem Stück Lachs auf der Gabel Laufberger vor der Nase rum, der angewidert zurückweicht.

»Ich bin es, die sich jetzt um alles kümmern kann. Alles bleibt an mir hängen. Dieter hat nichts geregelt, also entscheide ich jetzt auch, was mit allem geschieht. Ich verkaufe die Wiese, egal an wen. Hauptsache, der Preis stimmt. Basta.«

Laufberger steigt die Zornesröte ins Gesicht, er sagt aber nichts.

Anne Gerlach sieht ihn forschend an: »Wenn dir so viel daran liegt, kannst du sie mir ja abkaufen.«

»Pfff«, stößt René abfällig hervor.

»Und überhaupt«, fährt die Gerlach fort. »Dein Vater wollte sein Grundstück doch auch verkaufen. Was ist denn mit seinem Vermächtnis? Beachtest du das jetzt auch?«

Laufberger junior funkelt Frau Gerlach böse an.

»Nur über meine Leiche verkaufe ich dieses Grundstück!«, giftet er sie an.

Anne Gerlach sieht ihn durchdringend an.

»Über deine oder über SEINE Leiche?«

René Laufberger springt auf, wobei er seinen Stuhl umwirft, der polternd zu Boden fällt, und hebt drohend den Arm. Seine Hand ist zu einer Faust geballt – so fest, dass die Knöchel weiß hervortreten. Seine Augen blitzten hasserfüllt. Sein Kopf ist rot vor Zorn, und er bebt vor Wut am ganzen Körper. Er sieht aus, als sei er zu allem entschlossen. Unauffällig habe ich mein Smartphone in die Hand genommen, und mein Daumen schwebt über der Notruftaste. Ich hoffe, dass die Situation nicht weiter eskaliert. Man könnte eine Stecknadel fallen hören. Dann nimmt Laufberger plötzlich den Arm runter, dreht sich abrupt um und stürmt – ohne ein weiteres Wort zu verlieren – aus meinem Lokal hinaus. Ich atme hörbar erleichtert aus. Nach diesem jähzornigen Auftritt traue ich ihm alles zu – auch, im Affekt seinen Vater erschlagen zu haben.

Frau Gerlach isst in aller Seelenruhe ihren Salat zu Ende, trinkt ihren Wein aus und deutet mir dann, dass sie bezahlen möchte. Sie kommentiert den Vorfall mit keinem weiteren Wort, gibt mir aber ein saftiges Trinkgeld. Offenbar ist das ihre Art, sich für das rüpelhafte Verhalten ihrer Verabredung zu entschuldigen.

Als sie mein Lokal verlassen hat, pfeift Georg Schneider hörbar durch die Zähne und sagt dann:»Na, das war aber ein löbliches Beispiel von Selbstbeherrschung der Dame – was man von dem jungen Mann mit seinem impulsiven Auftritt nicht gerade behaupten kann.«

»Ja«, pflichte ich ihm bei.»Unterschiedlicher könnten die Interessen seitens des Grundstücksverkaufs offensichtlich nicht sein.«

Jetzt nickt Schneider, trinkt einen Schluck Apfelwein und sagt dann gedankenverloren:»Immerhin war seine Frisur heute etwas gepflegter als beim letzten Mal. Da sah er doch recht zerzaust aus.«

Ich blicke den Privatdetektiv fragend an:»Beim letzten Mal? Wann haben Sie denn Laufberger schon einmal gesehen?«

»Na, als wir die Leiche auf dem Golfplatz gefunden haben.« Er sagt es, als sei es das Selbstverständlichste auf der Welt, und trinkt noch einmal von seinem Apfelwein.

»Davon höre ich heute das erste Mal, Herr Schneider. Haben Sie das denn auch dem Kommissar gesagt?«

Der Detektiv überlegt und runzelt die Stirn.

»Also ich habe ihm erzählt, wie ich den Toten gefunden habe. Sie waren ja selbst dabei. Und dann wollte der Kommissar so viele Einzelheiten wissen. Wo genau mein Schläger war und was ich wann, wie getan habe. Alles drehte sich ja nur um die Leiche.«

»Herr Schneider!«, herrsche ich ihn an.»Erinnern Sie sich gefälligst! Was haben Sie gesehen? Jedes Detail ist wichtig.«

Der Privatschnüffler zieht erneut die Stirn kraus, schaut an einen imaginären Punkt an der Wand, nippt dabei wieder an seinem Glas und sagt:»Na, als ich über die

Bunkerkante gekommen bin, sah ich den jungen Mann etwas abseits stehen. Er schaute zu mir herüber, wischte sich die Hände an seiner Hose ab, und dann machte er sich davon. Er sah – wie bereits erwähnt – ein bisschen zerzaust aus. Dann erst entdeckte ich den Toten, und die Dinge nahmen ihren Lauf. Hm ... Ja ... diese Begegnung muss mir irgendwie entfallen sein.«

Ich schüttele entgeistert den Kopf.

»Wie kann einem denn sowas entfallen? Sie finden eine Leiche, in der Nähe steht ein junger Mann, der sich daraufhin eilig davonmacht, und da sehen Sie keinen Zusammenhang? Sie sind wirklich der schlechteste Schnüffler, den ich je kennen gelernt habe!«

»Aber ich ...«, er will mir noch etwas entgegensetzen, um seine Detektivehre zu retten, aber ich habe mich schon weggedreht und mein Smartphone gezückt. Ich muss unbedingt Sebastian anrufen.

»Ich will ihm mal glauben, dass er diese Information nicht mit Absicht zurückgehalten hat. Ermittelt er eigentlich noch für den Golfclub? Na ja, wie auch immer. Besser macht es die Situation nicht. Wir könnten schon so viel weiter sein, wenn nicht dieser dusselige Detektiv immer wieder so einen Unsinn machen würde. Und sei es nur, dass er vergisst, mir die wichtigste seiner Beobachtungen mitzuteilen! Ich weiß schon, warum ich von Privatschnüfflern einfach nichts halte.«

Ich lehne mit dem Smartphone am Ohr in meiner Gastroküche an der Saladette und stecke mir ein Radieschen in den Mund, während ich dem Kommissar in seinem Wutausbruch zuhöre. Die Sauce Béarnaise muss warten. Ich kann den Kommissar nur zu gut verstehen. Wie kann man denn so ein entscheidendes Detail einfach vergessen? Das verändert doch die gesamte Ausgangslage.

»Hm … glaubst du wirklich«, ich kaue und schlucke ein Stück Radieschen runter. »Glaubst du wirklich, René Laufberger hat seinen Vater wegen einer Wiese umgebracht?«, frage ich Sebastian und kann hören, wie er am anderen Ende der Leitung mit den Schultern zuckt. »Ich hab in meinem Job schon Pferde kotzen sehen.« Es klingt fast ein bisschen resigniert.

»Als Erstes werde ich noch einmal mit Schneider reden und dann das Alibi von Laufberger überprüfen. Beziehungsweise die Alibis. Schließlich haben wir ja zwei Tote.«

Ich beiße in ein Stück Salatgurke. Kauend gebe ich zu bedenken: »Aber warum sollte er Gerlach umbringen? Ich dachte, der wollte sein Grundstück nicht verkaufen. Und das war es doch, was Laufberger junior unbedingt sicherstellen wollte. Das macht doch gar keinen Sinn.«

»Das ist richtig. Aber wissen wir denn, ob sich Gerlach nicht doch noch kurz vor seinem Tod umentschieden hat? Hoffmann und der Teil des Golfclubs, der den Ausbau will, haben ihn doch ganz schön hofiert. Er hat das Turnier gewonnen, sollte Deutschlands Golf-Nr. 1 treffen … vielleicht fand er die Idee, sein Grundstück zu versilbern und das schöne Golfleben zu genießen, doch nicht mehr so schlecht.«

»Ja, vielleicht hast du Recht«, sage ich und schiebe mir eine Cocktailtomate in den Mund, die allerdings zum Weitersprechen doch etwas zu viel Raum zwischen meinen Zähnen einnimmt. Ich kaue geräuschvoll.

»Sag mal, was mampfst du denn da eigentlich die ganze Zeit?«, will Sebastian jetzt wissen.

»Salat«, bringe ich mit immer noch vollem Tomatenmund hervor.

»Salat?«, fragt Sebastian ungläubig nach.

»Hm«, bestätige ich, schlucke und sage dann: »Die Gerlach war hier und hat einen Salat zusammen mit dem Laufberger gegessen. Da hab ich Hunger bekommen. Eigentlich auf Sauce Béarnaise, aber Salat ist auch o.k.«

»Sie hat sich mit Laufberger getroffen?«, fragt er nach.

»Was wollte die denn von ihm?«, will der Kommissar

mehr wissen, und ich muss zugeben, dass nicht nur der Privatdetektiv, sondern auch ich ihn noch nicht auf den letzten Stand gebracht habe.

»Vielleicht sollte man besser sagen: Was wollte er von ihr«, sage ich und erzähle ihm von dem Gespräch und der Auseinandersetzung meiner beiden Gäste.

Als ich geendet habe, ist es kurz still in der Leitung, dann sagt Sebastian hörbar sauer: »Kann ich denn in diesem Kaff nicht einmal in Ruhe arbeiten, ohne dass du oder Schneider oder deine Eltern oder sonst wer mitmischen müssen? Wie soll ich denn professionelle Polizeiarbeit abliefern, wenn ich entweder nicht alles erzählt bekomme oder jeder Hinz und Kunz meint, Dorfbulle spielen zu müssen!«

Er klingt jetzt wirklich ein bisschen böse.

»Aber ich hab doch nur …«, ich versuche mich zu rechtfertigen, denn objektiv habe ich aktiv ja gar nichts getan, sondern nur zwei Gäste bewirtet. Aber er unterbricht mich direkt.

»Darüber sprechen wir noch«, schneidet er mir das Wort ab, und ich denke, ich traue meinen Ohren nicht.

»Wie bitte? Darüber sprechen wir noch? Was soll denn das heißen? Hör mal, du bist nicht mein Vater! Und selbst von dem lasse ich mir nur noch in Ausnahmefälle etwas sagen! Oder willst du mich verhören? Bitte, nur zu!«

Jetzt bin ich auch ein bisschen böse. Immerhin: Das merkt Sebastian sofort.

»Hör mal Lissie, ich will jetzt nicht streiten«, versucht er mich wieder zu besänftigen. Es entsteht eine kurze Pause, in der wir beide nichts sagen. Dann ergreift Sebastian wieder das Wort: »Gib mir jetzt mal den Schneider. Er muss aufs Präsidium kommen und eine Aussage machen. Je früher, desto besser.«

Ich schweige, stoße meinen Hintern von der Saladette ab – mir ist der Appetit sowieso vergangen – und gehe mit dem Handy am Ohr wieder in den Gastraum, um es an den Privatdetektiv weiterzureichen. Aber sein Platz ist leer. Nur das Apfelweinglas steht noch auf dem Tisch.

Peter, der heute für die Theke eingeteilt ist und inzwischen seinen Dienst angetreten hat, strahlt mich an.

»Hallo, Lissie!«

»Hallo, Peter. Wo ist der Schneider? Der war doch gerade noch hier«, frage ich ihn.

»Ach der«, erklärt Peter wie selbstverständlich. »Du hast ihn knapp verpasst. Er hat gerade bezahlt und hat etwas gemurmelt von er müsse ›noch etwas erledigen‹. Er wirkte nachdenklich, irgendwie nicht gut drauf. Stell dir vor, er war so dermaßen nicht bei der Sache, dass er heute sogar mal mehr als 50 Cent Trinkgeld gegeben hat.«

Er hält mir triumphierend ein Zweieurostück entgegen.

»Er ist weg«, erkläre ich Sebastian ins Smartphone, dem daraufhin ein spontanes »Scheiße« entfährt.

Unplanmäßige Pläne

»Frau Sommer, ich bin's«, wispert es mir am Telefon eine gute halbe Stunde später entgegen. »Ich muss Sie dringend sprechen.«

»Wer ist denn da?«, muss ich nachfragen, denn die Stimme ist nicht nur leise, sondern klingt auch irgendwie verstellt.

»Na, ich bin's! Georg Schneider.«

»Schneider! Verdammt, wo stecken Sie? Kommissar Loch will Sie dringend sprechen! Warum haben Sie sich so schnell aus dem Staub gemacht?«

»Ja, ja, ich weiß, Frau Sommer. Das mache ich alles noch.«

Jammert er da etwa am anderen Ende der Leitung?

»Aber jetzt müssen Sie mir helfen.«

Ja, er jammert. Ich seufze.

»Schneider! Was, um Himmels willen, haben Sie denn schon wieder angestellt?«

»Ich ... also ...«, druckst er herum.

»Mann, Schneider! Wenn ich Ihnen helfen soll, müssen Sie schon mit der Sprache rausrücken.«

»Frau Sommer, ich fürchte, mir ist da ein kleines Missgeschick passiert.«

»Das ist ja mal was ganz Neues«, entfährt es mir leise.

»Ich fürchte, ich habe mich eingesperrt«, raunt er.

»Eingesperrt?«, frage ich, denn ich kann ihn auch akustisch schlecht verstehen. »Reden Sie doch mal ein bisschen lauter, ich höre Sie fast gar nicht.«

»Das geht nicht«, zischt er erneut.

»Wo sind Sie denn?«

»Im Büro von Hans-Herrmann Hoffmann.«

»Dem Club-Präsidenten? Was machen Sie auf dem Golfplatz?« Ich bin total verwirrt von dem, was mir der verpeilte Schnüffler wieder erzählt.

»Nicht im Club. Im Büro seines Hauses.«

»Was machen Sie denn in Gottes Namen im Haus vom Hoffmann? Was hat der denn mit Ihren Ermittlungen zu tun?«

»Das erkläre ich Ihnen später. Nur so viel: Ich habe da was aufgeschnappt und wollte dem nachgehen. Zudem möchte ich meinen kleinen Fauxpas, dass ich dem Kommissar nicht von dem Sichentfernen des Herrn Laufberger erzählt habe,
wiedergutmachen und etwas Neues zu den Ermittlungen beitragen.«

»Und dafür sind Sie beim Präsidenten des Golfclubs im Haus eingestiegen oder was?«

»Nicht ganz«, gibt Schneider immer noch flüsternd zu. »In seine Firma. Und jetzt, jetzt komme ich nicht mehr raus. Bitte, Frau Sommer, Sie sind meine letzte Hoffnung! Holen Sie mich hier raus.«

Ich brauche einen Moment, um das Gehörte zu verarbeiten.

»Und wie soll ich das Ihrer Meinung nach anstellen? Wie sind Sie denn da überhaupt reingekommen?«

»Im Garten gibt es eine Hintertür, die ins Haus führt. Die war mit meinem Dietrich ganz einfach aufzubekommen. Als ich gerade in den Büros von Hoffmann war, um mich etwas umzusehen, habe ich Stimmen gehört und mich in einem Schrank versteckt. Es war zwar nur die Putzfrau, aber sie hat das Büro von außen zugeschlossen, als sie wieder hinausgegangen ist. Und deshalb sitze ich jetzt hier fest.«

Ich seufze.

»Warum nehmen Sie denn nicht Ihren Dietrich und öffnen auch diese Tür – dieses Mal von innen?«, will ich dem Privatdetektiv auf die Sprünge helfen.

»Weil der Dietrich … also ich fürchte …«, stottert Schneider unsicher vor sich hin.

Ich seufze noch einmal und stelle fest:»Sie haben den Dietrich in der Hintertür stecken lassen.«

»Wahrscheinlich …«, gibt der Detektiv kleinlaut zu.

Ich seufze ein weiteres Mal, reibe mir die Stirn und frage ihn dann:»Hat Sie schon jemand bemerkt?«

»Das glaube ich nicht. Seine Büros sind im Erdgeschoss, und dort arbeitet ja um diese Zeit niemand mehr. Und dass über mir in der Wohnung jemand ist, denke ich auch nicht. Die Fenster waren nicht erleuchtet, als ich kam, und ich höre keine Schritte.«

»Ist das die Wohnung von Hoffmann?«

Der Detektiv lacht kurz auf.

»Nein. Sie gehört ihm zwar – so wie das gesamte Haus -, aber er hat sie an ein junges Paar vermietet. Er selbst wohnt mit seiner Familie standesgemäß in einer Villa am Rande von Traunbach – schließlich ist er Bauunternehmer.«

»Woher wissen Sie das denn alles?« Kaum habe ich diese Frage ausgesprochen, bereue ich sie auch schon, denn ich kann die stolzgeschwellte Brust des Unterklasse-Detektivs am anderen Ende der Leitung quasi erahnen.

»Nun ja, Frau Sommer, wie Sie wissen, ermittele ich nach bestem Wissen und Gewissen«, sagt er entsprechend selbstzufrieden.

Das glaube ich ihm sogar – es kommt nur leider nicht viel dabei heraus.

»Diese und andere Informationen über Herrn Hoffmann wurden mir im Clubhaus zugetragen. Leider kam ich noch nicht dazu, diese auf ihren Wahrheitsgehalt hin zu überprüfen. Aber heute Abend, nachdem Sie mich auf mein Missgeschick seitens der Kommunikation hinsichtlich der Flucht des Herrn Laufberger …«

»Mann, Schneider, kommen Sie zu Potte!«, herrsche ich ihn an.

Er schluckt kurz und trocken, dann sagt er etwas pikiert:

»Jedenfalls habe ich mich entschlossen, den Ermittlungen neuen Schwung zu verleihen und sofort und auf dem Fuße den Informationen in Sachen Hoffmann nachzugehen. Schnell und gründlich.«

Ich schüttele verständnislos den Kopf. Von wegen schnell und gründlich: Im Moment kommt der schusselige Detektiv nicht mal aus seiner misslichen Lage, geschweige denn dazu, weiterzuermitteln. Was mich wieder an den ursprünglichen Grund seines Anrufs erinnert.

»Nur leider haben Sie die Putzzeiten von Hoffmanns Büro nicht ordentlich recherchiert, sonst würden Sie dort ja nun nicht festsitzen.«

Er stöhnt.

»Ja, das ist in der Tat ein kleiner Schlamassel.«

Wir schweigen kurz.

»Bitte, Frau Sommer, befreien Sie mich. Wenn ich mich nicht verhört habe, hat die Reinigungsfachkraft den Schlüssel nur herumgedreht, nicht aber abgezogen. Es dürfte also kein Problem sein, mich hier herauszuholen. Ich möchte nicht Herrn Kommissar Loch darum bitten. Vielleicht muss ich dann sogar mit Repressalien rechnen.«

Ja, ich könnte mir auch gut vorstellen, dass Sebastian die Gelegenheit beim Schopf ergreifen würde, um dem Privatdetektiv eine kleine Lektion zu erteilen. Das würde mir zwar auch gefallen, aber irgendwie täte mir Schneider dann doch leid. Und außerdem muss ich zugeben: Ich bin zu neugierig, zu erfahren, was er bei Hoffmann herausgefunden haben könnte. Denn diese Information ist er mir schuldig, wenn ich ihn jetzt dort raushole.

Ich halte mit einer Hand das Mikro am Smartphone zu und sage zu Peter: »Hör mal, ich muss noch mal kurz weg. Kommst du alleine klar?«

Peter sieht erstaunt von seinem Glas auf, das er gerade poliert, grinst aber und nickt. Und er fragt nicht. Das schätze ich wirklich sehr an ihm. Peter fragt nicht, Peter macht.

Ich hebe meine Hand vom Smartphone und sage nicht ohne ein theatralisches Seufzen hinein: »Okay. Ich komme. Wo sind Sie genau?«

Ich stehe im Garten vor der Hintertür zu Hoffmanns Büro im Halbdunkeln und frage ich mich erneut, was ich hier eigentlich wieder mache. Wenn das mit mir und Sebastian eine Zukunft haben soll, muss ich mit solchen Aktionen aufhören. Sonst haben wir uns dauernd in der Wolle. Andererseits: Wie viele Morde wird es noch in Traunbach aufzuklären geben? Hoffentlich kehrt in unser beschauliches Dörfchen jetzt endlich wieder Ruhe ein. Obwohl die Wahrscheinlichkeit, von weiteren Todesfällen zu erfahren, bestimmt höher ist, wenn man mit einem Kommissar liiert ist. Aber noch sind wir ja gar kein Paar.

Ich seufze bei dem Gedanken an Sebastian und seine von mir noch immer ungeküssten Lippen und versuche mich auf diese Einbruchs-/Ausbruchs-Aktion zu konzentrieren.

Natürlich steckt der Dietrich des schusseligen Detektivs noch im Schloss. Ich drücke die Klinke der Kellertür, die in den Garten führt, hinunter, und tatsächlich lässt sie sich problemlos öffnen. Ich ziehe den Dietrich ab und stecke ihn ein. Dann trete ich ins Haus und folge dem Weg, den mir Schneider beschrieben hat. Der Keller ist nicht sonderlich groß oder verwinkelt, so dass ich schon bald vor der Tür stehe, die hinauf ins Treppenhaus führen muss. Ich lausche. Nichts ist zu hören. Außer mein Puls. Mein Herz schlägt mir bis zum Hals, so dass ich die Befürchtung habe, man könnte es hören. Wenn mich jetzt jemand erwischt und ich erkläre, dass ich einen trotteligen Privatdetektiv befreien wollte, der sich leider von der Putzfrau beim Schnüffeln in einem fremden Büro hat einschließen lassen, weisen die mich doch glatt in die Klinik ein. Aber jetzt bin ich hier, und ich habe versprochen, Schneider zu helfen. Also los.

Ich öffne vorsichtig die Tür und luge ins Haus hinein. Alles ist dunkel und still. Ich warte noch einen Moment, um sicherzugehen, dass die Luft wirklich rein ist, dann öffne ich die Tür ganz, husche in den Flur und schließe sie leise hinter mir.

Hans-Herrmann Hoffmann – Auf mich können Sie bauen – GmbH steht auf dem Schild zu den Büroräumen des Bauunternehmers. Ich schüttele unwillkürlich den Kopf ob dieses Firmenslogans. Es ist eines dieser gewollt kreativen Wortspiele, von denen meist Kleinunternehmer denken, sowas wäre marketingtechnisch hilfreich. Zum Beispiel Friseure, die ihre Läden Vier-Haareszeiten, Hair-Einspaziert oder Hanni's Hair-Berge nennen – gerne auch noch gepaart mit einem falschen Apostroph, wie ihn sonst nur Kneipen verwenden (Rosi's Eck). Wenn man solche

156

Namen an der Fassade liest, sollte man sowieso vorsichtig sein. Alle Gastronomiebetriebe, die einen Vor- oder Kosenamen auf ihrem Schild über ihrer Eingangstür stehen haben, sind per se verdächtig, als ihre hauseigene Spezialität ein »Herren-Gedeck« – Bier und Korn – auszuweisen. Gerne auch zum Sonderpreis in der Happy Hour, die dort vornehmlich mittags zwischen 11 und 13 Uhr stattfindet. Ich schüttele mich bei dem Gedanken und freue mich erneut, dass ich mit dem Grünen Kränzchen eine ganz normale Gaststätte übernommen habe. Ja, auch bei uns sitzen regelmäßig ein paar Gestalten herum, für die meine Theke zur zweiten Heimat geworden ist und die in jeder Kneipe irgendwie dazugehören. Aber das Gros meiner Gäste kommt auf einen gepflegten Apfelwein vorbei und schätzt unser gutes Essen. Und ich sollte auch wieder schleunigst zurück an ebenjenen Arbeitsplatz und diesen Ausflug hinter mich bringen.

Der Schlüssel steckt in der Tat in der Tür zu den Büroräumen. Ich drehe ihn so leise wie möglich um und öffne langsam die Tür.

»Schneider? Wo sind Sie?«, wispere ich in den dunklen Raum hinein.

Nichts. Keine Antwort.

»Schneider?«, sage ich etwas lauter und nehme ein Knarzen von der anderen Seite des Raumes wahr. Ich schaue genauer hin und sehe, dass sich die Tür von einem eingebauten Wandschrank langsam öffnet.

»Frau Sommer? Sind Sie es?«, höre ich den Privatdetektiv aus dem Schrank heraus fragend flüstern.

»Wer soll es denn sonst sein? Oder haben Sie noch andere Bekannte angerufen, um Sie hier rauszuholen?«, flüstere ich zurück, schlüpfe in das Büro, ziehe leise die Tür hinter mir zu und schleiche auf Zehenspitzen Richtung Schrank. Inzwischen ist es draußen dunkel geworden – zum Glück haben wir Vollmond, der in die Büroräume scheint und sein fahles Licht auf die Schreibtische und anderen Möbel fallen lässt und mich so davor bewahrt, über meine Füße zu fallen. Schneider ist inzwischen auch aus seinem Versteck gekrochen und kommt auf mich zu.

»Danke, Frau Sommer, ich bin so froh, Sie zu sehen!«

»Ja, das glaube ich«, seufze ich.

Wir stehen etwas unschlüssig im Büro herum, dann sage ich:

»Haben Sie wenigstens gefunden, nach was Sie gesucht haben?«

»Äh …«, stottert er verlegen. »Ich hatte ja noch gar keine richtige Gelegenheit, überhaupt anzufangen.«

Ich seufze – zum erneuten Mal an diesem Abend.

»Also gut, wo fangen wir an?«

»Ich verstehe nicht ganz …«

»Herr Schneider, ich breche doch nicht in fremde Büros ein auf die Gefahr hin, erwischt zu werden, wenn wir nicht wenigstens etwas in Erfahrung bringen. Sonst wäre die ganze Aktion völlig umsonst.«

»Ach so. Ja, da haben Sie natürlich Recht«, stimmt er mir zu und beginnt dann mit einer Erklärung: »Man hat mir im Golfclub zugetragen, dass Hoffmann ein besonders starkes Interesse daran hat, dass der Platz erweitert wird. Schließlich besitzt er ein Bauunternehmen und verspricht sich die entsprechenden Aufträge. Und sollten dann wirklich auch größere Turniere dort ausgetragen werden, werden voraussichtlich noch Hotels benötigt. Es wird gemunkelt, dass bereits ein großes Wellness-Resort in Planung sein soll.«

»Und Sie suchen hier nach Unterlagen dafür? Aber warum sollte er deswegen die beiden Männer ermorden? Es sah doch schon so aus, dass er wenigstens Gerlach fast überzeugt hätte zu verkaufen. Und soweit ich weiß, hat er zumindest für den ersten Mord ein Alibi.«

Schneider nickt zustimmend.

»Ja, so ganz sicher bin ich mir nicht, ob Hoffmann als Täter selbst in Betracht kommt. Ich denke, jemand wie er kennt zwielichtige Gestalten, die das für ihn ausführen würden. Und ich weiß auch nicht, ob er überhaupt zu solch einer Tat fähig wäre. Aber ob an den Gerüchten um das Bauvorhaben etwas dran ist, das sollte man schon recherchieren.«

Es klingt so, als würde er für einen Zeitungsartikel schreiben und dafür eine Bibliothek aufgesucht haben – und nicht deswegen in fremden Wohnungen rumschnüffeln.

Ich blicke mich im Büro um. Die Schreibtische erscheinen insgesamt aufgeräumt, nur wenige Papiere und Akten liegen herum. »Ist das denn überhaupt das Büro von Hoffmann?«, wispere ich Schneider zu. Dieser zuckt mit den Schultern.

»Ich glaube nicht, dass er der Typ ist, der sich zusammen mit seiner Sekretärin ein Büro teilt. Und wenn er wirklich Dreck am Stecken hat, wird er gewisse Telefonate und Treffen alleine führen wollen. Wohin führt die Flügeltür dort?«

Schneider zuckt erneut mit den Schultern.

»Alles muss man selber machen«, nuschele ich und steuere auf die Tür zu. Mit einem leisen Quietschen lässt sie sich öffnen. Im dahinterliegenden Raum steht ein imposanter Schreibtisch in der Mitte des Raumes, teurer und eleganter als das Mobiliar im ersten Büro. Daneben zieht ein stählerner Aktenschrank meinen Blick auf sich.

»Hier sind wir richtig«, konstatiere ich und betrete das Büro von Hoffmann. Schneider folgt; so dicht hinter mir, dass ich seinen Atem im Nacken spüren kann. Ich verstehe gar nicht, wie er den Mut aufgebracht hat, alleine hier einzusteigen.

»Nach was halten Sie Ausschau?«, flüstert er mir ins Ohr, und ich schüttele unwillkürlich meine Schultern, um diese Klette von Detektiv an meinem Rücken loszuwerden. Wenn ich mich nicht irre, habe ich dessen sprühende Speicheltröpfchen gerade an meiner Ohrmuschel gespürt.

Ich schließe vorsichtshalber die Flügeltür hinter uns, löse mich von meinem Schatten und gehe mit großen Schritten um den Schreibtisch herum, der ebenfalls durch das dahinterliegende Fenster indirekt vom Mondlicht beschienen wird. Die Tischplatte ist weitgehend leer. Hoffmann scheint es noch klassisch zu lieben: Ein edler Füller samt Tintenfass steht am oberen Ende des Tisches, daneben ein Briefbeschwerer aus Acrylglas und ein Wochenkalender. Ich werfe einen Blick auf die Eintragungen. Viel ist dort nicht notiert. Heute, zum Beispiel: »R. anrufen!« Ich schlage den Kalender an dem Tag auf, als er sich mit Frau Gerlach in meinem Lokal getroffen hat: »Treffen mit A.G.« Anne Gerlach. Ja, das passt. Ich blättere weiter zurück. Zu der Woche, in der

Dieter Gerlach ermordet wurde. Die Seite fehlt. Sie wurde herausgerissen.

Ich lege den Kalender zurück und schaue mich noch einmal um. Ob man im Aktenschrank etwas Brauchbares findet? Ich trete zu dem Stahlmöbel und ziehe an der obersten Schublade. Sie ist nicht verschlossen. Zahlreiche Akten fächern sich vor mir auf. Auf einem Reiter steht: »Neubau Hotelanlage«. Ich ziehe den Ordner heraus und öffne ihn. Dabei fällt mir ein Plan entgegen und auf den Boden. Schneider bückt sich und hebt ihn auf. Er faltet ihn auf, und wir werfen gemeinsam einen Blick darauf. Er zeigt einen Entwurf für eine weitläufige Hotelanlage. Augenscheinlich mit zahlreichen Zimmern, geräumiger Sauna-Landschaft, Pool und Wellness-Ttempel. Oben auf dem Plan steht »Sport- und Wohlfühlhotel Golfplatz-Blick«. Keine Frage, hierbei handelt es sich tatsächlich um Baupläne für ein Hotel neben dem Gundelheimer Golfplatz. Ich nehme Schneider den Plan aus der Hand und sehe näher hin. In der linken unteren Ecke prangt in dicker roter Schrift: Baubeginn August.

Ich pfeife durch die Zähne.

»Was haben Sie entdeckt?«, fragt Schneider neugierig, der jetzt wieder dicht hinter mir steht und dabei fast den

Kopf auf meine Schulter legt. Ich schüttele mich unwillkürlich wieder und deute auf den Plan. »Ich halte einen Baubeginn im August für ganz schön ambitioniert. Braucht es nicht ewig, bis sowas genehmigt ist?«

»Sicher. Ich könnte mir aber vorstellen, dass es vielleicht auf dem Land etwas schneller geht als in der anonymen Stadt. Möglicherweise ist er mit den Beamten hier persönlich bekannt.«

Ich nicke und denke:»Mit einem war er es auf jeden Fall.«

Bevor ich noch etwas sagen kann, höre ich plötzlich Stimmen im Flur, die sich uns nähern.

»Scheiße«, zische ich und sehe in ein versteinertes Gesicht von Detektiv Schneider. Hoffentlich fällt er jetzt nicht in Ohnmacht – das kann er ja.

Ich sehe mich hektisch um. Zum Glück habe ich die Tür vorhin geschlossen, sonst hätte man uns sicher schon entdeckt – zurück ins vordere Büro, um uns dort noch einmal in den Wandschrank zu quetschen, können wir dadurch aber nicht mehr. Ich lege meinen Zeigefinger auf die Lippen und bedeute dem Privatschnüffler, mucksmäuschenstill zu sein. Er nickt, kreidebleich im Gesicht. Ich ziehe ihn vorsichtig neben die Tür und drücke ihn gegen die Wand. Dann stelle ich mich dicht neben ihn, und wir harren, möglichst geräuschlos atmend, der Dinge, die da kommen.

In dem Moment öffnet jemand schwungvoll die Tür, und das Licht wird eingeschaltet. Der Flügel schwingt auf, ich halte den Atem an. Aber mein Plan geht auf: Die Tür kommt kurz vor unseren Gesichtern zum Stehen und verbirgt uns hinter ihren Holzpaneelen. Aus den Augenwinkeln blicke ich zum Privatdetektiv hinüber, der mit weit aufgerissenen Augen neben mir steht und in eine Art Schockstarre gefallen zu sein scheint. Ich drücke sanft seine Hand, und er nimmt das glücklicherweise zum Anlass, weiterzuatmen. Leider neigt Georg Schneider dazu, in besonders brenzligen Situationen in Ohnmacht zu fallen – das musste ich schon hautnah miterleben. Ich hoffe, er hält dieses Mal durch.

»Ich sage dir, das wird das Projekt des Jahrhunderts!«, höre ich Hoffmann sagen. »126 Zimmer und eine Saunalandschaft vom Allerfeinsten. Außerdem bin ich an dem Schumacher dran. Du weißt schon, dem Sternekoch, der seinen Laden in the middle of nowhere im Spessart aufgemacht hat. Ich habe aber gehört, der Laden läuft nicht besonders. Für seine ambitionierte Küche gibt's da eben doch nicht so die richtige Klientel.«

»Kein Wunder«, sagt Hoffmanns Begleiter, dessen Stimme ich nicht kenne. »Wer da hinzieht, tut das in der

Regel, weil die Grundstücke nichts kosten. Dafür nimmt man billigend in Kauf, dass da auch der Hund begraben ist. Da kann man nicht erwarten, dass diese Geizhälse ein paar hundert Euro für ein Abendessen ausgeben.«

»Genau. Deshalb hab ich schon mit ihm Kontakt aufgenommen. Bis unser Projekt eröffnet, ist sein Pachtvertrag ausgelaufen. Die Chancen stehen nicht schlecht, dass ich ihn abwerben kann.«

»Das wäre natürlich ein Kracher. Also, dann zeig mir mal die Pläne. Ich will schließlich wissen, in was ich investieren soll.«

Ich schlucke und spüre das Papier zwischen meinen Fingern. Ich halte den Plan noch immer in der Hand. Verdammt. Die leere Kladde liegt noch auf dem Schreibtisch von Hoffmann. Das merkt dieser jetzt auch.

»Merkwürdig. Wo sind denn die Baupläne? Und warum liegt die leere Akte auf meinem Schreibtisch?«

Ich höre, wie er zum Aktenschrank geht und in den Hängeordnern wühlt.

»Das gibt's doch gar nicht. Vorhin hab ich die Pläne doch noch hier reingetan.«

Sein Geschäftspartner lacht auf.

»Hans-Herrmann, ich hoffe, du gehst mit meinem Geld sorgfältiger um als mit deinem Papierkram.«

»Jetzt hör aber auf! Ich bin mir ganz sicher, dass die Pläne hier drin waren.«

»Deine Sekretärin wird sie verlegt haben. Komm, dann gehen wir eben noch ein Bier trinken, und du zeigst mir die Unterlagen ein andermal. Ich weiß eh nicht, warum du es so eilig hast. Einer Erweiterung des Golfplatzes steht doch jetzt nichts mehr im Wege.«

»Trotzdem. Sowas macht mich verrückt. Jedes Ding hat seinen Platz. Ich hasse es, wenn die Sachen nicht dort sind, wo sie hingehören. Ich muss ein ernstes Wort mit Saskia reden.«

»Jetzt reg dich wieder ab. Es gibt bestimmt eine einfache Erklärung. Und auf deine Zuckermaus ist doch auch sonst Verlass.«

Er sagt das mit einem eindeutig zweideutigen Unterton.

Hoffmann seufzt und schließt geräuschvoll die Schublade des Aktenschranks.

»Ja, allerdings. Die Kleine ist wirklich vielseitig einsetzbar.« Beide lachen ein dreckiges Macholachen, und ich muss mich beherrschen, damit mir nicht mein Salat wieder hochkommt.

Ich drehe meinen Kopf ein paar Millimeter Richtung Schneider, um zu sehen, ob der Detektiv noch lebt, und erstarre. Er verdreht gerade die Augen, beginnt zu hecheln wie ein abgehetzter Hund – dann knicken seine

Beine ein, und mit lautem Getöse fällt er gegen die Tür, diese zu und ins Schloss, und der Detektiv liegt ohnmächtig vor mir auf dem Boden. Und vor Hoffmann und seinem Geschäftspartner. Beide starren mit weit aufgerissenen Augen erst den bewusstlosen Schneider, dann mich fassungslos an. Ich bin die Erste, die ihre Fassung wiedererlangt.

»Nabend, Herr Hoffmann«, stammele ich, weil mir beim besten Willen gerade nichts Besseres einfällt.

»Frau Sommer?« Hoffmann sieht mich ungläubig an. »Darf ich fragen, was Sie hier in meinem Büro machen? Sind Sie ... sind Sie etwa bei mir eingebrochen?«

»Ich ... also ... ich erkläre Ihnen alles, aber ich würde gerne erst Herrn Schneider wieder ins Leben zurückholen.«

»Oh Gott, natürlich«, sagt nun Hoffmanns Begleiter und beugt sich zu Schneider hinunter. »Hans-Herrmann! Hilf mir doch mal!«

Beide Herren knien über dem Privatdetektiv und drehen ihn mit vereinten Kräften auf den Rücken. Ich nutze die Gelegenheit, um den Plan, den ich immer noch hinter meinem Rücken in der Hand gehalten habe, hinter einen neben der Tür stehenden Stuhl gleiten zu lassen. Ein Problem weniger.

Hoffmann hat auf Geheiß seines Geschäftspartners Schneiders Beine genommen und stemmt sie in die Luft. Langsam bekommt der kreidebleiche Unglücks-Schnüffler wieder etwas Farbe ins Gesicht. Professionell fühlt der zweite Mann Schneiders Puls.

»Sind Sie Arzt, Herr …«, platze ich heraus, da mich mal wieder die Neugier überkommt.

»Plaschke. Lutz Plaschke. Ja, ich bin eigentlich Orthopäde, aber ne Ohnmacht bekomme ich noch hin. Sie glauben nicht, wie viele Männer in meiner Praxis umfallen, wenn ich ihnen erklären muss, wie ich ihr Knie operiere.«

»Danke, ich kann es mir vorstellen«, ich winke ab. Jetzt noch eine blutige OP-Geschichte, und ich lege mich zu Schneider – und müsste dann keine peinlichen Fragen beantworten. Wenigstens für eine Weile.

»Und Sie sind …?«, fragt mich Plaschke mit einem kritischen Blick.

»Ach so, ja. Sommer. Lissie Sommer«, sage ich, und Hoffmann ergänzt mit einem etwas abfälligen Unterton:

»Frau Sommer ist die Wirtin vom Grünen Kränzchen.«

Plaschke schaut erst mich, dann Hoffmann fragend an, erwartet aber wohl doch keine weitergehende Erklärung.

»Er kommt wieder zu sich«, sagt Hoffmann von oben und hält weiter Schneiders Füße in die Luft. Dabei verzieht er angewidert das Gesicht. Da ich neben ihm stehe, weiß ich auch, warum: Schneiders Füße stinken erbärmlich. Durch die Lederschuhe hindurch. Ich halte mir eine Hand vor die Nase und muss mich beherrschen, dass mir jetzt nicht wirklich der Salat hochkommt.

»Ich glaube, du kannst ihn langsam wieder runterlassen«, sagt Plaschke. Woraufhin Hoffmann die Beine von Schneider direkt fallen lässt, die mit einem lauten Schlag auf die Dielen klatschen. Ich hoffe inständig, Schneider hat sich dadurch jetzt nicht noch den Fuß gebrochen. Andererseits kann ich Hoffmann auch verstehen, der langsam die Geduld mit seinem Einbrecher verliert. Spätestens mit dem Aufschlagen seiner Füße auf dem Boden ist der Privatdetektiv wieder unter uns. Währenddessen geht Hoffmann zu seinem Schreibtisch, holt ein Raumspray aus der Schublade und nebelt sein Büro mit Zitrusduft ein.

»Wo … wo bin ich? Und was ist passiert?«, stammelt Schneider und sieht mich fragend an. Das ist meine Chance. Ich knie mich neben ihn und sehe ihm fest in die Augen.

»Aber Herr Schneider! Sie sind bei Herrn Hoffmann im Büro. Sie wollten doch die Katze retten!«

»Ich wollte … was?« Er sieht mich fragend an, und ich fürchte, er macht mit einer unbedachten Bemerkung meine List zunichte. Also schiebe ich schnell hinterher: »Na, die Katze! Sie sind doch hier, weil eine Katze so erbärmlich in diesem Haus gemaunzt hat! Leider war ja niemand mehr in den Büroräumen, dem Sie hätten Bescheid geben können, so dass Sie – ein Mann der Tat, wie ich Sie kenne – einfach kurzerhand selbst nachsehen wollten.«

»Ach ja?«, fragt er, runzelt die Stirn, und ich kann ihm ansehen, dass er gerade versucht, sich an die Katze zu erinnern, ihn aber der penetrante Zitrusduft, der nun den ganzen Raum erfüllt, am Denken hindert.

»Ja, natürlich. Und bei der Suche haben Sie die Putzfrau nicht gehört, die Sie dann aus Versehen eingeschlossen hat. Dann haben Sie mich angerufen, damit ich Sie hier raushole, weil es Ihnen ja doch etwas peinlich war, die Polizei wegen dieser Sache zu informieren.«

»Ja, ich habe Sie angerufen …«, raunt Schneider immer noch leicht benebelt und fragt noch einmal: »Wegen einer Katze?«

Ich nicke so überzeugend wie möglich und tätschele ihm fürsorglich die Hand. Dann wende ich mich Hoffmann und Plaschke zu und sage: »So ist er, der Herr Schneider, immer hilfsbereit um alle Kreaturen in seinem Umfeld bemüht!«

Ich kann Hoffmann und Plaschke ansehen, dass sie meine Geschichte für völligen Unsinn halten, aber auch nicht so recht wissen, was ein alternativer Grund für unseren Einbruch sein könnte.

»Und dann haben Sie Herrn Schneider … befreit«, stellt Hoffmann fest, und es klingt so, als würde er seine eigene Mutmaßung mit keinem Wort selbst glauben. Denn er ergänzt:

»Und weil Sie auch uns nicht belästigen wollten, haben Sie in der Zwischenzeit bequem hinter der Tür gewartet.«

»Ja, ich gebe zu: Das war albern. Eine Kurzschlusshandlung. Sie hätten uns ja sicher nicht geglaubt.« Ich versuche, so souverän und selbstverständlich wie möglich zu klingen, spüre aber, wie mir jetzt doch das Blut in den Kopf schießt. Schnell sage ich noch: »Wie Sie sehen, habe ich selbst Herrn Schneider mit unserem Versteckspiel überrumpelt. Es tut mir wirklich sehr leid.«

Der Detektiv setzt sich – noch immer verwirrt – auf, sieht mich an und fragt dann sichtlich berührt: »Konnten wir denn die Katze retten?«

Langsam und bedächtig nicke ich ihm zu und sage in einem staatstragenden Ton: »Ja, Herr Schneider. Dank

Ihnen konnten wir die Katze retten! Sie hatte sich im Wandschrank versteckt, und wir konnten sie befreien. Wahrscheinlich fängt sie gerade schon wieder fröhlich eine Maus.«

Keiner der Herren glaubt mir. Alle sehen mich fragend an, und ich weiß: Jeder Einzelne hält mich für total bescheuert.

Ich helfe Schneider auf die Beine.

»So, da das nun geklärt wäre, würden wir uns dann auch verabschieden. Und, Herr Hoffmann: Passen Sie besser auf Ihre Tierchen auf. Auf die Katzen, aber vielleicht auch auf die Zuckermäuse.«

Damit hake ich Schneider unter, drehe uns um und ziehe ihn zur Tür hinaus, bevor Hoffmann noch etwas sagen kann.

Eilig entfernen wir uns von dem Haus und bleiben wenig später vor Schneiders Auto stehen.

»Können Sie schon wieder fahren?«, frage ich ihn, als er den Autoschlüssel hervorkramt.

»Ja, ich denke schon«, sagt er, will die Fahrertür aufschließen, hält aber noch einmal kurz inne und sieht mich an.

»Und ich wollte wirklich eine Katze retten? Diese Ohnmachtsanfälle verursachen bei mir immer einen kleinen Black-out. Ich kann mich gar nicht mehr so recht an alles erinnern. Was war es denn für eine Katze?« Ich blicke ihn kurz an und schüttele dann verständnislos den Kopf. Ich krame noch den Dietrich aus meiner Hosentasche, drücke ihm das Einbruchswerkzeug in die Hand, drehe mich dann um und lasse ihn ohne eine weitere Erklärung stehen, um zu meinem Wagen zu gehen. Da überquert eine schwarze Katze die Straße. Auch das noch.

Reif für den Platz

Mein Herz schlägt immer noch wild, als ich an diesem Abend in meinem Bett liege und darüber nachdenke, dass ich heute in ein Büro eingebrochen bin. Mein Hauptkommissar flirtet praktisch mit einer Straftäterin – wenn das nicht wieder Ärger gibt. Ich schließe die Augen und versuche, meine Gedanken zu sortieren. Die ganze Geschichte ist doch wieder reichlich verworren. Umweltschützer, die Streuobstwiesen erhalten wollen, Bauunternehmer, die lieber heute als morgen die Bäume abholzen und dafür Wellnesshotels aufbauen möchten. Eine Witwe, die es nicht abwarten kann, sich von dem Geld aus einem Grundstücksverkauf eine Finca auf Mallorca zuzulegen, und dazu noch das Gerücht von einer alten, illegalen Mülldeponie. Und natürlich zwei Tote mit Ballmarkern im Mund, die ich auch noch live ansehen konnte, bevor sie kalt waren. Wie hängt das nur alles zusammen? Und wie bin ich da eigentlich wieder reingeraten? Alles fing auf dem Golfplatz an. Dort scheinen alle Fäden zusammenzulaufen. Noch im Wegdämmern beschließe ich, mich morgen selbst noch einmal dort umzuhören. Auf Schneiders Ermittlungen will ich mich lieber nicht verlassen. Wer weiß, wie viel

Schaden die Ohnmacht in seinem Oberstübchen angerichtet hat. Ob der Golflehrer mehr weiß, als er gesagt hat? Und auch die Bedienung im Restaurant bekommt doch allerhand mit. Mit etwas Glück erzählt sie mir noch weitere Neuigkeiten – so von Kellnerin zu Kneipenwirtin. Und wer weiß? Vielleicht kann ich Sebastians Ermittlungen mit neuen Informationen etwas beschleunigen, damit wir uns endlich auch privat sehen können. Sebastian ... denke ich noch und bin eingeschlafen.

Der Klingelton meines Handys weckt mich. Ich blinzele und schaue auf das Display. Es ist Sebastian. Noch schlaftrunken und positiv überrascht, dass ich von dem Mann wachgemacht werde, der mir gestern Abend kurz vor dem Einschlafen noch ein Lächeln aufs Gesicht gezaubert hat, nehme ich das Gespräch entgegen.

»Guten Morgen«, raune ich ins Telefon. »Das ist ja eine schöne Überraschung.«

»Ja, das kann man wohl sagen«, sagt Sebastian, und ich kann ihm direkt anhören, dass etwas nicht stimmt.

»Du bist also gestern Abend mit Schneider bei Hoffmann eingebrochen? Lissie! Was hast du dir denn dabei gedacht?«

Ich seufze und richte mich im Bett auf.

»Shit. Hat Hoffmann dich angerufen?«

»Ja, natürlich hat mich Hoffmann angerufen!«, er echauffiert sich für meinen Geschmack ein bisschen zu sehr. »Gestern Abend hatte ich ihn noch an der Strippe. Und du kannst froh sein, dass ich selbst noch im Dezernat war und drangegangen bin. Wenn einer meiner Kollegen das Gespräch angenommen oder Hoffmann die Wache angerufen hätte, hätten gestern Nacht noch zwei Beamte mit dem Streifenwagen vor deiner Tür gestanden.«

»Danke«, sage ich nur und warte lieber erst einmal ab, was er sonst noch vorzubringen hat.

»Ich musste auch erstmal eine Nacht drüber schlafen. Wenn ich dich gestern Abend noch in die Finger bekommen hätte, hätte ich dich zur Strafe vielleicht über Nacht wirklich in eine Zelle gesteckt!«

Er atmet einmal tief durch, dann sagt er in einem etwas ruhigeren Ton: »Du hast aber mal wieder mehr Glück als Verstand. Ich konnte ihn überreden, keine Anzeige zu erstatten. Wahrscheinlich wäre das Verfahren sowieso eingestellt worden, da ja nichts gestohlen wurde. Obwohl … Hoffmann erzählte etwas von einem verschwundenen Plan …«

»Der liegt hinter einem Stuhl in seinem Büro«, nuschele ich kleinlaut.

»Lissie!«

»Ja, ja, ich weiß, Sebastian, ich hätte dich gleich anrufen sollen. Schneider hat bei Hoffmann rumgeschnüffelt, und tollpatschig, wie er ist, hat er sich von der Putzfrau einschließen lassen. Daraufhin hat er mich angerufen und gebeten, ihn da rauszuholen. Und den Gefallen wollte ich ihm tun. Wir konnten ja nicht ahnen, dass Hoffmann nochmal abends ins Büro kommen würde.«

»Und was ist das für eine Geschichte mit der Katze?«

»Vergiss es. Das habe ich mir nur ausgedacht, um Schneider und mich da rauszuholen. Ich konnte Hoffmann ja schlecht sagen, dass wir uns mal sein Hotelprojekt anschauen wollten.«

»Welches Hotelprojekt denn nun schon wieder?«, will er jetzt wissen.

»Das er bauen wird, wenn die Golfplatzerweiterung kommt«, sage ich möglichst souverän in der Hoffnung, dass die neuen Informationen Sebastians Unmut wieder etwas besänftigen. Und er springt tatsächlich darauf an – er ist eben durch und durch Kommissar.

»Hm. Er ist also nicht nur als Club-Präsident daran interessiert, dass der Golfplatz ausgebaut wird. Wird das ein großes Projekt? Konntest du einen Blick darauf werfen?«

»Konnte ich.« Ich überlege kurz, ob ich ihn mit meinen Infos etwas zappeln lasse, aber dann antworte ich doch direkt – schließlich hat er bei mir noch einen gut, weil er das mit der Anzeige geklärt hat.

»Fast 200 Zimmer. Mit Sauna und Wellness und allem Zipp und Zapp. Sogar einen Sternekoch will er abwerben, der dort einen Gourmettempel führen soll.«

»Na, da schau einer an. Sein lukratives Vorhaben hat er uns geflissentlich verschwiegen.«

Ich muss unweigerlich über das »uns« schmunzeln.

Dann sage ich wie selbstverständlich: »Du, ich muss heute nochmal in den Golfclub. Ich hab noch einige Sachen dort vom Kurs.«

»Lissie …«, stöhnt Sebastian wenig begeistert am anderen Ende der Leitung.

»Ich dachte, ich sage es dir direkt, damit du nicht wieder genervt bist, falls ich da noch eine Leiche finde.«

Sebastian seufzt resigniert, und ich muss erneut schmunzeln.

»Sei bitte vorsichtig, und mach keinen Unsinn, hörst du? Wir haben den Mörder noch nicht. Und beide Male war der Tatort der Golfplatz«, diesen Hinweis gibt er mir noch mit auf den Weg.

Ich überlege kurz, dann sage ich: »Komm doch später auch dorthin. Ich muss dir vor Ort sowieso noch was zeigen, was mit unserem Fall zu tun hat.«

»UNSEREM Fall?«

»Deinem Fall«, sage ich beschwichtigend.

»Hm. Da bin ich aber gespannt. Okay. Ich glaube, heute Nachmittag kann ich mir zwei Stündchen dafür nehmen. Ich wollte sowieso noch einmal mit der Kellnerin und dem Golflehrer reden.«

Ich auch, denke ich, halte aber lieber meine Klappe.

»Dann um drei im Clubhaus?«, fragt er mich.

»Um drei im Clubhaus. Bis dann.«

Ich lege auf.

Es klang wie die Verabredung zu einem Date, dabei habe ich heute in erster Linie vor, mit ihm gemeinsam die Stelle der Giftmülldeponie zu suchen.

Die Sonne scheint warm und schon fast sommerlich vom Himmel, als ich die Terrasse des Golfclubs betrete.

Trotzdem kann ich mir meinen Platz noch aussuchen. Es ist gerade mal 12 Uhr mittags und das Restaurant bisher nur mäßig besucht. Einige Seniorengolfer, die wahrscheinlich vormittags ihre Runde gespielt haben, sitzen an einem großen Tisch zusammen, trinken kleine und große Golfer, wie ich gelernt habe, und fachsimpeln über ihr Spiel.

»Die Grüns sind heute aber verdammt schnell.«

»Ja, da hast du ein paar schöne Punkte liegen lassen.«

»Stimmt leider. Drei Putts sind einfach zu viel.«

»Du weißt ja: Man gewinnt und verliert die Runde mit dem kurzen Spiel.«

»Wem sagst du das. Ich muss unbedingt nochmal meine Chips üben. Vielleicht nehme ich auch mal wieder eine Stunde bei Marc. Irgendwas stimmt mit meinem Griff nicht. Den Schlag habe ich über den Winter irgendwie verloren.«

»Du kennst ja den kürzesten Golfwitz: Jetzt kann ich's!«

Alle lachen.

Ich verstehe nur die Hälfte und denke nicht, dass über was anderes geredet werden kann als über Golf, wenn mehr als drei Spieler zusammensitzen. Ich war als Jugendliche genau ein einziges Mal in einem Reitverein. Und das auch nur, weil mich meine damals pferdeverrückte Freundin unbedingt mal mitnehmen wollte. Da ging es mir ähnlich, als wir zusammen beim Mittagessen saßen – Hufe, Trensen, Verdauungsprobleme. Hauptsache, es ging um die Rösser. Und hier geht es eben um Putts, Schläger und Annäherungen.

Aber nicht jeder verbringt schon den Vormittag auf dem Platz: Der Rest der Mitglieder des Golfclubs muss an diesem Mittwoch offenbar wohl doch ein paar Euronen verdienen, die sie dann am Wochenende hier ausgeben, so dass die Terrasse gerade sonst menschenleer ist.

Ich suche mir ein Plätzchen etwas abseits der Golfertruppe an einem gemütlichen Zweiertisch in der Sonne. Kaum sitze ich, kommt auch schon Tessa mit der Speisekarte in der Hand auf mich zu und lächelt mich fröhlich an.

»Oh, Frau Sommer, schön, dass Sie wieder da sind.«

»Ach, bitte, sag doch Lissie. Sonst komme ich mir so furchtbar alt vor.«

»Gerne. Ich bin Tessa!«, sagt sie und streckt mir die Hand entgegen.

»Willst du was essen?«, fragt sie mich.

Warum eigentlich nicht? Wenn ich schon mal hier bin.

»Ja, klar. Was gibt's denn heute Leckeres?«, will ich wissen.

Sie reicht mir die Speisekarte und sagt: »Wir haben heute außerdem in Buchenrauch gegarte Entenbrust auf Frühlingssalaten auf der Tageskarte.«

»Nehm ich!«, entscheide ich mich spontan und schlage die Speisekarte erst gar nicht auf.

Als Tessa mir wenig später mein Essen bringt, fragt sie: »Darf ich dir Gesellschaft leisten? Ich habe gerade nichts zu tun. Heute Mittag ist ja wirklich nichts los. Selbst den Abendservice habe ich schon vorbereitet.«

»Na klar, sogar sehr gerne«, sage ich und mache mit der Hand eine einladende Bewegung.

181

Sie setzt sich, und wir plaudern etwas, während ich mich an dem vorzüglichen Salat gütlich tue. Das heißt: Tessa ist es, die fast die ganze Zeit redet. Auch, weil ich ja dauernd den Mund voll habe. Sie erzählt, dass sie seit der Eröffnung des Golfplatzes hier als Bedienung arbeitet und inzwischen fast alle Mitglieder kennt. Vorher hatte sie bereits in einem anderen Clubheim gekellnert, das zu einem alteingesessenen Golfverein gehörte und in dem die Klientel entsprechend versnobt war.

»Hier sind eigentlich alle ganz cool drauf«, sagt sie. »Der Jahresbeitrag ist nicht so teuer, so dass wir auch viele jüngere Mitglieder haben. Das macht das Clubleben lockerer und nicht so verstaubt.«

»Und wie finden die Jüngeren den geplanten Ausbau? Haben die nicht Angst, dass die Preise dann steigen?«

»Manche schon. Aber die Meisten sehen dem eher gelassen entgegen und hoffen, dass die Beiträge erstmal nur mäßig erhöht werden. Und Hoffmann verspricht uns ja eh das Blaue vom Himmel. Er will aus dem Kurs einen Meisterschaftsplatz machen und internationale Turniere an Land ziehen. Ich glaube, alle sehen sich schon als Caddy bei den Deutschen Meisterschaften mitlaufen oder mindestens den Weltstars die Hand schütteln.«

»Hoffmann will die Erweiterung unbedingt durchsetzen, oder?«, frage ich so beiläufig wie möglich und kauend zwischen zwei Salatblättern.

»Das kannst du laut sagen«, seufzt Tessa.

»Wie meinst du das?«, will ich wissen.

»Hoffmann weiß, wer welche Leiche im Keller hat, und hat auch keine Skrupel, dieses Wissen für seine Zwecke einzusetzen.«

»Und hat er selbst auch eine Leiche im Keller? Außer der, die wir hier gefunden haben, meine ich.«

Tessa verzieht das Gesicht.

»Darauf würde ich meinen Arsch verwetten. Und bestimmt ist es nicht nur eine. Aber er ist schlau genug, niemanden davon wissen zu lassen.«

Sie schweigt kurz, überlegt, dann sagt sie: »Vielleicht ging es ja darum bei dem Streit …«

»Bei welchem Streit?«, frage ich neugierig nach.

»Na, an dem Abend, als wir den armen Dieter gefunden haben, hatten sich Hoffmann und der alte Laufberger – Gott hab ihn selig – noch ganz schön in der Wolle, nachdem ihr gegangen seid. Ich konnte nicht so viel verstehen, aber es ging um Geld und um irgendeine Baugenehmigung.«

»Interessant«, sage ich nachdenklich und schiebe mir das letzte Stück der Ente auf die Gabel.

»Hast du das dem Kommissar erzählt?«

»Nein«, sie zuckt mit den Schultern. »Meinst du, das ist wichtig?«

»Könnte ich mir schon vorstellen«, mutmaße ich.

»Was ist wichtig?«, höre ich eine mir bekannte Stimme hinter uns. Ich drehe mich um, und Marc, der nette Golflehrer, hat sich lautlos an uns herangepirscht. Tessa springt auf und drückt Marc einen Kuss auf den Mund, den er – etwas verdutzt – erwidert.

»Tessa! Mann, du weißt doch, dass die das nicht gerne sehen«, sagt er und wird sogar ein bisschen rot dabei.

Ich kann gerade gar nichts sagen, denn ich bin total verwirrt und auch ein bisschen geknickt. Ich war fest davon überzeugt, dass Marc mit mir während des Kurses geflirtet hat. Oder war das nur Berechnung? Oder war ich – wie ich selbst vermutet hatte – einfach nur die Einäugige unter den Blinden? Oder war es wirklich sportliches Interesse, was er an mir hatte? Wie auch immer. Ich lasse mir nichts anmerken und betrachte mir die beiden.

Eigentlich fällt mir jetzt fast ein Stein vom Herzen, dass ich weiß, dass Marc und Tessa liiert sind. Nicht auszudenken, wenn ich mich doch zu einem Tête-à-Tête mit dem schnuckeligen Jungspund hätte hinreißen lassen – auf Kosten der armen Tessa. Instinktiv schüttele ich mich.

»Ist alles o.k.? War was mit dem Salat?«, fragt Tessa, und ich bin sehr froh, dass sie nicht meine Gedanken lesen kann.

»Nein, nein, im Gegenteil. Die Ente war köstlich.« Und dann ergänze ich noch schnell: »Ach, ich hab mich gerade noch einmal wegen Hoffmann und Laufberger gewundert.«

»Hast du ihr von dem Streit erzählt?«, fragt Marc, und Tessa nickt.

»Lissie meint, ich solle das dem Kommissar berichten«, erklärt die Kellnerin ihrem Golftrainer-Freund.

»Hab ich dir doch auch gesagt!«, stimmt mir Marc zu.

»Am besten, ich rufe ihn gleich mal an«, sagt Tessa entschlossen.

»Das kannst du dir sparen«, kommentiere ich und schiebe erklärend hinterher: »Er kommt um drei hierher – da könnt ihr ja mit ihm reden.«

Beide nicken, und Tessa sieht Marc verliebt und ein bisschen flehend an: »Kannst du dabei sein, Schatz, oder hast du einen Kurs?«

Jetzt ist es Marc, der Tessa ebenfalls verliebt anschaut und sagt: »Nein, Hase. Ich bin bei dir.«

Ich bin eifersüchtig. Nicht auf Tessa. Sondern auf die Gesamtsituation. Ich muss endlich diesen Fall aufklären.

Ich will Sebastian. Ich will auch einen Schatz. Meinetwegen auch einen Hasen. Und zwar sofort.

Der Duft der Natur

Ich nutze die Zeit, bis ich Sebastian treffen werde, und leihe mir drei Schläger im Pro-Shop, um damit ein paar Bälle auf der Driving-Range zu schlagen. Oder sagen wir: Ich versuche es wenigstens. Langsam wird mir klar, dass es nicht mit einem Kurs getan sein wird, wenn ich wirklich diesen Sport mit Spaß lernen und ausüben will. Ob ich neben meinem Vollzeitjob im Grünen Kränzchen auch noch die Zeit aufbringen werde, mich dauernd auf die Driving-Range oder den Platz zu stellen, um zu üben, bezweifele ich gerade. Und sollte das mit mir und Sebastian klappen, müsste ich auch erstmal rausfinden, wie er zu dem Thema steht – schließlich hat auch mein Tag nur 24 Stunden. Im Moment würde ich jedenfalls lieber meine Zeit mit ihm statt auf dem Golfplatz verbringen.

Ich hole erneut zu einem Schlag aus und treffe – nur Luft. Ich seufze. Es ist aber auch wirklich knifflig, mit diesem nicht gerade großen Schläger diesen ebenso kleinen weißen Ball zu treffen. Ich habe mal gehört, dass nur die Bewegung des Stabhochsprungs noch komplexer sein soll als der Golfschlag. Ja, das glaube ich sofort. Ich hole erneut aus, schwinge vor und treffe – den Ball so minimal, dass er gerade mal von dem Holzstäbchen namens Tee hüpft und ein paar Zentimeter auf die Wiese rollt. Ich schüttele genervt den Kopf, lege mir erneut einen Ball zurecht und versuche es noch einmal: Ich treffe den Ball etwas besser. Immerhin fliegt er mal so zehn Meter. Ich spüre, wie es beginnt, in mir zu brodeln. Verflixt und zugenäht! Das kann doch nicht so schwer sein. Ein letzter Versuch. Stehen, Rückschwung, kurz innehalten, durchziehen. Wieder nur Luft. Jetzt bin ich beleidigt. Und sauer auf mich. Denn das ist so eine weitere Herausforderung, der man sich beim Golf stellen muss: Man kann niemand anderem als sich selbst die Schuld geben, wenn man die Bälle nicht trifft. Und mir wird noch etwas augenblicklich klar: dass sich die Schläger als Mordwaffe wirklich vortrefflich eignen. Ein Kopf ist deutlich größer als ein Golfball, und nach so einer missglückten Übungsstunde hat man genug Mordlust im Bauch, um auf etwas einzuschlagen!

Als Sebastian auf der Terrasse des Golfclubs auftaucht, haben mich ein Cappuccino sowie ein Stück Käsekuchen wieder vortrefflich beruhigt. Mit meiner Sonnenbrille auf der Nase sitze ich in der Sonne, habe die Augen geschlossen und genieße die Wärme des herrlichen Frühlingstages. Plötzlich wird es dunkel – sollte sich doch eine Wolke an den sonst blauen Himmel verirrt haben?

Ich blinzele und erkenne die Silhouette von Sebastian, der sich zwischen mich und die Sonne geschoben hat. Ich lächele ihn an.

»Hallo!«

»Hallo!«, sagt er – ebenfalls lächelnd – und nimmt dabei lässig seine Sonnenbrille à la Top Gun von der Nase. Mein Herz macht augenblicklich wieder einen freudigen Hüpfer, und ich bin froh, dass ich meine gesunde Gesichtsfarbe gerade ganz selbstverständlich auf mein Sonnenbad schieben kann. Er lässt sich in den Stuhl neben mir sinken, schließt ebenfalls kurz die Augen und hält das Gesicht in die wärmende Sonne. Wir schweigen, und es fühlt sich super an.

»Verehrte Iris, das würde mich natürlich sehr freuen, wenn Sie die Güte hätten, mir auch weiterhin beim Erlernen des Golfsports behilflich zu sein«, reißt uns eine wohl vertraute Stimme aus der beschaulichen Stille. Georg Schneider betritt gerade die Terrasse und hat die mannstolle Iris aus meinem Schnupperkurs am Arm, die ihn von unten herab mit einem schmachtenden Lächeln anblickt. Sebastian dreht sich zu mir um und sieht mich fragend an, aber ich lege den Zeigefinger an die Lippen und zwinkere ihm zu. Er versteht meinen Wink und ist offenbar ebenfalls neugierig, zu erfahren, was da nun schon wieder vorgeht.

Ich stehe auf und gehe auf die beiden zu:»Engelbert!
Das ist ja eine Freude«, rufe ich etwas zu
überschwänglich aus. Iris verzieht sofort misstrauisch das
Gesicht. Ihre Blicke sagen mir ganz eindeutig: Bleib weg!
Der Mann gehört mir!

Da der Kommissar bei der Aufnahme des zweiten
Mordfalls alle Zeugen einzeln und getrennt voneinander
befragt hatte, konnte der Schussel-Detektiv seine
Tarnung offenbar

aufrechterhalten, denn nun ist es Iris, die etwas

schnippisch und so laut, dass es jeder hören kann, sagt:

»Des is ja schön, dich zu sehe, Lissie. Und da ist ja auch

der Kommissar! Wo ist denn unser hübscher Golflehrer

Marc, der dir schöne Augen gemacht hat? Gibt der jetzt

ner anderen Privatstunden?«

Ich kann förmlich sehen, wie Sebastians Ohren zu

Rhabarberblättern mutieren, um jedem Detail unserer

Konversation zu lauschen. Ich weiß gar nicht, warum Iris

heute so garstig drauf ist – denkt sie etwa, ich hätte

Interesse an unserem tapsigen Privatdetektiv? Während

unseres Kurses war sie ja noch nicht so versessen

darauf, ihn näher kennen zu lernen. Außerdem dachte

ich, sie hält nach einem Mann mit Geld Ausschau.

Moment mal. Mir dämmert da gerade etwas. Und bevor

ich selbst nachhaken kann, sprudelt es auch schon aus

Iris heraus:»Herr Engelbert und ich werden wohl den Sommer in seiner Villa auf Mallorca verbringen. Wie gut, dass er bereits Mitglied im besten Golfclub von Palma ist, dann darf ich wenigstens mit ins Clubheim – auch wenn das Handicap noch nicht niedrig genug ist. Du musst wisse: Die sin da streng. Na ja, und mit dem Golf, des bekomme mir auch noch hin.« Sie lacht auf und ergänzt: »Wichtiger is ja eh, dass man die phantastische Aussicht von der Clubterrasse genieße kann, während man aufs Meer guckt. Hach, ich bin schon so gespannt, den Bürgermeister von Palma un sei Frau kenne zu lerne. Du musst wisse, des is ein guter Freund von unserem Herrn Engelbert.«

»Ach, Iris, Sie übertreiben wieder maßlos. Das interessiert die junge Dame doch alles gar nicht«, versucht der Privatdetektiv verzweifelt seine Eroberung zum Schweigen zu bringen. Er kann mir dabei nicht in die Augen sehen, sondern schaut auf den Boden und scharrt stattdessen verlegen mit einem Fuß über die geschmackvollen Terracottafliesen der Restaurantterrasse.

»So? Der Bürgermeister von Palma?«, steige ich nun in das Spielchen ein. »Ja, stimmt. Ich glaube, der Herr Humperdinck hat das auch schon mal mir gegenüber erwähnt. Ich glaube, der Herr Bürgermeister war zu Gast

191

auf einer seiner Partys, die Herr Humperdinck regelmäßig auf seiner Finca auf Mallorca gibt. Sie müssen wissen: Spendabel ist sein zweiter Vorname! Nicht wahr, Herr Humperdinck?«

Jetzt wechselt die Gesichtsfarbe des Detektivs von Hochrot in Käseweiß.

»Ich … also …«, stammelt Schneider, und ich setze noch einen drauf:»Er ist wirklich so ein großzügiger Mann. Sicher wollte er Sie gerade auf ein Gläschen Champagner auf der Terrasse einladen, oder?«

Iris sieht den Privatdetektiv hocherfreut und erwartungsvoll an. Dieser sieht aus, als stünde er kurz vor einem seiner berühmt-berüchtigten Ohnmachtsanfälle, und kann erneut nur ein weiteres »Ich … also …« herausbekommen. Woraufhin ich mir pseudo-erschrocken die Hand vor den Mund halte und mit gespieltem Entsetzen sage:»Oh nein! Sie wollten Iris mit einer Flasche des besten Champagners überraschen, oder? Und ich Dummerchen konnte meinen Mund wieder nicht halten! Das tut mir jetzt aber sehr leid!«

Iris' Grinsen wird noch breiter und der Detektiv noch eine Spur blasser.

»Ach, Herr Engelbert, Sie sin aber auch ein Schelm! Natürlich trink ich gerne ein Glas Champagner mit Ihnen! Da sag ich nicht nein. Ach, da fällt mir ein: Sie müsse dann auch die Frau Gerlach zu der nächsten von Ihre Partys einlade, wenn mir dann auf Mallorca sin. Die trauernde Witwe konnte es ja gar net abwarte, jedem zu erzähle, dass sie jetzt des Grundstück von ihrem toten Mann bereits verkloppt hat und schon die Finca in Port Anthrax angezahlt hat.«

Ich stutze kurz, um zu realisieren, was Iris da gerade gesagt hat. Nicht nur, dass sie aus dem malerischen Port Andratx sprachlich den Milzbranderreger gemacht hat und mir das nun ewig falsch im Kopf bleiben wird. So, wie meine Eltern aus Blödsinn immer »à votre Sanitär« statt »à votre santé« sagen und ich mich schwer konzentrieren muss, dass mir das nicht auch falsch rausrutscht.

Sondern auch die Info, dass Frau Gerlach die Streuobstwiese jetzt doch direkt verkauft hat. Das ging jetzt aber schneller, als ich dachte.

»Hat sie an den Club verkauft?«, frage ich deshalb unvermittelt.

»Wie bitte?«, Iris zieht die Augenbrauen hoch.

»Na, weißt du, ob Frau Gerlach die Wiese an den Club verkauft hat?«

»Na, sicher. An wen denn sonst. Und was man so hört, war sie mit dem Kaufpreis sehr zufrieden. Ihr armer Mann: Der dreht sich sicher im Grab um. Ach naa, der is ja noch gar net unner de Erd. Komme Sie, Herr Engelbert, mir befasse uns mit was Schönerem. Außerdem hab ich jetzt Durst. Champagner-Durst.«

Sie zieht den noch immer überrumpelten Privatdetektiv in Richtung eines Tisches am Rande der Terrasse.

Schneider blickt noch einmal hilfesuchend über die Schulter zu Sebastian und mir herüber. Ich grinse und hebe aufmunternd den Daumen. Dann setze ich mich wieder zu Sebastian, der sich das ganze Schauspiel aus seinem Gartenstuhl heraus betrachtet hat.

»Du könntest ihn als mutmaßlichen Heiratsschwindler festnehmen«, sage ich lachend.

Sebastian grinst mich ebenfalls hinter seiner Sonnenbrille an.

»Ach, ich denke, die Flasche Champagner, die du ihm aufgenötigt hast, wird nicht die letzte Rechnung sein, die er mit der Dame zu zahlen hat. Wahrscheinlich wollte er mit seiner Story bei ihr ein bisschen auf den Putz hauen, hat aber nicht damit gerechnet, dass sie wohl ihrerseits auf der Suche nach einer guten Partie ist. Ich glaube, wenn er sie noch ein paar Mal zum Essen ausführen muss, bevor er seine Tarnung aufgibt, ist er gestraft genug.«

Dann sagt er, nun ernsthafter: »Aber interessant, dass Frau Gerlach bereits das Grundstück an den Golfclub verkauft hat. Dann steht ja weder ihr Mann noch das fehlende Geld einem Umzug im Wege. Ich werde noch einmal ihr Alibi checken, obwohl das meine Kollegen eigentlich schon überprüft haben. Da fällt mir ein: Ich muss auch noch einmal nachhören, ob die Überprüfung der Schlägersets vorangeht. Mein neuer, junger Kollege hat vorgeschlagen, die Mitglieder alphabetisch zu überprüfen, ob das Sandwedge, mit dem Otto Laufberger erschlagen wurde, bei einem Golfer fehlt. Ich weiß nicht, ob es nicht anders schneller gegangen wäre, aber er muss ja auch was lernen.«

Ich nicke und sage:»Übrigens: Durch den Tod des Vaters braucht Hoffmann nun nur noch die Wiese vom René Laufberger – obwohl das kein leichtes Unterfangen werden wird, ihn zum Verkauf zu überreden.«

»Es sei denn, der Sohn hat seinen Vater erschlagen«, sagt Sebastian trocken.

Ich sehe ihn überrascht an. Er erklärt:»Nun ja, sollte er seinen Vater wegen des Grundstücks umgebracht haben und dafür zu einer längeren Haftstrafe verurteilt werden, könnte man ihn für nicht-erbmündig erklären. Dann könnte der Rest der Familie auch über seinen Pflichtteil verfügen und das Grundstück doch noch verkaufen, da er dann kein Veto mehr einlegen kann.«

Nun kommt Tessa mit einem Tablett an unseren Tisch, um zu fragen, ob wir noch etwas trinken wollen. Ich bestelle noch einen Cappuccino und Sebastian eine Apfelschorle. Als die Kellnerin mit unseren Getränken wiederkommt, unterhalten wir uns gerade noch einmal über den Tag, an dem Dieter Gerlach erschlagen wurde. Soeben sage ich zu Sebastian: »Frau Gerlach war also in Frankfurt shoppen, als ihr Mann umgebracht wurde.« Tessa stellt den Cappuccino ab und hält kurz inne. Dann fragt sie Sebastian, während sie ihm die Apfelschorle reicht: »Frau Gerlach soll in Frankfurt gewesen sein, als ihr Mann ermordet wurde? Hm … Ich dachte, ich hätte sie in das Hotel Waldschlösschen gehen sehen, als ich an dem Abend zum Dienst gefahren bin.« Sie zuckt mit den Schultern und will schon wieder gehen, als sie der Kommissar am Arm festhält.

»Moment mal, bitte. Können Sie mir das nochmal ausführlicher erklären?«

»Na klar!«, sagt Tessa und fügt lächelnd hinzu: »Du kannst aber auch ruhig Tessa sagen. Hier siezt mich eh keiner.«

Dann erzählt sie Sebastian und mir, dass sie an dem Abend gegen 16:30 Uhr mit dem Auto zum Clubheim gefahren ist. Dabei hat sie, wie immer, die kleine Landstraße durch den Wald genommen, die an dem Hotel vorbeiführt. Es liegt etwas einsam inmitten hoher Tannen, stammt aus den 50er Jahren und wurde architektonisch einem kleinen Schlösschen nachempfunden. Meistens steigen Wanderer oder Radfahrer dort ab, Geschäftsleute verirren sich dort nur zu Messezeiten hin, wenn nichts anderes mehr in Frankfurt zu bekommen ist. Schließlich sagt Tessa:»Ich habe mich noch gewundert, was die Gerlach da macht, denn es ist ja wirklich nur ein Hotel und kein Restaurant. Zum Essen war sie dort wohl nicht verabredet ... Aber ich hab es dann wieder ganz vergessen, weil die Terrasse schon voll war, als ich ankam, und Petra, die den Mittagsservice gemacht hat, noch immer nicht wusste, an welchen Tisch sie zuerst rennen soll. Es konnte ja auch keiner ahnen, dass es an einem Montag hier im Restaurant so brechend voll werden würde.«

Sie zuckt mit den Schultern, und ich ergreife die Gelegenheit, um sie auch an den Streit zu erinnern, von dem sie dem Kommissar ebenfalls noch nicht berichtet hatte.

Sebastian lässt sich also auch die Auseinandersetzung zwischen Laufberger senior und Hoffmann an jenem Abend schildern und macht sich entsprechende Notizen. Marc ist weit und breit nicht zu sehen, um seinem »Schatz« beizustehen, aber Tessa kommt auch prima klar, ohne dass der Golflehrer ihre Hand hält. Schließlich sagt sie noch:»Der Hoffmann hat übrigens nicht lange gefackelt, seit klar ist, dass der Club das Grundstück kauft. Heute Morgen sind die ersten Baumaschinen angerückt. Ich glaube, die machen schon mal ein paar Probearbeiten, um zu sehen, wie es unter dem Gras aussieht. Als sie damals den Platz angelegt haben, wurden stellenweise ganz schöne Steinhaufen freigelegt. Wenn das dort auch so wäre, müssen sie wohl anderes Gerät mitbringen.« Dann seufzt sie und sagt:»Eigentlich echt schade um die schönen Obstbäume. Die Wiese dort ist besonders schön.«

»Weißt du, wo das Grundstück genau ist? Ich würde es mir gerne mal anschauen«, will ich nun wissen.

»Klaro. Wenn du von der Terrasse hinunter und den Feldweg entlanggehst: an Loch 9 vorbei weiter bis zum Abschlag der 5 und dann links neben der Aus-Markierung.«

Sie sieht mein fragendes Gesicht, dreht sich um, geht wortlos ins Clubheim und kommt nach einer Minute mit einem Birdie-Book zurück. Dort sind nicht nur die Eigenheiten und Charakteristiken aller zu spielenden Löcher abgebildet – wo Wasser, Bunker, Hindernisse sind –, sondern auch eine Karte des gesamten Platzes. Tessa rät noch:»Bitte bleib auf dem Weg und pass auf die herumfliegenden Golfbälle auf! Und wenn du den Ruf

›Fore‹ hörst: Duck dich besser. Dann fliegt ein Ball außer Sichtweite irgendwohin, wo er auf gar keinen Fall hinsoll.«

Ich nicke und nehme das Buch dankend entgegen, stehe auf und sage zu Sebastian:»Ich geh mir das mal anschauen. Kommst du mit?«

Er nuschelt etwas von»Wo soll das noch hinführen?« in seinen nicht vorhandenen Bart, stürzt den Rest Apfelschorle hinunter und folgt mir zum Golfkurs.

Die Sonne lacht vom Himmel, es ist inzwischen später Nachmittag und die Luft so mild, dass ich meine Jeansjacke ausziehe und um die Hüften knote. Sebastian hat erst gar keine Jacke mitgenommen – er ist eben kein Weichei und kein Warmduscher. Ich muss grinsen.

»Ist was?«, fragt er und sieht mich von der Seite an.

»Nein, was soll schon sein?«, sage ich.

Wir laufen still nebeneinanderher, dann bemerke ich, wie sich Sebastian ein paar Mal suchend umsieht. Nach was er wohl Ausschau hält? Dann, ganz plötzlich, legt er einfach den Arm um mich, und wir spazieren weiter. Mein Herz schlägt schnell, und ich bin von einer Sekunde auf die andere so aufgeregt, dass ich mir wieder wie ein Teenager vorkomme. Die Vögel zwitschern, die Bienen summen, das frische Gras duftet, und ich denke, dass die Kulisse kitschiger eigentlich nicht sein kann. Aber auch nicht schöner. Und entspannter. Ich genieße den Arm um meine Schulter und den dezenten Duft seines Aftershave, der von seinem Hals zu mir herüberweht. Wir biegen um eine Ecke, und vor uns stehen in ein paar Metern Entfernung ein Mini-Bagger sowie ein Kipplaster. Keine Frage: Hier muss das Grundstück von dem toten Gerlach beginnen. Bauarbeiter sind keine mehr zu sehen – wahrscheinlich ist deren Arbeitstag bereits beendet, und sie genießen ihr Feierabendbier irgendwo in der Nachmittagssonne. Wir bleiben stehen und schauen auf das Szenario vor uns. Hoffmann hat wirklich keine Zeit verschwendet und den Bagger schon ein etwa zwei Meter tiefes Loch graben lassen. Etwas unschlüssig stehen Sebastian und ich vor der kleinen Baugrube. Erst in diesem Moment denke ich darüber nach, was ich hier eigentlich zu sehen gehofft hatte.

»Da ist ein Loch«, sage ich und denke im gleichen Moment, dass das so klug klingen muss wie der berühmte peinliche Satz aus Dirty Dancing: »Ich habe eine Wassermelone getragen.«

»Ja, da ist ein Loch«, stimmt mir Sebastian zu und dreht mich an den Schultern zu sich herum. Ich schlucke.

Sebastian sieht mir in die Augen und sagt: »Aber jetzt beachtest du mal kurz nicht dieses Loch, sondern nur den Herrn Loch, der endlich etwas tun wird, was er schon lang vorhatte.«

Und bevor ich noch irgendetwas sagen oder denken kann, spüre ich Sebastians Lippen auf meinen. Oh ja! Er kann küssen! Himmlische Heerscharen, göttliche Posaunen, ein Himmel voller Geigen – Halleluja! Endlich liege ich in seinen Armen, spüre seinen Mund, fühle seinen starken Körper, rieche sein Aftershave … nein, nicht sein Aftershave. Ich schnuppere noch einmal, halte inne, löse mich von ihm und sage: »Riechst du das auch?«

Sebastian verzieht das Gesicht. Jede Romantik ist augenblicklich verflogen.

»Boah, wo kommt denn dieser Gestank plötzlich her! Sind das faule Eier?« Angewidert sieht er sich um. Oh Gott, hoffentlich denkt er nicht, ich sei dafür verantwortlich! Da fällt mir etwas ein: »Die Giftmülldeponie! Das muss aus der Grube kommen!«

»Welche Giftmülldeponie?«, will Sebastian wissen.

»Na, der illegale Müllplatz, den es hier früher irgendwo gegeben hat.«

»Welcher Müllplatz? Lissie! Verdammt, ich dachte wirklich, du machst nicht wieder dein eigenes Ding! Was weißt du noch? Raus mit der Sprache! Was ist denn das jetzt schon wieder für eine Geschichte?«

»Ach, als meine Eltern letzten Sonntag mit dem Naturschutzverein wandern waren …«

Sebastian seufzt und hält sich die Hand angenervt an den Kopf. Dann presst er zwischen den Lippen die eher rhetorische Frage heraus:»Du meinst nicht zufällig die Naturschützer, bei denen sich auch der René Laufberger engagiert?«

»Ich … also … Du, die wollten da schon immer mal eine Wanderung mitmachen. Und zufällig hatte die Freundin meiner Mutter die beiden gefragt, ob sie nicht am Sonntag den Spaziergang durch die Streuobstwiesen mitgehen wollten …«

»Nee, klar. REIN zufällig!« Sebastian hat jetzt die Hände in die Hüften gestemmt und schüttelt den gesenkten Kopf. Ich habe einen Kloß im Hals und einen im Bauch und wirklich ein schlechtes Gewissen. Ich hätte ihm alles, was ich weiß, schon früher erzählen sollen. Das musste ja schiefgehen.

»Jedenfalls war da so ein alter Mann dabei, der erzählt hat, dass hier irgendwo ganz früher mal ein illegaler Müllplatz war. Aber das ist so ewig her, dass sich selbst meine Eltern nicht mehr richtig daran erinnern konnten. Ja, sie waren sich noch nicht einmal sicher, ob es beim Wilhelm noch ganz richtig tickt im Oberstübchen. Wir haben das alle nicht ganz ernstgenommen, und ich hab da gar nicht mehr dran gedacht!«, versuche ich den ganzen Schlamassel zu erklären und klinge dabei flehender, als ich es eigentlich wollte. So schlimm ist es jetzt nun auch wieder nicht, dass er gleich so ausrasten muss.

»Lissie!« Sebastian sieht mir jetzt fest in die Augen. »Das ist echt schlimm!«

Okay, ist es wohl doch.

»Wie soll ich dir denn vertrauen können, wenn du mir immer wieder Dinge verschweigst! Und ...« Er macht eine kurze Pause, schluckt, sieht mich an und fragt: »Hast du eigentlich was mit dem Golflehrer?«

Seine Worte treffen mich ins Mark, und ich merke, wie mir die Tränen in die Augen steigen. Jetzt bloß nicht heulen. Wie kann er sowas von mir denken? Und warum muss ich mich auch überall einmischen? Kann ich nicht einfach meine Gäste in der Kneipe bedienen und die Kriminalermittlungen jemand anderem überlassen. Am besten der Polizei. Und am allerbesten meinem Lieblingskommissar. Sebastian.

Dieser wartet meine Antworten nicht ab, zückt nun sein Smartphone und ruft seine Kollegen im Präsidium an: »Bert? Ja, ich bin's, Sebastian. Du, hör mal. Könnt ihr bitte zum Golfplatz nach Gundelheim rauskommen? Ihr müsst mir leider heute Abend noch ein paar Bodenproben nehmen. Und bringt vielleicht am besten direkt jemanden von der Umweltbehörde mit. Hier stinkt's nämlich. Hier stinkt's ganz gewaltig.«

Champagner-Geständnisse

Bis Ernst und Bert auf dem Golfplatz eintreffen, hat sich Sebastian wieder ein wenig beruhigt. Ich konnte ihm noch erklären, dass ich natürlich nichts mit Marc habe – auch nichts gewollt hätte, da ja Tessa mit ihm zusammen sei, und dass das Flirten wohl nur zur Verkaufstaktik im Schnupperkurs gehöre. Und ja, ich hätte ihm erzählen können, dass ich auf Gerlachs Grundstück eine alte Mülldeponie vermutet habe, aber niemand hat ja ahnen können, dass sich der Verdacht so schnell bestätigt. Loch hört sich alles schweigend an, und ich merke, wie sein Zorn langsam verraucht. Trotzdem ist die romantische Stimmung futsch. Und er ist außerdem zu stolz, um direkt klein beizugeben. Ich muss daran denken, dass ich mich nicht bei unserem ersten Kuss an einen Toten erinnern wollte – jetzt verbinde ich damit den Geruch von Schwefel und einen handfesten Streit. Na, toll. Irgendwas ist ja immer.

»Mich würde ja brennend interessieren, mit wem sich Anne Gerlach im Waldschlösschen getroffen hat und warum sie deinen Kollegen stattdessen was von Shopping gesagt hat. Sie hätte sich doch denken können, dass das rauskommt«, murmele ich vor mich hin, während ich neben Sebastian zurück zum Clubhaus laufe und dabei die Blütenblätter eines frischen Löwenzahns ausrupfe, den ich gerade gepflückt habe.

»Ja«, brummt Sebastian missmutig. »Ich muss unbedingt noch einmal mit dem jungen Kollegen sprechen, der das Alibi überprüft hat. Der ist leider noch nicht ganz trocken hinter den Ohren, und ich hab da so eine Vermutung.«

Noch bevor ich nachfragen kann, welche, ergänzt er: »Ich denke, die Gerlach hat ihm ein paar Belege gezeigt, die sie mit Karte bezahlt hat. Und ihm werden das Datum und die Uhrzeit auf den Quittungen gereicht haben, statt auch noch einmal in den Geschäften nachzuhören, ob sich jemand an sie erinnern kann. Eigentlich hätte er sich sogar von der Bank die unterschriebenen Belege zeigen lassen müssen. Klassischer Anfängerfehler.«

»Dann müsste sie aber eine Komplizin gehabt haben, die in ihrem Namen an dem Tag eingekauft hat.«

Sebastian grinst und sagt: »Oder einfach eine Freundin, die ihr einen Gefallen getan hat, um das Schäferstündchen zu vertuschen.«

»Du meinst also auch, dass sie sich mit jemandem im Hotel getroffen hat?«

Er wiegt den Kopf unschlüssig hin und her.

»Aber … Dann hätte sie doch auch ein Alibi für den Abend«, wende ich ein, woraufhin Sebastian mit seiner ganzen Polizistenerfahrung kontert: »Also erstens liegt das Waldschlösschen keine fünf Minuten vom Golfplatz entfernt und so abgelegen im Wald, dass man sich auch prima raus- und wieder reinschleichen kann, ohne dass es jemand merkt. Und zweitens macht mir Frau Gerlach nicht den Eindruck, dass es ihr egal ist, was die Leute von ihr denken. Wenn sie sich dort also wirklich mit einem Mann getroffen hat, wird sie das möglichst für sich behalten wollen.«

»Auch, wenn sie dadurch unter Mordverdacht gerät?«, frage ich.

Sebastian zuckt mit den Schultern.

»Bisher hatten wir sie ja nicht verdächtigt. Ich werde sie danach fragen. Dann werden wir es bald wissen.«

Die Gelegenheit ergibt sich schneller, als ich zu hoffen gewagt hatte. Als wir zurück ins Clubheim kommen, sitzt Anne Gerlach allein auf der Terrasse. Vor ihr steht eine halbgefüllte Sektflöte – ich vermute Champagner. Sie sieht sehr zufrieden aus und nickt mir höflich zu, als ich mit Sebastian die Terrasse betrete.

»Frau Sommer! Das trifft sich gut. Wollen Sie sich nicht kurz zu mir setzen? Ich wollte noch einmal wegen der Trauerfeier mit Ihnen sprechen.«

Ich trete an ihren Tisch, den Kommissar immer noch im Schlepptau.

»Wenn es Ihnen nichts ausmacht, würde ich mich auch kurz dazusetzen. Ich hätte da nämlich ebenfalls noch ein paar Fragen«, ergreift Sebastian die Gelegenheit.

Anne Gerlach zieht erstaunt die Augenbrauen hoch, behält aber in ihrem eleganten, dunkelblauen Kostüm ansonsten die Fassung.

»Natürlich. Bitte.« Sie macht eine einladende Geste, und Sebastian und ich nehmen an ihrem Tisch Platz.

»Das passt eigentlich ganz gut, dass ich Sie ebenfalls hier antreffe, Herr Kommissar. Können Sie mir inzwischen sagen, wann die Leiche meines Mannes für die Beerdigung frei gegeben wird?«

Sebastian sieht sie eindringlich an.

»Nein, warum? Eilt es?«, fragt er dann etwas provozierend. Aber Anne Gerlach steigt nicht darauf ein, sondern sagt:

»Nein, es eilt nicht. Aber ich würde das alles gerne hinter mich bringen, da ich den Sommer vermutlich auf Mallorca verbringen werde, um mir einige Immobilien anzuschauen. Wie Sie sicher gehört haben, hat sich der Golfclub entschlossen, mein Grundstück zu kaufen. Und ich werde das Geld in eine Finca in Mallorca investieren. Das war schon lange unser Traum.«

»Eher Ihr Traum als der Ihres Mannes, oder?«, fragt Sebastian nach.

»Was wollen Sie damit andeuten?«, fragt Frau Gerlach immer noch ungerührt und nippt an ihrem Champagner. »Dass ich meinen Mann umgebracht habe? Sie vergessen, dass ich ein Alibi habe. Ich war einkaufen.«

»Was haben Sie denn im Waldschlösschen eingekauft?«, platzt es nun aus mir heraus.

Bingo. Ich habe ins Schwarze getroffen. Anne Gerlach entgleiten nun augenblicklich alle Gesichtszüge. Und nur ihrer Reaktion habe ich es wahrscheinlich zu verdanken, dass ich mir nicht sofort wieder eine Standpauke von Sebastian anhören muss. Auch ihm ist der veränderte Gesichtsausdruck der Witwe nicht entgangen.

»Frau Gerlach. Wir wissen inzwischen, dass Sie nicht in Frankfurt shoppen waren. Man hat Sie gesehen, wie Sie an jenem Nachmittag das Waldschlösschen betreten haben. Ich kann Sie wegen des Verdachts, ihren Mann umgebracht zu haben, jetzt und sofort festnehmen und in Handschellen abführen. Oder ...«

Er macht eine taktische Kunstpause und sieht Frau Gerlach eindringlich an, bevor er fortfährt: »Ich verspreche Ihnen, die ganze Sache vertraulich zu behandeln, wenn Sie mir jetzt sagen, mit wem Sie sich in dem Hotel getroffen haben.«

Wie zur Salzsäule erstarrt sitzt Anne Gerlach auf ihrem Stuhl und starrt ins Leere. Dann fasst sie sich, nimmt ihr

Glas und trinkt den restlichen Champagner in einem Zug aus. Dann sieht sie abwechselnd zu Sebastian und mir und sagt kleinlaut:»Ich habe mich mit René Laufberger getroffen. Wir haben eine Affäre.«

Mir bleibt kurz der Mund offenstehen. Ich hätte ja mit vielem gerechnet, aber René Laufberger? Die schicke Frau Gerlach hat was mit dem alternativen Umweltaktivisten? Wie passt das zusammen?

»Ich kann mir schon denken, was Sie davon halten!«, sagt Frau Gerlach und schnippt mit der Hand nach Tessa. Mit der rechten, im Übrigen. Die Kellnerin kommt an unseren Tisch, und Frau Gerlach bestellt sich noch einen Champagner.

»Wollt ihr auch was?«, fragt sie Sebastian und mich. Ich könnte jetzt einen Schnaps vertragen, aber beide schütteln wir verneinend den Kopf.

»Meine Ehe mit Dieter war schon lange nicht mehr das Wahre. Ich will nichts Schlechtes über ihn sagen. Wir verstanden uns, aber ...«, sie zögert kurz, fährt dann aber ungerührt fort:»Im Bett lief schon seit Jahren nichts mehr. Aber Sex ist mir immer noch wichtig. Ich denke, Dieter hat gewusst, dass ich mir meinen Spaß woanders hole, aber er hat nicht gefragt. Wir hatten ein stillschweigendes Arrangement diesbezüglich.«

»Aber wieso René Laufberger?«

Sie zuckt mit den Schultern und erklärt:

»Als Dieter vor ein paar Monaten mal wieder einen Sonntag auf dem Golfplatz verbracht und sich nicht dafür interessiert hat, was ich an dem Tag tun würde, habe ich kurzerhand an einer Wanderung des Naturschutzvereins teilgenommen. So viel Auswahl, was man sonntags in unserem verschlafenen Nest unternehmen kann, hat man ja nicht. Die Wanderung hat mir gleich großen Spaß gemacht. Denn auch wenn Sie es mir vielleicht nicht ansehen: Ich liebe die Natur. Nicht ganz so konsequent, wie es René tut, aber langen Spaziergängen kann ich durchaus etwas abgewinnen. Früher verbrachten Dieter und ich die Sonntage oft zusammen mit langen Wanderungen im Spessart oder im Odenwald. Auch wenn sexuell der Ofen aus war: Als Paar haben wir eigentlich ganz gut funktioniert, weil wir viele gleiche Interessen hatten. Tja, bis Dieter das Golfen für sich entdeckt hat. Er hat das Spiel noch nicht sonderlich gut beherrscht – und ich glaube auch nicht, dass er diesbezüglich mit großem Talent gesegnet war -, was ihn aber nicht davon abgehalten hat, jede freie Minute auf dem Golfplatz zu verbringen.«

Während ihrer Schilderung denke ich, dass ich das Thema Golf für mich doch erst einmal ad acta legen werde. Vielleicht wäre es gar nicht so gut, wenn

Sebastian ebenfalls Gefallen an diesem Sport finden würde. Ich möchte, dass sein Interesse erst einmal mir gilt und ich ihn auf keinen Fall gleich wieder an den kleinen weißen Ball verliere.

Die Witwe nimmt einen kleinen Schluck vom neuen Champagner, den ihr Tessa gebracht hat, und fährt mit ihrer Erklärung fort:»Wir kamen schon an diesem ersten Tag ins Gespräch und fanden uns sympathisch. Wie gesagt, ich teile Renés Fanatismus in Sachen Umweltschutz nicht. Wenige tun dies. Besonders Frauen ist Renés Naturschutzeinsatz meistens zu viel, keine Freundin hält es lang mit ihm aus. Ich glaube, er war deshalb genauso ausgehungert nach Zärtlichkeiten wie ich. Und uns verband gleich eine gewisse Anziehungskraft, wir fanden uns attraktiv. So kam eins zum anderen. Seitdem haben wir uns regelmäßig im Waldschlösschen getroffen. Wir hatten Spaß zusammen. Das war aber auch alles.«

Der Kommissar hat die Witwe während ihrer Ausführungen eindringlich gemustert und stellt nun fest:»Ihre Ehe funktionierte also nur noch auf dem Papier, und Ihr Mann verbrachte die Zeit lieber auf dem Golfplatz als mit Ihnen. Zudem wollten Sie gerne nach Mallorca, Ihr Mann aber lieber die Streuobstwiesen behalten. Ein junger Kerl hat Ihnen außerdem schöne Augen gemacht, mit dem Sie dann einige Zeit eine Affäre hatten. Und jetzt – nachdem Ihr Mann tot ist – können Sie endlich Ihr Leben so leben, wie Sie es möchten. Gar nicht so unpraktisch, dass Ihr Mann tot ist. Oder, Frau Gerlach?«

Anne Gerlach sieht den Kommissar ruhig an und sagt: »Herr Kommissar. Ja, ich gebe zu, ich hätte Ihnen meine Affäre mit René direkt gestehen müssen. Es tut mir leid. Aber ich habe meinen Mann nicht umgebracht. Wir lebten zwar

nebeneinanderher, aber das war für beide nicht schlecht. Außerdem: An dem Abend, als Dieter ermordet wurde, war ich zusammen mit René im Hotel. Fragen Sie ihn selbst.«

»Sie müssen zugeben, dass er kein sehr glaubwürdiger Zeuge ist.«

Sie schweigt kurz, dann sagt sie: »Sie suchen doch einen Doppelmörder. Als der Vater von René ermordet wurde, saß ich bei einem Immobilienmakler, um eine Auswahl verschiedener Objekte auf Mallorca auszusuchen, die ich mir in den kommenden Wochen ansehen will. Ich gebe Ihnen gerne seine Kontaktdaten. Zudem können seine Sekretärin und eine weitere Angestellte meinen Aufenthalt dort ebenfalls bestätigen.«

Sebastian nickt, ist aber mit seiner Befragung noch nicht fertig.

»Und René Laufberger? Wissen Sie, wo er war, als sein Vater erschlagen wurde?«

Die Witwe zuckt mit den Schultern.

»Ich bin nicht sein Kindermädchen. Da müssen Sie ihn schon selbst fragen. An dem Abend, als Dieter ermordet wurde, war er jedenfalls bei mir. Überprüfen Sie es.«

»Das werden wir«, sagt Sebastian und sieht Frau Gerlach noch einmal eindringlich an. »Trauen Sie René zu, dass er wegen einer Wiese seinen Vater erschlagen würde?«

»Herr Kommissar«, Anne Gerlach hat sich nun endgültig wieder komplett gefangen. »Wie ich jetzt schon ein paar Mal sagte: Während mein Mann erschlagen wurde, waren René und ich zusammen. Ja, er ist heißblütig und temperamentvoll. Genau das schätze ich sehr an ihm – wenn Sie verstehen, was ich meine. Aber ich mag an ihm auch, dass für ihn das Grundstück seines Vater mehr ist als nur ein Stück blanker Acker – für ihn ist es auch ein Symbol, wie wir mit unserer Natur umgehen. Ich glaube zwar nicht, dass er deswegen seinen eigenen Vater töten würde. Allerdings muss ich zugeben, dass sich René nicht nur wegen der Wiese, sondern ganz im Allgemeinen nicht gut mit seinem Vater verstanden hat.«

»Sie hatten also Meinungsverschiedenheiten?«, fragt der Kommissar weiter nach.

»Sie waren wie Feuer und Wasser. Aber nicht jeder Sohn, der gegen den Vater rebelliert, erschlägt ihn gleich«, erklärt Frau Gerlach.

»Eine Frage noch«, sagt Sebastian, macht eine kurze Pause und sieht die Witwe noch einmal eindringlich an: »Könnten Sie sich vorstellen, dass René seinen Vater Otto im Streit, im Affekt, erschlagen hat?«

»Ich weiß es wirklich nicht, Herr Loch. Ich fürchte, Sie müssen ihn danach selbst fragen.«

Der Kommissar sieht seine Zeugin noch einmal prüfend an, nickt und sagt schließlich zu ihr: »Bitte kommen Sie morgen früh aufs Präsidium. Ich muss Ihre Aussage noch zu Protokoll nehmen. Und ich würde Sie bitten, Ihren Besuch auf Mallorca noch etwas zu verschieben, bis die Ermittlungen abgeschlossen sind. Denn glauben Sie mir: Sollten sich Ihre Angaben nicht bestätigen, habe ich keine Probleme, Sie hier oder sonst wo für alle Nachbarn oder Freunde sichtbar abzuführen und mit aufs Präsidium zu nehmen.«

Anne Gerlach macht eine abwehrende Handbewegung. »Schon gut. Schon gut. Das habe ich schon verstanden. Ich werde erst einmal nicht verreisen.« Dann sagt sie zu mir gewandt: »Ich würde auch Sie, Frau Sommer, bitten, Stillschweigen über meine Liaison mit René Laufberger zu bewahren. Wenn sich das rumspricht, würde ich auf die Trauerfeier bei Ihnen gänzlich verzichten. Den Klatsch und Tratsch während des Kaffeetrinkens würde ich nicht ertragen und fände es auch respektlos gegenüber meinem verstorbenen Mann.«

»Von mir erfährt niemand etwas – unabhängig davon, ob Sie bei mir die Beerdigung ausrichten oder nicht«, sage ich bestimmt und füge hinzu:»Wie Sie sich letztlich entscheiden – ob Sie die Trauerfeier bei mir machen –, liegt ganz bei Ihnen.«

»Lissie, ich weiß, du würdest jetzt gerne mit zu René Laufberger fahren, aber das geht nun echt nicht. Hoffentlich dreht die Verteidigung des Mörders – wenn wir ihn dann haben – mir nicht einen Strick daraus, dass du bei einigen Befragungen der Zeugen dabei warst.«

»Schon gut, ich fahre jetzt ins Grüne Kränzchen.« Ich zucke unschuldig mit den Schultern und sage:»Ich weiß auch nicht, wie ich da immer reingerate. Du musst mir nur eines glauben: Ich mache das wirklich nicht absichtlich.«

Wir stehen auf dem Parkplatz des Golfclubs neben meinem alten Fiat Punto.

»Ja, das glaub ich dir, Lissie, aber es macht mich trotzdem wahnsinnig!«, sagt Sebastian, und es klingt fast ein bisschen verzweifelt.

Ich lege ihm die Arme um den Hals, drücke ihm einen Kuss auf den Mund und sage frech grinsend: »Ich mache dich also wahnsinnig, ja?«

Er lächelt ein bisschen schief zurück, gibt mir wiederum nun einen kurzen Kuss und schiebt sanft meine Arme von seinem Hals.

»Ich fürchte, ich muss mir jetzt Laufberger vornehmen«, sagt er bestimmend.

Ich seufze, nehme meine Arme von seinem drahtigen Körper, krame meinen Autoschlüssel aus meiner Handtasche und schließe meinen Wagen auf. Als ich auf dem Fahrersitz Platz genommen habe, kurbele ich mein Fenster noch einmal herunter und sage: »Glaub ja nicht, dass du mich immer so schnell loswirst, wenn dieser Fall hier erst einmal abgeschlossen ist.«

»Da bin ich mir ganz sicher«, lacht er und beugt sich zu mir hinunter. »Und das finde ich auch gar nicht schlimm«, schiebt er hinterher und gibt mir einen Kuss auf die Nasenspitze.

Ich lächele und drehe den Zündschlüssel im Schloss um. Nichts passiert. Besser gesagt: Mein Motor gibt ein kurzes, müdes Seufzen und Ächzen von sich. Dann hört man nichts mehr. Ich drehe den Schlüssel zurück und versuche es noch einmal. Totenstille. Dritter Versuch: nichts.

Sebastian, der noch immer neben meiner Tür steht, sieht mich misstrauisch an und sagt:»Lissie, das ist doch jetzt nicht dein Ernst!«

»Ich schwöre dir: Vorhin lief er noch wie ne Eins!«, sage ich entgeistert und versuche wie zur Bestätigung noch einmal, den Motor zu zünden. Weiterhin herrscht unter meiner Motorhaube Mucksmäuschenstille. Ich sehe auf die Uhr, es ist inzwischen schon 17:30 Uhr. Die Autowerkstatt hat schon zu, und außerdem müsste ich eigentlich schleunigst in mein Lokal. Ich zücke mein Smartphone, wähle die Nummer vom Grünen Kränzchen und mache Sebastian mit der anderen Hand eine Geste, dass er bitte noch kurz warten soll. Schon nach dem ersten Klingeln meldet sich Peter:

»Das Grüne Kränzchen, Peter am Apparat, einen recht schönen guten Abend, wie kann ich Ihnen helfen?«

Ich stutze und erinnere mich, dass Peter vor kurzem erzählt hat, er müsse beruflich eine Serviceschulung in Sachen Telefonmarketing absolvieren. Ich weiß nicht mehr genau, wann er das machen wollte, bin mir aber in diesem Moment ganz sicher, dass er sie wohl vor kurzem absolviert hat.

»Hi Peter, hier ist Lissie.«

»Oh, Lissie, schön, dass du anrufst. Wie findest du denn meine neue Begrüßung am Telefon, wenn uns jemand anruft?«

»Ganz ehrlich, Peter, ich finde es ein bisschen too much. Wir sind doch nur das Grüne Kränzchen und nicht die Global-Universal-Optimal-Versicherung.«

»Trotzdem sollten wir unseren Gästen mit Offenheit und Herzlichkeit begegnen«, erwidert er im Oberlehrer-Ton. Ich glaube, er würde mir nur zu gerne direkt alle seine neuen Skills, die er in der Schulung gelernt hat, mitteilen, merkt aber selbst, dass das jetzt wohl nicht der richtige Zeitpunkt ist, und fragt: »Sag mal, warum rufst du eigentlich an? Wo steckst du denn? Bist du krank?«

»Nein, mein Wagen springt nur nicht an. Ich wollte fragen, ob Laura schon da ist und du vielleicht kurz wegkönntest, um mich abzuholen.«

»Tut mir leid, Lissie, aber ich bin heute mit dem Rad da. Und Laura auch«, sagt er, und ich höre echtes Bedauern in seiner Stimme.

»Mist«, entfährt es mir.

»Abholen kann ich dich nicht, aber du musst eigentlich heute Abend auch nicht mehr rumkommen«, sagt Peter freudig.

»Wieso? Ist so wenig los?«

»Nein, aber Emma ist gerade reingeschneit. Sie dachte, sie stünde heute auf dem Dienstplan, aber hatte sich vertan. Jetzt sitzt sie ganz enttäuscht an der Theke und jammert, dass sie mit dem Geld heute eigentlich gerechnet hatte, um ihren neuen Tennisschläger zu bezahlen. Ich glaube, du würdest ihr eine große Freude machen, wenn sie heute Abend doch arbeiten könnte, und du hättest frei und könntest dich um deine alte Karre kümmern. Was meinst du?«

Ich seufze, denn eigentlich sollte ich jetzt erst recht sparen, denn wer weiß, was die Reparatur meines Autos kosten wird. Aber dann sage ich:»Okay. Emma kann einspringen. Dann wünsche ich euch einen guten Service. Ruft mich an, wenn was ist. Wenn ich das hier geklärt habe, komme ich wahrscheinlich eh nochmal rum.«

»Danke, Lissie. Da wird sich Emma freuen. Mach dir keine Sorgen, wir haben hier alles im Griff.«

Ich lege auf und sehe Sebastian an.

»Tja, also was soll ich sagen. Ich hätte dann spontan heute Abend frei. Wenn du mich mit zur Befragung von René Laufberger nehmen würdest, könnten wir danach vielleicht noch ein Glas Wein trinken gehen …?«

Ich setze meinen allertreuesten Treue-Hunde-Blick, der mir überhaupt nur möglich ist, auf und himmele Sebastian von unten an.

Ich kann es deutlich sehen: Der Kommissar in Sebastian wehrt sich noch kurz. Aber dann siegt der verknallte Sebastian in ihm über den pflichtbewussten Polizisten. Er stützt sich mit beiden Armen über der Beifahrertür ab und schaut mich prüfend durch das offene Fenster an: »Lissie, ich sag dir, wenn du irgendjemandem erzählst, dass ich dich überhaupt im Streifenwagen – gegen alle Vorschriften – mitgenommen habe, und du mir außerdem noch irgendwie dazwischenfunkst, trinke ich heute keinen Wein mehr mit dir. Und überhaupt keinen mehr und gar kein Kaltgetränk mehr, bis dieser Fall meinen Schreibtisch verlassen hat. Kapiert?«

Mein »Kapiert« verhallt zwischen uns, während ich die Scheibe meiner Autotür hochkurbele.

Laufberger, lauf!

Wir lassen meinen kaputten Punto also auf dem Parkplatz des Golfclubs stehen und fahren gemeinsam mit dem Dienstwagen des Kommissars zum Haus der Familie Laufberger. Sebastian ist heute ausnahmsweise mit einem Streifenwagen unterwegs, weil sein Zivilfahrzeug in der Werkstatt zum Reifenwechseln ist. Stein und Bein muss ich ihm schwören, dass er mich wegen meiner Panne – offiziell – bis nach Traunbach mitnimmt. Falls jemand fragt. Denn eigentlich darf er mich ohne Grund gar nicht in seinem Dienstwagen mitnehmen. Jetzt habe ich doch ein schlechtes Gewissen und komme mir fast wie ein Kleinganove vor, wie ich mit ihm hier in dem Dienstfahrzeug sitze. Um mich von dem Gedanken abzulenken, dass Sebastian wegen mir Ärger bekommen könnte, schaue ich mir während der Fahrt eingehend die verschiedenen Knöpfe in der Konsole an, die sich doch deutlich von einem herkömmlichen Auto unterscheiden. Ich erkenne die Schalter für das Blaulicht und das Martinshorn sowie das »Anhalten«-Zeichen, sehe die Kelle in der Seitentür stecken, daneben Maßband und Kreide – für die Unfallaufnahme. Beeindruckend finde ich auch die Videokamera in der Front- und Heckscheibe, über die mir Sebastian erklärt, dass diese Geräte erst bei den neueren Wagen eingebaut wurden. Ich komme mir trotzdem ein bisschen vor wie ein Schwerverbrecher. Kurz darauf erreichen wir die Straße mit dem Anwesen der Familie Laufberger. Wie wir von Anne Gerlach erfahren haben, wohnt René Laufberger noch gemeinsam mit seinen Eltern auf dem Grundstück. Wir stellen Sebastians Wagen am Straßenrand ab. Er versucht noch kurz, mich davon abzuhalten, mit reinzugehen. Natürlich vergeblich. Ich muss noch einmal beteuern, dass ich mich zurückhalten werde, wenn er Laufberger befragt, dann murmelt er noch etwas von »Wenn das mal gutgeht ...«, und dann betreten wir durch das offene Hoftor das Anwesen. Zu dem alten Gehöft, dessen Haupthaus augenscheinlich in den 1980er Jahren umgebaut wurde, gehört auch eine aufgestockte Scheune, in die sich Laufberger junior, so Anne Gerlach, in eine kleine Wohnung zurückgezogen hat. Diesem Nebengebäude sieht man – im Gegensatz zum Wohnhaus – noch deutlich an, dass es sich einmal um einen Nutzraum gehandelt hat. Die Fassade bröckelt ein wenig vor sich hin, und das Dach wurde auch seit Jahrzehnten nicht neu gedeckt. Aber ich tippe darauf, dass es René sogar gerade deshalb gut gefällt. Noch dazu in der ehemaligen Knecht-Unterkunft zu hausen, die im ersten Stock über der ehemaligen Getreidekammer liegt – diese dient heute als offene Garage und Werkraum. Wahrscheinlich hat seine Wohnung noch nicht einmal eine Heizung und wird noch mit alten Kohleöfen befeuert – eigentlich nicht sehr umweltfreundlich. Und im Winter bestimmt saukalt: Kein Wunder, dass es hier keine moderne junge Frau lange aushält.

René Laufberger steht an der Werkbank in der offenen Garage, den Rücken uns zugewandt, als wir auf den Hof treten. Auf dem Weg hierher erklärte mir Sebastian, dass er lediglich die Frau von Otto Laufberger angetroffen hatte, als er ihr vor ein paar Tagen die schreckliche Nachricht vom Tod ihres Mannes überbringen musste. René Laufberger hat er noch gar nicht zu Gesicht bekommen.

»Das ist er«, wispere ich Sebastian leise zu. Ich hatte gehofft, dass mich René nicht hört, aber er dreht sich zu uns um und starrt uns stumm an.

»Herr Laufberger? Mein Name ist Loch. Ich bin Kriminaloberkommissar und ermittele im Fall Ihres Vaters. Ich müsste Ihnen ein paar Fragen stellen.«

Während er das sagt, zieht der Kommissar seinen Dienstausweis aus der Gesäßtasche, wobei ihm sein Autoschlüssel mitherausrutscht und zu Boden fällt. Ich bücke mich, um ihn aufzuheben. In diesem Moment setzt sich René auch schon in Bewegung. Er springt aus dem Schuppen heraus und uns entgegen, stößt mich zu Boden, so dass ich unsanft auf meinem Hinterteil lande, und rennt an uns – wie von der Tarantel gestochen – vorbei auf die Straße.

»Ach, Junge, lass doch den Quatsch«, sagt Sebastian mehr zu sich selbst, denn der Umweltaktivist ist schon um die Ecke geschossen und außer Hörweite.

»Ich versuche, ihn einzuholen«, ruft mir der Kommissar zu und rennt los.

Ich sitze immer noch auf dem Hosenboden, halte den Schlüssel des Streifenwagens in der Hand und schreie Sebastian nach:

»Heeee! Warte doch! Soll ich nicht mit dem Wagen hinterherkommen?«

Er hört mich nicht mehr und antwortet somit auch nicht.

Ich schaue auf den Autoschlüssel in meiner Hand. Das ist ein Zeichen! Ich muss ihm helfen! Wahrscheinlich verstoße ich damit gegen zig Gesetze, wenn ich mit dem Streifenwagen hinter den beiden herfahre, und ich hoffe inständig, dass Sebastian dafür nicht noch zusätzlichen Ärger bekommt. Schließlich hat er mich schon unerlaubterweise in seinem Dienstwagen mitgenommen. Aber er kann ja gar nichts dafür, wenn ich jetzt das Auto nehme, und ich – ich kann nicht anders. Ich stürze zu dem Wagen, schaue mich um und stelle erleichtert fest, dass gerade weit und breit niemand auf der kleinen Straße ist, der mich dabei sehen könnte, wie ich einen Streifenwagen entere. Ich schließe die Tür auf, springe hinein und drehe mich zum Rücksitz um. Denn dort liegt eine Polizeimütze, die ich beim Einsteigen gesehen habe und die ich mir schnappe. Fix binde ich meine langen roten Locken mit einem Haargummi zusammen und verstecke sie unter der Kappe. Sollte mich jemand sehen, wird er mich im Vorbeirauschen hoffentlich für eine Polizistin halten und nicht gleich erkennen, dass ich, Lissie Sommer, einen Streifenwagen steuere. Jetzt aber los. Schnell ziehe ich mir den Sitz etwas vor, schnalle mich an und starte den Motor. Dann schaue ich auf den Schaltknüppel. Auch das noch: Automatik. Mein Gott, wann habe ich das letzte Mal einen Automatik-Wagen gefahren? Das muss kurz nach meiner Führerscheinprüfung gewesen sein. Wie war das nochmal? Kuppeln muss ich schon mal nicht. Ich haue den Schalter auf D und gebe mit dem rechten Fuß Gas. Das Polizeiauto setzt sich geschmeidig in Bewegung. Ich tippe mit dem anderen Fuß auf das linke Pedal. Der Wagen bleibt abrupt stehen, ich schnelle ein wenig nach vorne, so dass mir die Mütze ins Gesicht rutscht. Gerade noch kann ich mich mit den Händen am Lenkrad festhalten. Jetzt fällt mir wieder ein, was mir meine Mutter zum Thema Automatikgetriebe gesagt hat:»Mit dem linke Fuß machste gar nix. Der is quasi eingefroren.«Und nun weiß ich auch wieder, warum.

Ich schiebe mir die Mütze zurück auf den Kopf, schaue nach links und rechts, um mich zu vergewissern, dass niemand meine erbärmliche Fahrübung gesehen hat, und gebe nun wieder leicht Gas. Nach etwa 100 Metern endet die Straße in einem asphaltierten Feldweg. Von weitem kann ich den flüchtenden René Laufberger sehen und Kommissar Loch, der dem nun wohl dringend Tatverdächtigen auf den Fersen ist. Wenn ich Sebastian wirklich helfen will, darf ich den Wagen jetzt nicht stehenlassen, sondern muss weiterfahren. Ich folge also dem breiten, schlecht geteerten Feldweg, der auch sonst von Kraftfahrzeugen genutzt wird. Nur handelt es sich dabei wahrscheinlich eher um Traktoren oder Heuwagen – oder wenigstens um Geländewagen mit Allradantrieb. Je weiter ich den Feldweg entlangfahre, desto größer werden die Schlaglöcher, die ganz offensichtlich mit der Zeit durch die Landmaschinen entstanden sind und die die Stadtverwaltung nur notdürftig mit dicken Wackersteinen geflickt hat. Der Streifenwagen schaukelt gefährlich hin und her, und ich hoffe, dass ich mir nicht schon den Unterboden aufgerissen habe. Aber immerhin, ich bin den beiden Dauerläufern schon etwas näher gekommen.

Je weiter ich fahre, desto schmaler wird die asphaltierte Fahrbahn, und schließlich sehe ich, dass die Betondecke endet und nun nur noch zwei ausgefahrene Spurrillen im Ackerboden vor mir liegen. Ich schicke ein Stoßgebet zum Himmel: Bitte lass mich den Wagen hier jetzt nicht festfahren. Immerhin hat es in den letzten Tagen nicht geregnet, so dass keine größeren Schlammlöcher zu erwarten sind, in denen ich steckenbleiben könnte. Erneut holpert der Streifenwagen gefährlich schwankend über den Feldweg. Ich bin mir gar nicht sicher, dass das überhaupt noch ein Weg ist oder ich inzwischen direkt über einen Acker fahre. Die Vegetation ist leider noch nicht so weit, dass ich entscheiden könnte, ob ich gerade Unkraut oder ein Getreide plattmache. Während ich über eine besonders unebene Stelle ruckele, verliere ich kurz den Halt am Lenkrad und muss mich mit der rechten Hand an der Mittelkonsole festhalten.

»Tatütataaa, tatütataaa«, erklingt plötzlich in einem ohrenbetäubenden Lärm das Martinshorn, dessen Schalter ich aus Versehen betätigt habe beim Versuch, mich auf dem Cockpit abzustützen. Außerdem kreisen blaue Lichtblitze über mir und den angrenzenden Ackerflächen. Das war wohl das Blaulicht, das ich in meiner Tollpatschigkeit ebenfalls angeschaltet habe. Ich sehe nach vorne und sehe in das erstarrte Gesicht von Kriminaloberkommissar Sebastian Loch, der zehn Meter vor dem Wagen stehengeblieben ist, mich und den Wagen fassungslos ansieht und sich nicht rührt. René Laufbergers Vorsprung ist auf etwa 50 Meter geschmolzen, da auch er erschrocken innegehalten und sich zu dem Streifenwagen umgedreht hat. Jetzt rennt er wieder los – allerdings nicht ganz so schnell wie am Anfang. Langsam scheint ihm die Puste auszugehen. Sebastian hat sich wieder gefangen, kommt auf den Polizeiwagen zugerannt, reißt die Fahrertür auf und schreit mich an:

»Lissie! Verdammt! Bist du von allen guten Geistern verlassen! Bist du verrückt, mit dem Streifenwagen zu fahren! Das kann mich den Job kosten! Raus da! Aber sofort!«

Eingeschüchtert springe ich aus dem Wagen und renne direkt zur Beifahrerseite. Ich muss schnell wieder ins Auto, denn so sauer, wie Sebastian ist, lässt er mich glatt hier auf dem Feld stehen. Ich öffne die Tür und lasse mich auf den Sitz gleiten. Der Kommissar sitzt ebenfalls bereits im Wagen und knallt die Tür zu. Er blickt zu mir rüber und schreit mich nochmal an:»Und wie kommst du dazu, meine Polizeimütze zu tragen? Das ist auch verboten und fällt unter ›unberechtigtes Tragen einer Uniform‹, Strafgesetzbuch Paragraph 132a!«

Ich werfe jetzt ebenfalls wütend die Mütze wieder auf den Rücksitz und schreie zurück: »Und Paragraph 132b sagt, dass der Laufberger über alle Berge ist, wenn du jetzt nicht endlich wieder losfährst!«

Sebastian sieht mich an – wenn Blicke töten könnten. Dann schaltet er das Blaulicht und die Sirene aus und tritt aufs Gas. Der Streifenwagen ruckelt los und bahnt sich seinen Weg über die Äcker von Traunbach. Wir sehen gerade noch, wie unser Verdächtiger die Straße erreicht, die aus dem Feldweg wieder einen fahrtauglichen Untergrund macht und in den benachbarten Weiler führt, der aber nicht mehr als zehn Häuser umfasst. Zwischen den ersten beiden verschwindet René Laufberger.

»Weit kommt der nicht«, presst Sebastian hervor und tritt das Gaspedal voll durch. Ich stütze mich an der Konsole des Streifenwagens ab und spüre gerade noch, wie wir über eine halbversteckte, schräg im Boden liegende Steinplatte fahren, die dadurch zu einer kleinen Rampe mutiert. Das Polizeiauto hebt kurz ab, wir fliegen mit dem Streifenwagen ein paar Meter durch die Luft und setzen hart auf. Ich höre ein metallisches Scheppern, Brechen und Splittern und bin mir sicher, dass der Auspuff jetzt dran glauben musste. Mindestens. Hoffentlich haben wir nicht noch weitere Teile des Dienstwagens ruiniert. »Scheiße. Aber jetzt ist es auch egal«, flucht Sebastian und setzt seine Verfolgung des flüchtigen Zeugen weiter mit Vollgas fort. Wie wir aus der Ferne sehen können, hat Laufberger inzwischen den kleinen Weiler durchquert und läuft, jetzt deutlich langsamer, vor uns die Landstraße entlang. Es ist nur noch ein müdes Walken. In nicht einmal einer halben Minute haben wir ihn eingeholt. Im Gegensatz zu seiner Höchstgeschwindigkeit-auf-Acker-Aktion fährt Sebastian mit dem Wagen nun erstaunlich langsam an den Flüchtigen heran und lässt das Fenster herunter.

»Herr Laufberger, meinen Sie nicht, dass es jetzt genug ist? Geben Sie jetzt auf, oder muss ich Sie in Handschellen abführen.«

»Scheiß-Bulle! Was willst du eigentlich von mir! Ich hab überhaupt nichts gemacht«, schreit Laufberger den Kommissar an, geht aber wie ein trotziges Kind stoisch weiter die Landstraße entlang. Sebastian fährt im Schritttempo neben ihm her und macht keine Anstalten, aus dem Wagen zu steigen und den Flüchtigen festzunehmen. Ich vermute, er hat Angst, dass ich dann wieder seinen Dienstwagen kapere. Stattdessen sagt er

231

ruhig zu dem jungen Umweltaktivisten:»Wenn Sie nichts gemacht haben, wird sich das ja herausstellen.«

»Pfff«, Laufberger schnaubt verächtlich durch die Lippen und blafft Sebastian weiter an:»Von wegen! Ich kenne euch Bullen! Ihr wollt mir wieder was anhängen! Vielleicht sogar den Tod von meinem Alten!«

»Ich will Ihnen gar nichts anhängen«, entgegnet der Kommissar sachlich und sagt:»Wollen Sie nicht einsteigen? Ich fahre Sie nach Hause, und da reden wir in Ruhe.«

Laufberger bleibt abrupt stehen und fragt:»Ist das ein Diesel?«

»Wie bitte?« Sebastian tritt auf die Bremse und schaut Laufberger irritiert an.

»Na, hat der Wagen einen Dieselmotor? Dann steige ich nämlich auf keinen Fall ein!«

»Nein, es ist ein Benziner«, erklärt Sebastian ruhig, und ich hab keine Ahnung, ob das stimmt oder nur Taktik ist, um diesen Naturschutzverrückten endlich ins Auto zu bekommen.

»Aber der rasselt so laut wie ein alter Diesel!«, gibt Laufberger skeptisch zurück.

»Ich glaube, der Auspuff ist abgerissen, als wir Sie verfolgt haben«, erklärt Sebastian geduldig.

»Das heißt, die Abgase kommen da jetzt ungefiltert raus? Das ist ja ätzend! So eine Dreckschleuder! Nee! Damit will ich nichts zu tun haben!«

Der Kommissar atmet noch einmal tief durch: »Ich verspreche Ihnen, den Wagen direkt in die Werkstatt zur Reparatur zu bringen.« Er seufzt und sagt – mehr zu sich selbst: »Hoffentlich ist der Auspuff das Einzige, was an dem Wagen hinüber ist …«

»Ihr solltet besser Elektroautos fahren, weil die Polizei müsste schon ein Vorbild …«

»Nun steigen Sie endlich ein!«, herrscht Sebastian Laufberger junior an. Ihm wird die Umweltdiskussion allmählich zu bunt. Und sagt, um seiner Aufforderung Nachdruck zu verleihen: »Sonst hänge ich Ihnen die Kosten für den kaputten Auspuff an! Und außerdem: Ich fahre ja jetzt sowieso wieder Richtung Traunbach. Da wäre es doch umweltpolitisch sinnvoller, wenn der Wagen nicht halbleer fährt, sondern mit möglichst vielen Insassen ausgelastet ist, oder?«

»Hm. Ich weiß nicht ….«, René Laufberger zögert noch immer.

»Jetzt steigen Sie endlich ein!«, sagt der Kommissar ein letztes Mal und schiebt noch etwas versöhnlicher hinterher: »Vertrauen Sie mir. Ich halte mein Wort. Wenn

Sie nichts getan haben, haben Sie auch nichts zu befürchten.«

In diesem Moment fallen erste Tropfen vom Himmel, und es beginnt zu regnen. Wenn ihn die Worte des Kommissars nicht überzeugt haben, dann tut es jetzt das kalte Nass von oben. Auch Laufberger hat offenbar keine Lust, pitschnass zu Hause anzukommen.

»Na gut«, brummt er und steigt in den Streifenwagen.

Wir sitzen bei René Laufberger in der Küche. Nachdem er sich auf der Fahrt noch ein bisschen über die Dienstwagen der Polizei, der Landes- und der Bundesregierung sowie die Verkehrspolitik im Allgemeinen aufgeregt hat, bat er uns dann doch in seine Wohnung und kredenzte uns einen frischen Wildkräutertee – selbstgesammelt, versteht sich. Ich bin zunächst etwas skeptisch, ob er uns vielleicht mit einem Schierlingsbecher um die Ecke bringen will, aber da Laufberger sich auch selbst eine Tasse eingießt und direkt einen großen Schluck nimmt, hoffe ich darauf, dass wir nicht gleich vergiftet vom Stuhl fallen. Der Tee ist nicht besonders schmackhaft, wie ich finde, aber er wärmt immerhin meine Finger. Denn inzwischen ist es dunkel geworden, und der Regen prasselt laut gegen die einfach-verglaste alte Butzenscheibe. Es zieht wie Hechtsuppe, und ich frage mich wirklich, wie diese Bruchbude in die Lebensphilosophie des Umweltfanatikers passt. Denn heizungstechnisch befinden wir uns hier locker in der Mitte des letzten Jahrhunderts.

Als hätte er meine Gedanken erraten, erklärt Laufberger: »Sorry, dass es hier so ungemütlich ist. Ich will das Haus kernsanieren. Aber selbstverständlich nur mit natürlichen, umweltverträglichen Materialien. Lehm und so. Die Idiotie ist, dass so was deutlich teurer ist, als wenn ich einfach die Styroporplatten gegen die Hauswand nageln würde. Denn die alten Techniken beherrschen nicht mehr viele Handwerker. Und künstliche Dämmung kommt für mich nicht in Frage. Es reicht schon, wenn meine Eltern das Haupthaus mit dem ganzen modernen Mist so verschandelt haben. Aber ...« Er seufzt. »Für die Sanierung muss ich eben noch ein bisschen sparen.«

»Von dem Erbe Ihres Vaters können Sie sich das jetzt doch sicher leisten«, gebe ich vorsichtig zu bedenken und blase behutsam in meinen Tee.

»Mein Vater ...«, Laufberger atmet einmal tief durch, bevor er fortfährt: »Mein Vater hat sein Erbe so geregelt, dass ich nur meinen Pflichtteil bekomme. Immerhin – so kann meine Mutter die Streuobstwiese nicht ohne meine Zustimmung verkaufen.«

»Warum liegt Ihnen eigentlich so viel an dem Grundstück?«, erkundigt sich der Kommissar.

»Das verstehen Sie wahrscheinlich nicht! Diese Wiese steht für alles, was zwischen mir und meinem Alten lag. Mein Vater war ein korrupter Beamter im Bauamt und konnte den Hals nicht voll genug bekommen. Koste es, was wolle. Und ja, auch auf Kosten anderer oder der Natur. Hauptsache, er konnte abkassieren.«

»Aber warum hat er das Grundstück dann nicht sofort verkauft?«, fragt Sebastian weiter.

»Genau weiß ich es nicht«, erklärt Laufberger junior und mutmaßt weiter:»Ich denke, er wollte den Preis noch weiter hochtreiben. Er wusste, dass der Golfclub sein Grundstück unbedingt für den Ausbau benötigt. Aber jetzt können sie in die Röhre gucken. Ich werde die Wiese auf keinen Fall an diese Umweltverbrecher verkaufen!«

Ich nehme noch einen Schluck Tee und frage mich, wie er wohl reagieren würde, wenn statt eines Golfplatzes so was wie eine Autorennstrecke dort gebaut werden würde. Ich tippe auf Hungerstreik, Sitzblockade und Eingabe einer Petition beim UN-Sicherheitsrat.

»Herr Laufberger, ich muss Sie das noch fragen: Wo waren Sie, als Dieter Gerlach und Ihr Vater ermordet wurden?«

Er überlegt kurz, dann sagt er:»Jeweils auf ner Demo.«

Sebastian und ich werfen uns einen kurzen, vielsagenden Blick zu, der Kommissar lässt sich aber noch nichts anmerken.

»Auf welchen Demonstrationen waren Sie denn? Kann das jemand bezeugen?«

»Ich war beide Male in Frankfurt. Einmal ging es um den Schutz der Wildbienen und beim anderen Mal ...« Laufberger überlegt kurz, dann sagt er: »Atomkraft. Genau. Es war ein Protestmarsch gegen das alte AKW. Das muss endlich vom Netz!«

Loch macht sich ein paar Notizen und fragt wie beiläufig: »Bei der Demo für die Wildbienen: Hat Sie jemand gesehen, der Ihre Anwesenheit dort bestätigen kann?«

»Ey, Mann, da sind immer tausend Leute. Da wird mich schon einer gesehen haben. Aber die haben es auch nicht so mit der Polente, und ich kenn die alle auch nur mit Vornamen.«

Sebastian sieht den jungen Mann nun eindringlich an und sagt ihm auf den Kopf zu: »Herr Laufberger, Sie lügen! Und das noch nicht einmal gut. Wir wissen sicher, dass Sie zumindest beim Mord an Dieter Gerlach auf keinen Fall auf einer Demonstration in Frankfurt waren.«

»Ach ja? Wo soll ich denn gewesen sein?«, fragt der Angesprochene betont lässig.

»Sie lagen mit Frau Gerlach im Waldschlösschen im Bett.«

Laufberger reißt erschrocken die Augen auf.

»Woher willst'n das wissen? Also … ich … wir …«

»Frau Gerlach hat es uns selbst erzählt«, erklärt der Kommissar souverän und beobachtet dabei, wie René Laufberger anfängt nervös auf dem alten Klappstuhl herumzurutschen. Lange hält er das nicht mehr aus – sowohl der Typ als auch der Stuhl.

»Was fragst'n dann noch, wenn du das eh schon weißt, Bulle«, gibt Laufberger motzig zurück.

»Ich frage mich vor allem, warum Sie uns anlügen, Herr Laufberger!« Sebastian klingt nun wirklich ungehalten, und ich frage mich, ob der Umweltschützer nicht begreift, wie ernst seine Lage ist.

»Das geht keinen was an, was ich mit Anne habe. Und es hätte mir ja eh keiner geglaubt«, trotzt Laufberger weiter.

»Wenn es um Mord geht, gibt es nichts, was mich nichts angeht!«, gibt Sebastian eindrücklich zurück. »Das sollte Ihnen doch wohl klar sein!«

Laufberger verzieht grimmig das Gesicht und schweigt.

»So, wir wissen also, dass Sie bei dem Mord an Dieter Gerlach nicht auf einer Demo waren. Und ob ich Ihnen und Frau Gerlach glaube, dass Sie nichts mit dem Mord an ihrem Mann zu tun haben, weiß ich noch nicht. Ich hoffe für Sie, dass das Personal des Waldschlösschen Sie gesehen hat.«

»Sie haben uns auf alle Fälle gehört!«, wirft Laufberger ein und grinst süffisant.

»Sie finden das wohl alles hier sehr lustig. Ich bin gespannt, ob Sie es auch noch witzig finden, wenn Sie in den Knast wandern. Überlegen Sie sich also gut, was Sie sagen. Denn ich frage Sie jetzt noch einmal: Wo waren Sie, als Ihr Vater ermordet wurde?«, will Sebastian hartnäckig wissen.

»Auf der scheiß Demo, Mann! Hab ich doch gesagt!«, motzt Laufberger erneut und hängt immer noch lässig auf seinem alten Küchenstuhl.

»Gut«, Sebastian steht auf und zückt seine Handschellen. »René Laufberger. Hiermit nehme ich Sie vorläufig unter dem Verdacht fest, ihren Vater, Herrn Otto Laufberger, getötet zu haben.«

»Was? Ich? Wie?« Der Umweltschützer macht sich augenblicklich gerade, bleibt aber erschrocken auf seinem Stuhl sitzen und sieht den Kommissar verständnislos an.

»Hey, Mann, ich dachte, wir reden nur. Was soll denn der Scheiß jetzt?«

Sebastian tritt an Laufberger heran, zieht ihn hoch und bindet dem immer noch völlig verdutzten jungen Mann mit den Handschellen die Hände auf dem Rücken zusammen. Dann sieht er ihn fest an und sagt:»Herr Laufberger, Sie wurden zur Tatzeit auf dem Golfplatz ganz in der Nähe des Tatortes gesehen. Ich habe Ihnen jetzt mehrfach die Gelegenheit für eine glaubhafte Erklärung gegeben, aber da Sie mich ganz offensichtlich weiter anlügen, bin ich gezwungen, die Vernehmung nun offiziell auf dem Präsidium fortzusetzen. Bitte machen Sie keinen Aufstand, damit nicht noch Widerstand gegen die Staatsgewalt dazukommt, und kommen Sie mit. Sie können gerne einen Anwalt anrufen, der bei der Vernehmung zugegen sein wird.«

»Du Vollarsch!«, brüllt Laufberger den Kommissar nun an und versucht, sich aus seinem Griff zu winden.»Ich wusste doch, dass man euch Bullenschweinen nicht trauen kann!«

Sebastian nickt und sagt:»Wir können gerne auch noch Beamtenbeleidigung dazunehmen. Lissie, du kannst das ja alles bezeugen.«

»Und ich zeig dich an wegen Körperverletzung! Aua! Pass gefälligst mit meinem Finger auf! Da hab ich mich heute Morgen erst beim Schneiden der Weidenruten geschnitten, mit denen ich gerade den neuen Korb flechten wollte, als ihr mich überfallen habt!«

Sebastian beachtet den Einwand von Laufberger gar nicht und schiebt den Festgenommenen vor sich her. Wir verlassen die Wohnung von Laufberger und gehen die Treppe hinunter. Als wir durch die offene Garage zum Innenhof laufen, fällt mein Blick auf die Werkbank, auf der ein blitzblankes Messer und die angesprochenen Zweige liegen. Aus einem halbgeöffneten schwarzen Samtbeutel, der außerdem dort zu sehen ist und so gar nicht ins Bild passt, blinkt mich eine kleine Münze an. Nein – ich kneife die Augen zusammen, um es genauer zu bestimmen –, es sieht eher aus wie ein Jeton.

»Sebastian, warte mal«, sage ich und nähere mich dem Objekt meines Interesses, um mir den Inhalt im Detail anzuschauen.

»Lissie, was ist denn?«, fragt Sebastian etwas genervt, denn er hat alle Hände voll damit zu tun, den jetzt doch ziemlich wehrhaften Laufberger mit beiden Händen in Schach zu halten.

Ich trete zu Sebastian, greife ihm wortlos in die Innentasche seines Sportsakkos, das er sich vorhin noch übergestreift hat, und finde direkt, nach was ich dort gesucht habe: Ich ziehe die Einmalhandschuhe heraus und streife sie mir schnell über, noch bevor der erstaunte Kommissar etwas einwenden kann.

Ich nehme den Samtbeutel und schütte den Inhalt vorsichtig auf die Werkbank. Es sind Ballmarker – und zwar genau die des Gundelheimer Golfclubs. Genau jene, die der tote Dieter Gerlach und Renés Vater Otto im Mund hatten, als sie erschlagen aufgefunden wurden. Und an einigen klebt Blut.

Jetzt wird Laufberger kreidebleich und stottert:

»Was ... was ist das? Die gehören mir nicht! Ich hab die noch nie gesehen! Und die waren eben auch noch nicht da! Meine Mutter hat mir erzählt, dass mein Vater und Dieter so etwas im Mund hatten. Aber, Herr Kommissar, Sie müssen mir glauben: Ich hab meinen Vater nicht erschlagen, und mit dem Tod vom Gerlach hab ich auch nichts zu tun! Ehrlich! Da will mir jemand was anhängen!«

Sebastian nickt und sagt: »Lissie, sei doch so gut und greife noch einmal in meine andere Innentasche. Dort müsstest Du einen Plastikbeutel finden. Wärst Du so nett und würdest ...«

Ich lächele meinen Kommissar an, stecke meine Hand in die Tasche, um den Plastikbeutel herauszuholen – nicht ohne dabei wie zufällig über seine trainierte Brust zu streichen –, und tüte die Beweismittel ein. Alles zusammen stecke ich Sebastian wieder in seine Jacke – dieses Mal aber in die Außentasche.

»Danke für deine Hilfe«, sagt er. Es klingt ehrlich, aber ich sehe ihm an, dass er nicht weiß, wie er diese ganze Situation finden soll und vor allem, wie er diesen Nachmittag auf seiner Dienststelle erklären soll: die Entdeckung einer alten Mülldeponie, die zum Himmel stinkt, auf einem Golfplatz; eine Verfolgungsjagd, nach der er einen Streifenwagen halbgeschrottet wieder zurückbringen muss; einen Umweltaktivisten, der lügt wie gedruckt, der uns die Beweise quasi auf dem Silbertablett in seiner Garage präsentiert und dessen Alibis so wackelig sind wie eine Oma bei ihren ersten Schritten nach einer OP ihres doppelten Oberschenkelhalsbruchs, und eine Quasi-Freundin, die es nicht lassen kann, sich als Hobby-Detektivin ständig in seine Arbeit einzumischen. Sebastian tut mir nun doch ein bisschen leid.

Mein Kommissar hält René Laufberger noch einmal stärker am Arm fest, da dieser immer noch rumzappelt, und führt ihn zu dem etwas demolierten Streifenwagen. Unter lautem Protest nimmt der Festgenommene auf dem Rücksitz Platz und lässt sich nur widerwillig von Sebastian angurten. Dann schlägt der Kommissar die Tür zu und schnauft einmal tief durch. Von Laufbergers Geschrei und Gezeter sind die Nachbarn auf uns aufmerksam geworden, und man sieht, wie Fenster geöffnet und Gardinen zur Seite geschoben werden. Es regnet noch immer leicht, und so sagt Sebastian schnell und mit einem schiefen Grinsen:

»Ich glaube, ab jetzt komme ich allein zurecht.«

Ich grinse ihn an, verkneife mir den Abschiedskuss und greife nach meinem Smartphone, um mir ein Taxi zu rufen.

Mit Zitronen gehandelt

Aus dem Motorraum meines kaputten Punto dringt die Stimme des netten Automechanikers der Werkstatt meines Vertrauens zu mir heraus:»Du hast Glück, Lissie: Nur der Magnetschalter am Anlasser ist defekt. Das ist alles. Den kann ich dir gleich hier schnell austauschen.« Konrad kommt unter der Motorhaube hervor und wischt sich die ölverschmierten Finger an einem Lappen ab. Es ist fast Mittag, und wir stehen auf dem Parkplatz des Golfclubs, von dem sich mein Wagen seit gestern Abend kein Stück wegbewegt hat. Konrad, Mitte 50, der Inhaber einer kleinen Autowerkstatt in Traunbach und Vater einer meiner studentischen Bedienungen, Emma, konnte es dankenswerterweise einrichten, mit seinem Servicewagen – gleich nachdem ich ihn morgens angerufen hatte – zum Golfclub zu kommen. So musste ich meinen Punto erst gar nicht zu ihm in die Werkstatt schleppen lassen.

»Das ist wirklich alles? Aber der macht doch keinen Mucks mehr«, sage ich etwas skeptisch.

Konrad lacht.

»Ja, manchmal braucht es nur ein kleines Teil, und die ganze schöne Technik funktioniert nicht mehr. Sei froh, dass du noch ein älteres Modell fährst, in dem noch ne

Menge Mechanik verbaut ist, die man eben mal ersetzen kann. Bei den neuen Autos hängt alles an der Elektronik, und durch die steigt man so schnell nicht durch. Bis man da den Fehler gefunden hat …«

Er kramt in den Schubladen seiner Werkzeugkisten im Kofferraum herum und holt einen silbernen, kleinen Zylinder hervor.

»Das haben wir gleich«, sagt er fröhlich und verschwindet mit dem Oberkörper wieder in meinem Motorraum. Nach kurzer Zeit taucht er wieder auf und sagt zufrieden:

»Starte ihn mal.«

Ich setze mich ans Steuer, trete die Kupplung und drehe den Zündschlüssel um. Der Wagen springt an und läuft wie eine Eins.

Zufrieden wirft Konrad die Motorhaube zu. Ich schalte den Motor wieder aus, steige aus meinem Auto und gehe zu dem Automechaniker.

»Danke, Konrad. Du warst echt meine Rettung.«

»Gern geschehen, Lissie. Es war ja Gott sei Dank nur eine Kleinigkeit«, sagt er sichtlich zufrieden.

»Was bekommst du von mir?«, frage ich ihn und zücke meinen Geldbeutel.

»Ach, lass stecken, Lissie. Ich bin so froh, dass unsere Emma bei Dir kellnern und sich was dazuverdienen kann. So ein Studentenleben ist heutzutage auch nicht mehr ganz billig, und sie soll auf ihre geliebten Tennisstunden nicht verzichten müssen. Sie hat sich so gefreut, dass sie gestern Abend spontan arbeiten konnte, obwohl sie gar nicht auf dem Dienstplan stand. Jetzt hat sie das Geld für den neuen Schläger schon fast zur Hälfte zusammen. Denn alles, was sie sich wünscht, können wir ihr auch nicht bezahlen. Mit einer Autowerkstatt wird man kein Millionär.«

Konrad seufzt und grinst schief.

»Ein Grund mehr, dass du mir jetzt bitte sagst, was ich dir für den Schalter und den Einbau schuldig bin!«

Konrad winkt energisch ab.

»Nein, Lissie! Wenn ich das sage, dann meine ich das auch so. Der Schalter geht auf mich! Du kannst mich demnächst bei dir auf einen Handkäs einladen – da sag ich nicht nein. Aber eine Rechnung für das bisschen hier bekommst du heute von mir nicht.«

Ich grinse ihn dankbar an. Dann sagt er: »Schade, dass du keinen Mittagstisch hast, sonst hätte ich den Handkäs gleich heute bei dir gegessen. Meine Beate ist mit ihren Freundinnen für eine Woche auf Sylt zum Fasten. Dumm nur, dass ich in der Zeit quasi auch zum Nichtsessen verdonnert bin. Mit meinen Autos kenne ich mich aus, aber mit dem Kochen hab ich's ja nicht so.«

Ich muss lachen.

»Ja, du lachst«, sagt er mit gespielter Empörung. »Die Emma kann vielleicht gut das Essen zu den Gästen bringen. Glaub aber nicht, dass das junge Ding mehr als ne Tiefkühlpizza für seinen armen Vater aufbacken kann.«

Mir kommt spontan eine Idee, ich hake mich bei Konrad unter und sage: »Was hältst du davon, wenn wir zusammen Mittag essen? Gleich hier im Clubhaus. Ich lade dich ein! Und keine Widerrede: Diese Rechnung geht auf alle Fälle auf mich!«

Konrad kratzt sich am Kopf.

»Ich weiß nicht, Lissie, kann ich da mit dir rein in meinem Blaumann? Zu den ganzen feinen Pinkeln …?«

Ich sehe Konrad selbstbewusst an und sage: »Also erstens kochen die da drinnen auch nur mit Wasser. Und zweitens wüsste ich nicht, warum du dich für deinen Job schämen solltest. Ich wette, zwei Drittel der Herren, die hier Mitglied sind, wären ohne dich komplett aufgeschmissen, wenn was an ihren dicken Schlitten nicht funktioniert – so wie mich ein kleiner, kaputter Schalter lahmgelegt hat!«

Er grinst verlegen und sagt: »Na, gut. Gehen wir was essen. Ich hab nämlich echt Kohldampf.«

Besonders viel ist heute im Restaurant des Clubheims nicht los. Vielleicht liegt es auch am Wetter, denn die dicken Wolken von gestern Abend hängen auch noch heute Mittag am Himmel und sorgen immer mal wieder für einen kräftigen Schauer. Da bleiben die Schönwetter-Golfer, die nur bei Sonnenschein spielen, dem Platz wohl eher fern.

»Wenn du uns diese Woche nochmal besuchst, bekommst du deinen eigenen Platz am Stammtisch«, begrüßt mich Tessa lachend. Ich erkläre ihr kurz das Malheur mit meinem Auto, das mich heute erneut in den Golfclub treibt, und stelle in diesem Zusammenhang auch Konrad vor.

»Oh, das trifft sich gut. Mein Golf muss unbedingt zum TÜV. Machst du sowas auch?«, fragt die Kellnerin meinen Begleiter, der ein bisschen wie Falschgeld im Clubhaus steht und unsicher von einem Fuß auf den anderen tritt. Er setzt nun ein Lächeln auf, und man kann ihm ansehen, dass er froh ist, über etwas reden zu können, von dem er etwas versteht:

»Na, klar. Immer dienstags kommt der Prüfer. Bring doch den Wagen einfach montags, dann sehe ich ihn noch durch und mache Kleinigkeiten.« Er sieht Tessas kritischen Blick und schiebt schnell erklärend hinterher: »Wenn's was Größeres ist, rufe ich natürlich vorher an. Du musst keine Angst haben, dass es gleich teuer wird. «

Tessa grinst Konrad dankbar an: »Oh, das klingt toll! Ich melde mich nächste Woche, wann es am besten passt!« Ich bin mir sicher, dass die Autowerkstatt gerade eine neue Kundin gewonnen hat.

»Wollt ihr etwas essen?«, fragt die Kellnerin.

Konrad und ich nicken unisono, und Tessa bringt uns an einen netten Platz am Fenster. Gerade als wir uns setzen, bemerke ich, dass schräg hinter uns zwei mir nicht unbekannte Personen zusammensitzen: Anne Gerlach und Hans-Herrmann Hoffmann. Ich überlege kurz, dann setze ich mich mit dem Rücken zu den beiden – in der Hoffnung, dass sie mich noch nicht bemerkt haben und dass ich so etwas näher an ihnen dran bin, um vielleicht etwas Interessantes von ihrer Unterhaltung aufschnappen zu können. Nach der kuriosen Festnahme von René Laufberger kommt mir die Gerlach jetzt doch suspekt vor, obwohl sie ein Alibi zu haben scheint. Der Umweltschützer hat sich zwar mit seinen Lügen ziemlich ungeschickt angestellt, obwohl er dafür gar keinen Grund hatte – denn wenigstens bei dem ersten Mord soll er ja mit Anne Gerlach zusammen gewesen sein. Der Witwe traue ich aber wiederum die Gerissenheit zu, mit oder ohne Wissen ihres jungen Lovers einen Mord zu planen. Während Konrad und ich schweigend in die Speisekarte schauen, um uns etwas Leckeres aus dem reichhaltigen

Angebot auszusuchen, kommt Harald Fliederer zur Tür herein. Der unglückliche Turnierverlierer und ehemals Tatverdächtige will schon auf einen Tisch zusteuern, um sich zu setzen, als er Gerlach und Hoffmann entdeckt. Schnurstracks geht er auf die beiden zu und poltert triumphierend los, so dass es jeder im Lokal mit anhören kann:»Na, Hoffmann, das war's ja wohl mit dem Ausbau vom Golfplatz! Wie man hört, hat man gestern irgendwelchen giftigen Müll auf der Streuobstwiese ausgebaggert!«

»Und warum sollte das das Ende für unseren Ausbau bedeuten?«, entgegnet Hoffmann ruhig und fährt fort: »Der Müll wird entsorgt, die Erweiterung um die 9-Loch-Runde wird kommen. Darauf kannst du dich verlassen!«

»Du willst also wirklich den ganzen Boden über der alten Deponie für ein paar neue Löcher aufreißen lassen? Und das nur, um – auf Teufel komm raus – deinen Willen durchzusetzen?«

»Natürlich! Hindernisse sind da, um überwunden zu werden.«

Fliederer sieht Hoffmann abfällig an und sagt drohend: »Glaub ja nicht, dass du wieder was mit dem Amt mauscheln kannst. Schon blöd, dass dein Spezi Otto jetzt die Radieschen von unten betrachtet, was? Einer weniger, der die Hand für deine Kohle auf und dafür dann beschützend über dich hält.«

Hoffmann unterbricht Fliederer barsch:»Harald, ich hab dir schon einmal gesagt, dass du aufpassen sollst, was du sagst. Wenn du keine Beweise für deine Anschuldigungen hast, würde ich dir raten, besser still zu sein.«

»Wenn du denkst, dass du wortwörtlich einfach Gras über die Sache wachsen lassen kannst, hast du dich geschnitten. Der Müll muss aus der Erde, wenn du wirklich den neuen Golfplatz bauen willst, und das wird den Club ganz schön was kosten! Meinst du wirklich, da ziehen alle mit?!«

Hoffmann ist wieder die Ruhe selbst. Es scheint ihm fast ein bisschen Spaß zu machen, sich hier mit Fliederer verbal zu duellieren. Souverän entgegnet er:»Natürlich wird der Müll entsorgt – was glaubst du denn?! Der Schaden für den Golfclub wäre um ein Vielfaches höher, wenn wir das Gift wissentlich im Boden lassen, selbst wenn wir die Runde nicht bauen würden. Wer wollte denn dann noch spielen, wenn man immer im Hinterkopf hat, dass man gerade neben oder über einen Müllplatz läuft. Und was das Finanzielle angeht …«

Er macht eine kurze Pause und sieht zu Anne Gerlach hinüber, bevor er fortfährt:»Nun ja, der Grundstückspreis ist nun natürlich erheblich gefallen. Anne, darüber wollte ich heute mit dir sprechen: Der Club wird dir den zugesagten Betrag nicht mehr zahlen können.«

Anne Gerlach wird blass und macht große Augen.

»Aber Hans-Herrmann! Das ist doch jetzt nicht dein Ernst! Wir haben einen Vorvertrag, und ich habe schon einen Makler beauftragt, nach einer passenden Finca auf Mallorca Ausschau zu halten! Ich habe mich darauf verlassen, dass ich das Geld von dir bzw. vom Club in der entsprechenden Höhe bekomme!«

»Und ich habe mich darauf verlassen, dass du mir eine Streuobstwiese und keine Müllkippe verkaufst!«, herrscht er die immer noch sichtlich geschockte Witwe an und poltert weiter: »Das ändert doch jetzt alles – und in erster Linie den Preis. Sei froh, dass wir überhaupt an dem Kauf festhalten. Aber du glaubst doch nicht, dass der Club alleine die Entsorgungskosten tragen wird.«

Die brüskierte Witwe starrt den Club-Präsidenten weiter fassungslos an. Harald Fliederer springt ihr zur Seite: »Nein, ganz sicher wird der Club die Entsorgungskosten nicht allein tragen«, stellt er ironisch fest und lacht ein höhnisches Lachen. »Das hast du ja wieder schön eingefädelt, Hans-Herrmann: Anne wird nur noch einen Spottpreis für ihr Grundstück erhalten. Aber ich bin sicher, sie wird es trotzdem an den Club verkaufen müssen. Was bleibt ihr denn anderes übrig, wenn sie nicht selbst auf dem Giftmüll sitzenbleiben will?« Und sicher wird der Vorstand deine Firma auch noch mit der Entsorgung betrauen, da du ja eh schon den Zuschlag für den Ausbau des Platzes bekommen hast. Das bietet sich ja förmlich an und bringt dir noch einen zusätzlichen Auftrag. Aber eins hast du nicht bedacht …«

Fliederer macht triumphierend eine Kunstpause und fährt fort:»Der junge Laufberger wird dir sein Grundstück nie und nimmer verkaufen! Und wenn es mit dem neuen 9-Loch-Platz klappen soll, brauchst du seine Wiese auch!«

Hoffmann sitzt immer noch ruhig da und verzieht keine Miene. Er verschränkt gelassen die Arme vor der Brust und entgegnet:»René wird gar nicht mehr entscheiden können, ob das Grundstück veräußert wird oder nicht. Ich werde direkt mit Brigitte verhandeln, und ich bin sicher, dass sie im Gegensatz zu ihrem renitenten Sprössling an uns verkaufen wird.«

Fliederers Selbstvertrauen scheint ein wenig angekratzt. Er ahnt wohl, dass Hoffmann noch irgendetwas in petto hat, von dem er nichts weiß, aber er sagt so überzeugend wie möglich:

»Über Renés Pflichtteil aus dem Erbe wird sie aber nicht entscheiden können. Und wenn er einem Verkauf nicht zustimmt, wird Brigitte nichts machen können. So einfach ist das.«

Jetzt schaltet sich Anne Gerlach noch einmal ein:»René wird NICHT verkaufen, da bin ich mir ziemlich sicher.«

Hoffmann sieht Anne prüfend an und fragt:»So? Woher willst du das denn so genau wissen? Kennst du den Typen näher?«

So gelassen wie möglich sagt sie:»Ich habe mich doch letztens mit ihm getroffen. Er wollte mich dazu bewegen, meine Wiese auch nicht zu verkaufen. Er ist festentschlossen, mit seinen Bäumen die Welt zu retten.«

Hoffmann ahnt wohl, dass ihm die Witwe nur die halbe Wahrheit sagt, dringt aber nicht weiter auf sie ein.

Stattdessen sagt er, zu Fliederer gewandt:»Ich habe gehört, er wird verdächtigt, seinen Vater umgebracht zu haben. Und Mörder erben nicht – auch nicht den Pflichtteil. Somit stünde einem Verkauf nichts im Wege …«

Anne Gerlach und Harald Fliederer sehen Hoffmann entsetzt an. Die Witwe findet als Erste ihre Sprache wieder und sagt:»Hans-Herrmann! Was erzählst du für einen Unsinn! René mag ein übermotivierter Spinner sein. Und ja, jeder wusste, dass er sich mit Otto nicht wirklich gut verstanden hat. Aber Mord? Nein, da musst du dich irren!«

Hoffmann lehnt sich in seinem Stuhl selbstgefällig zurück und sagt:»Ich irre mich selten, meine Liebe.«

»In diesem Fall schon«, entgegnet Anne Gerlach trotzig.

»Wieso verteidigst du den Öko-Spinner eigentlich so? Denkst du, dass du bei dem Jungspund landen kannst? Vergiss dann aber nicht, dich nach Filzläusen abzusuchen, wenn du mit ihm wieder aus dem Heu kommst.«

Hoffmann lacht ein dreckiges Lachen. Die Witwe kräuselt ihre Lippen und macht eine abwehrende Handbewegung. Dann sagt sie:»Hans-Herrmann, rede nicht so einen Unsinn! Und Öko-Spinner hin und her, ich kann es nicht leiden, wenn jemand ohne Grund des Mordes beschuldigt wird. Sowas gehört sich einfach nicht.«

»Ohne Grund? Ich glaube nicht, dass die Polizei jemanden ohne Grund festnimmt, oder?«, erwidert Hoffmann.

»Er ist festgenommen worden?«, fragt Anne Gerlach nun erneut erschrocken.

Hoffmann nickt und sagt:»Ja, gestern Abend.«

»Pff«, stößt Fliederer nun hervor.»Mich hat dieser übereifrige Kommissar auch einfach festgenommen, obwohl er nichts in der Hand hatte. So wird es bei dem jungen Laufberger jetzt sicher auch sein.«

»Nein, das glaube ich nicht«, sagt Hoffmann und fügt mit einem pseudo-kritischen Blick auf seine Fingernägel beiläufig hinzu:»Wer so dumm ist, die Beweise mit seinem Blut dran in der Garage liegen zulassen, der hat es auch nicht besser verdient, als dass er verknackt wird. Ich bin sicher, er wird für ein paar Jährchen für den Mord an Otto ins Gefängnis wandern.« Er macht eine kurze Pause, dann sagt er etwas milder:»Na schön, vielleicht war es ja auch nur Totschlag – bei seinem heißblütigen Temperament würde es mich nicht wundern, wenn er einfach durchgedreht ist. Aber so oder so: Wer seinen Vater umbringt, erbt nicht. So einfach ist das.«

Es ist kurz still im kompletten Lokal. Nicht nur Konrads und meine, sondern auch Tessas Aufmerksamkeit und die von drei älteren Golfdamen, die etwas weiter weg von uns sitzen, hatte sich während der Diskussion auf die drei Streithähne gerichtet.

Das scheint jetzt auch Hoffmann aufzugehen, und er schreit Richtung Theke:»Tessa, steh nicht so dumm rum und komm her. Wir sitzen hier auf dem Trockenen. Können wir noch etwas zu trinken bestellen? Und ich glaube, die anderen Herrschaften möchten auch noch was.«

Tessa eilt zu Hoffmann an den Tisch und kommt dann zu uns. Sie sieht uns an und verdreht Richtung Hoffmann viel sagend die Augen, kommentiert seine harsche Ansage aber nicht. Stattdessen fragt sie uns:»Habt ihr euch auch für etwas zu essen entschieden?«

»Ich nehme das Wiener Schnitzel«, sagt Konrad und klappt die Karte zu.»Kann ich Bratkartoffeln statt Kartoffelsalat dazuhaben?«

»Na klar«, sagt Tessa, notiert die Bestellung und sieht mich erwartungsvoll an.

Was hat Hoffmann da gerade gesagt?»Wer die Beweise in der Garage hat, braucht sich nicht zu wundern?«

Woher weiß er das? Hat er schon mit Sebastian gesprochen? Unwahrscheinlich. Das ist irgendwie merkwürdig, ich muss unbedingt …

»Lissie? Hallo?«, unterbricht mich Tessa freundlich in meinen Gedanken.»Was darf ich dir bringen?«

»Ich … bring mir einfach das Gleiche«, sage ich schnell, ohne wirklich realisiert zu haben, was Konrad eigentlich bestellt hat, drücke Tessa die Karte in die Hand und stehe auf.

»Konrad, entschuldige mich kurz, bitte. Ich muss mal telefonieren.«

Konrad sieht mich verständnislos an, nickt aber und nippt an seiner Apfelschorle.

Ich stehe vor dem Clubhaus mit meinem Smartphone in der Hand und wähle unruhig die Nummer des Kommissars im Präsidium. Es klingelt. Einmal, zweimal, dreimal. Niemand hebt ab.

»Bitte geh ran«, murmele ich vor mich hin, und als ob mein Stoßgebet von irgendjemandem erhört worden wäre, meldet sich eine Stimme am anderen Ende der Leitung.

»Kriminaaaalkommissariaaaat 1, Mike Vettersen am Apparaaaat«, sagt eine junge Stimme mit unüberhörbar norddeutschem Akzent. Das könnte der Frischling sein, von dem Sebastian erzählt und der das Alibi der Anne Gerlach nicht richtig überprüft hat.

»Guten Tag, mein Name ist Lissie Sommer. Ist Kommissar Loch zu sprechen?«

»Neeee, der ist in einem Termiiiin«, antwortet Vettersen und zieht dabei die Vokale in diesem typischen Hamburger Singsang in die Länge.

»Wann ist er denn wieder zu sprechen, bitte?«, will ich wissen. Aber Sebastians Kollege fragt stattdessen:

»Worum geht es denn? Kann ich vielleicht was für Sie tuuun?«

Ich kenne den Polizisten nicht, aber er bringt mich jetzt schon mit seiner Seelenruhe auf die Palme.

»Neeee, können Sie niiich«, entgegne ich im gleichen norddeutschen Slang und klinge dabei schnippischer, als ich eigentlich wollte. Ich atme einmal tief durch. Ruhiger fahre ich dann fort:»Hören Sie, Herr Vettersen: Ich muss ihn wirklich dringend sprechen! Ich bin hier im Gundelheimer Golfclub, und ... Ach, das kann ich Ihnen jetzt eh nicht alles im Detail erklären. Das würde zu weit führen. Können Sie mir nicht sagen, wann er ungefähr wieder zu erreichen ist?«

»Neeeee«, sagt Vettersen wenig auskunftsfreudig ohne eine weitere Erklärung.

Ich seufze und starte einen letzten Versuch:»Wissen Sie, ob ich ihn auf seinem Handy erreichen kann?«

»Neeeee, das glaub ich wohl nich, dass Sie ihn mobil kriegen, ne. Wenn der Kommissar einen Zeugen vernimmt, dann hat der das Handy wohl nich an.«

Ich nicke zustimmend – auch, wenn es der Polizist nicht sehen kann. Wahrscheinlich hat Sebastian gerade René Laufberger im Schwitzkasten. Das kann dauern.

»Danke, dann probiere ich es später wieder«, sage ich.

Mike Vettersen fragt noch mal nach:»Kann ich ihm etwas ausrichten?«

Ich überlege kurz, dann antworte ich:»Sagen Sie ihm doch einfach, dass ich versucht habe, ihn zu erreichen, und dass ich auf dem Golfplatz bin. Danke schön.«

»Da nich für. Das sag ich ihm. Tschüüüs denn.«

»Tschüss.«

Ich lege auf und gehe zurück ins Lokal. Konrad sieht mich fragend an:»Ist alles o.k., Lissie, du siehst so nachdenklich aus. Stimmt etwas nicht?«

Ich lächele ihn schief an.

»Nein, nein. Alles o.k., Konrad.«

Ich habe mich gerade wieder an unseren Tisch gesetzt, und bevor Konrad weiter nachfragen kann, steht Tessa auch schon mit zwei dampfenden Tellern neben uns. Ich bin froh, dass Konrad wirklich einen Bärenhunger zu haben scheint, denn er beginnt sofort, sein Essen wie ein Mähdrescher in sich hineinzuschlingen, und kann scheinbar gut darauf verzichten, mich weiter auszuquetschen. Während das köstliche Schnitzel peu à peu auch in meinen Magen wandert, kann ich also in Ruhe überlegen, was ich jetzt am besten tun soll. Ich bin mir inzwischen ganz sicher, dass Hoffmann Dreck am Stecken hat. Unsympathisch war er mir ja von unserer ersten Begegnung im Clubhaus an, aber er scheint für seine Machenschaften weiter zu gehen, als ich bisher geahnt habe.

Auch, wenn ich Sebastian gerade nicht danach fragen konnte, mit jeder Minute bin ich mir sicherer, dass er Hoffmann nichts von den Ballmarkern, die wir bei

Laufberger gefunden haben, gesagt hat. Warum sollte er?

Und die Festnahme liegt nicht einmal 24 Stunden zurück – er hatte überhaupt keine Gelegenheit, seitdem mit Hoffmann oder irgendjemandem sonst aus Traunbach oder dem Golfclub zu sprechen. Wann hätten sie sich austauschen sollen? Heute Morgen? Das erscheint mir irgendwie unwahrscheinlich. Wenn ich also davon ausgehe, dass der Kommissar und Hoffmann seit der Festnahme Laufbergers nicht gesprochen haben, bedeutet das im Umkehrschluss, dass der Club-Präsident Details zu kennen scheint, von denen er nur wissen kann, wenn er in der Sache irgendwie mit drinhängt.

Täterwissen halt.

Ich schiebe mir eine letzte Bratkartoffel in den Mund, dann habe ich meinen Plan im Kopf, und mein Entschluss steht fest.

Schlagende Argumente

Als Hans-Herrmann Hoffmann fünf Minuten später aufsteht und Richtung Herrentoilette geht, entschuldige ich mich bei Konrad unter dem Vorwand, schon mal die Rechnung bezahlen zu wollen, und eile Hoffmann hinterher. Ungeduldig warte ich vor der Klotür, um ihn abzupassen, wenn er die Toilette wieder verlässt. Ich höre das Wasser im Waschbecken rauschen und stelle erleichtert fest, dass Hoffmann so kultiviert ist und sich die Hände nach dem Gang aufs stille Örtchen wäscht – das ist ja nicht bei jedem selbstverständlich. Kurz darauf geht die Tür auf, und Hoffmann tritt heraus. Er sieht mich erstaunt an, als ich ihm quasi den Weg versperre.

»Wir müssen reden«, sage ich und versuche dabei möglichst souverän und kaltschnäuzig zu wirken.

»Ich wüsste nicht, über was ich mit Ihnen reden sollte. Oder wollen Sie sich endlich für Ihren Einbruch in mein Büro entschuldigen?«, gibt Hoffmann zurück und will sich schon an mir vorbeidrängen, um zurück ins Lokal zu gehen.

»Das war kein Einbruch, das habe ich doch schon gesagt. Die Katze …«

Hoffmann winkt ab und sagt schon im Vorbeigehen: »Lassen Sie mich mit dieser unsinnigen Katzengeschichte in Ruhe. Wir wissen beide, dass das völlig aus der Luft gegriffen war.«

Hoffmann macht keine Anstalten stehenzubleiben und mir zuzuhören. Ich wage einen Schuss ins Blaue und sage leise, aber deutlich: »Aber dass Sie in die Morde an Gerlach und Laufberger verwickelt sind: Das ist nicht aus der Luft gegriffen, oder?«

Er bleibt mit dem Rücken zu mir gewandt kurz stehen, so dass ich leider sein Gesicht nicht sehen kann und nicht weiß, ob er bei meiner Anschuldigung seine Miene verzogen hat. Dann dreht er sich abrupt um und kommt wieder zu mir zurück. Er steht jetzt direkt vor mir und sieht mich kalt an: »Was soll das heißen? Was soll ich mit den Morden von Dieter und Otto zu tun haben? Sie sind ja verrückt! Was wollen Sie eigentlich von mir?«

Mein Herz schlägt mir vor Aufregung bis zum Hals, und ich hoffe, dass es Hoffmann nicht hört. Ob er auf meinen Bluff anspringt? So cool wie möglich antworte ich: »Die Morde interessieren mich nicht wirklich. Ich kannte beide ja kaum. Aber ich würde gern ein Geschäft mit Ihnen machen. Ganz einfach. Und an guten Geschäften sind Sie doch immer interessiert, oder?«

Er sieht mich zweifelnd an. Offensichtlich weiß er nicht, was er von dieser Aktion halten soll.

»Sind Sie nicht mit dem Kommissar zusammen? Wollen Sie mich in seinem Auftrag aushorchen?«, fragt er ungläubig nach.

Ich lache gespielt affektiert auf und sage kühl:»Glauben Sie wirklich, das Gehalt eines Polizisten ist das, was einem genügt? Ich glaube, da wirft mein Lokal mehr ab. Aber ...« Ich mache eine kleine Kunstpause, dann fahre ich fort:»Ich denke, ich könnte mein Geschäft noch etwas ausweiten. Und warum sollten wir nicht beide verdienen? Ich würde Ihnen meine Ideen gerne im Detail erklären.«

Hoffmann schaut immer noch etwas skeptisch, als aber das Wort Geschäft gefallen ist, konnte ich ihm ansehen, dass seine Neugier geweckt wurde. Er ist gierig. Gierig nach immer mehr Geld, das er scheffeln kann. Und deshalb bin ich mir jetzt sicher: Ich habe ihn am Haken.

»Ich habe jetzt noch einen Termin«, lüge ich und schlage dann vor:»Können wir uns heute Abend hier noch einmal treffen? Sagen wir um sechs?«

Er sieht mich weiter mit seinem eisigen Blick prüfend an und versucht, einen Hinweis in meinen Augen darauf zu finden, ob er sich auf das Treffen einlassen soll oder nicht. Aber die Aussicht auf ein lukratives Geschäft ist wohl doch zu verlockend. Nach einem kurzen Zögern sagt er schließlich:»Um acht. Auf der Driving-Range. Ich weiß zwar nicht, was Sie im Schilde führen, aber da können wir in Ruhe reden.«

Dann dreht er sich auf dem Absatz um und geht – ohne ein weiteres Wort zu sagen – davon. Ich warte noch einen Augenblick, dann atme ich einmal tief durch und hörbar aus, wuschele mir einmal durch die Haare, um meine Anspannung loszuwerden, und trete ebenfalls wieder hinaus in den Gastraum. Ich zahle an der Theke bei Tessa das Mittagessen und gehe zurück an unseren Tisch, an dem mein Automechaniker vor seinem leeren Glas wartet und schon etwas ungeduldig auf die Uhr guckt.

Ich setze mich noch einmal kurz und frage Konrad:»Sag mal, Konrad: Meinst du, Emma hätte Lust, sich heute Abend auch noch die zweite Hälfte ihres Tennisschlägers bei mir mit Hilfe einer Zusatzschicht zu verdienen?«

Nachdem ich mich von Konrad verabschiedet habe und er versprochen hat, Emma direkt wegen der Sonderschicht heute Abend zu fragen, mache ich mich mit meinem – jetzt wieder fahrtauglichen – Wagen auf nach Traunbach.

Vor dem Haus meiner Eltern halte ich an, schalte den Motor ab, bleibe im Wagen sitzen und versuche noch einmal, Sebastian zu erreichen. Leider nimmt wieder nur Herr Vettersen ab, um mir zu erklären, dass der

Kommissar noch immer in der Zeugenvernehmung steckt. Ich bitte erneut um Rückruf und lege auf.

Als meine Mutter mir die Tür öffnet, sieht sie erst mich erstaunt an, dann ihre Armbanduhr und sagt: »Aber Kind, was machst du denn heute schon wieder hier? Heute ist doch gar net Montag, oder?«

Ich verstehe zwar nicht, warum sie für diese Feststellung auf ihre Uhr sieht, da das Zifferblatt weder mit einer Wochentags- noch einer Datumsanzeige ausgestattet ist, aber ich habe mir inzwischen abgewöhnt, den Gedankengang meiner Mutter nachvollziehen zu wollen. Oder nachzufragen, warum sie tut, was sie tut – das fällt bei mir inzwischen einfach unter das Thema Generationsunterschied. Ich ignoriere also, dass sie mit dem Zeigefinger noch einmal sinnloserweise auf ihre Armbanduhr klopft, um einen Defekt zu beheben, den das Zeiteisen funktionsbedingt gar nicht haben kann, und frage direkt: »Sag mal, hat Papa das Diktiergerät noch?«

Meine Mutter sieht mich fragend an. Ich dränge mich an ihr vorbei, um schnurstracks ins Arbeitszimmer meiner Eltern zu gelangen.

Dabei sagt sie: »Lissie, des musst du deinen Vadder frage. Ich hab keinen Schimmer, wo des Ding is oder ob mir des überhaupt noch hawwe. Mir ham so viel Zeug, wie soll ich da wissen, wo mir was hingelegt habe. Mir müsse dringend mal wieder ausräumen und auf den Flohmarkt. Wenn wir mal sterben, musst du sonst den ganzen Kram loswerden.«

Ich sehe meine Mutter verdutzt an. Sie winkt nur lapidar ab, nach dem Motto »Des verstehst du eh net«, und sagt dann: »Guck mal in de zweit Schublad vom Schreibtisch, ob's vielleicht da drin liegt.«

Natürlich liegt das Diktiergerät in der zweiten Schublade des Schreibtischs, daneben zwei kleine Kassetten und Batterien. Und natürlich hatte meine Mutter davon keinen Schimmer, weil sie ja überhaupt keinen Überblick mehr über alles hat – wie könnte es auch anders sein?

Ich schnappe mir das altmodische Aufzeichnungsgerät und probiere, ob es noch funktioniert. Einwandfrei und in hervorragender Aufnahmequalität. Selbst, wenn man leise spricht, nimmt es jedes Wort gut hörbar auf. Die Kassetten haben außerdem eine Laufzeit von 30 Minuten pro Seite – das sollte genügen. Ich stecke alles in meine Tasche, drücke meiner Mutter einen flüchtigen Kuss auf die Wange, den ich mit den Worten »Danke. Und du stirbst so schnell schon nicht« begleite. Ich bin schon im Begriff, die elterliche Wohnung wieder zu verlassen, als mir noch etwas einfällt: »Sag mal, Mama, kannst du dich noch erinnern, ob der René Laufberger Links- oder Rechtshänder ist?«

Meine Mutter überlegt kurz, dann sagt sie:»Also die Quittung für die Teilnahmegebühr an der Wanderung hat er mit Links ausgefüllt. Das weiß ich ganz genau, weil ich wieder gedacht hab, dass das ja typisch ist für so kreative und unkonventionelle Leut. Aber wieso willst'n das nun schon wieder wisse? Lissie …«

»Hm … Dann scheidet er ja eigentlich als Mörder aus«, nuschele ich vor mich hin.

Meine Mutter sieht mich forschend an.»Misch dich net schon wieder in Sache ein, die dich nix angehn. Da läuft schließlich immer noch en Seriekiller drauße rum.«

Ich muss grinsen, gebe ihr noch einen Kuss auf die Wange und sage im Hinausgehen:»Tja, Mama, von wem ich die neugierige Ader wohl hab … Mach dir keine Sorgen, ich passe schon auf und weiß, was ich tu.«

Ich ziehe die Tür hinter mir zu und bin mir in diesem Moment überhaupt nicht sicher, ob mein Plan nicht doch eine Schnapsidee ist und wie dieser Abend für mich enden wird.

Um halb acht stehe ich bereits wieder mit meinem Auto auf dem Parkplatz des Golfclubs und warte auf Hoffmann. Er scheint noch nicht da zu sein, denn die für ihn mit dem Schild Präsident gekennzeichnete Parkbucht ist noch leer. Dicke Wolken hängen am Himmel. Es ist kühl. In der Tasche meiner Daunenweste steckt das Diktiergerät, von dem ich hoffe, dass es seinen Dienst tun und mein Gespräch mit Hoffmann aufzeichnen wird. Ich hätte dafür auch mein Smartphone einsetzen können, bin mir aber nicht sicher, ob der Bauunternehmer nicht einen Blick auf das Handy werfen will, um sicherzugehen, dass ich während unseres Treffens nicht doch mit dem Kommissar verbunden bin – nach einem alten Diktiergerät in meiner Jacke wird er sicher nicht suchen. Ein bisschen unwohl ist mir zwar weiterhin bei meinem Alleingang – zumal ich Sebastian auch während des Rests des Nachmittags weder im Präsidium noch über seine Mobilnummer erreicht habe. Ich verstehe nicht, warum er noch nicht einmal seine Mailbox angeschaltet hat – gerne hätte ich ihm dort eine Nachricht hinterlassen. Ich bin mir nämlich nicht sicher, ob dieser Vettersen Sebastian meine Anrufe ausgerichtet hat. Als ich ihn das dritte Mal in der Leitung hatte, klang er – selbst für norddeutsche Verhältnisse – ein wenig genervt. Am liebsten hätte ich Sebastian von meinem Verdacht persönlich erzählt. Bestimmt hätte ich ihn auch überreden können, das Treffen mit Hoffmann durchzuziehen, obwohl er sicher versucht hätte, mich davon abzuhalten. Na ja, jetzt muss es auch ohne den Kommissar gehen. Und wenn ich Glück habe, habe ich später ein Geständnis auf Band – den Rest der Polizeiarbeit muss dann Sebastian selbst erledigen, damit die Beweise auch verwertbar sind und wir Hoffmann vor Gericht bringen können. Ein bisschen was muss er schon auch noch tun.

Während ich noch überlege, ob ich mich wirklich gleich mit einem mutmaßlichen Doppelmörder treffen soll, fährt Hoffmann mit seinem ausladenden SUV auf den Parkplatz und stellt seine Angeberkiste auf dem für ihn reservierten Platz ab. Er steigt aus, geht zum Kofferraum und nimmt sein Golfbag heraus. Ich steige ebenfalls aus meinem Wagen und trete an den Präsidenten des Golfclubs heran.

»N'Abend, Herr Hoffmann, wollen Sie golfen? Jetzt noch? Es wird schon bald dunkel.«

Unbeirrt greift er nach seinen Golfschuhen und beginnt, sie anzuziehen. Er sieht mich dabei nicht an, sondern sagt wie selbstverständlich: »Wenn wir auf der Driving-Range sprechen wollen, sollten wir wenigstens den Anschein wahren, dass wir zusammen ein paar Bälle abschlagen wollen, meinen Sie nicht?«

Das Argument ist nicht von der Hand zu weisen. Aber wo bekomme ich jetzt noch Schläger her? Ich selbst besitze ja noch keine und befürchte, der Pro-Shop, wo ich welche leihen könnte, hat bereits geschlossen. Als habe Hoffmann meine Gedanken erraten, sagt er: »Wir tun so, als würde ich Ihnen ein bisschen was zeigen. Falls jemand fragt, benutzen Sie meine Schläger mit. Von einer Anfängerin erwartet niemand, dass sie bereits einen eigenen Schlägersatz gekauft hat.«

Er zieht noch einmal die Schnürsenkel fest, richtet sich auf, schlägt die Kofferraumtür zu und sagt mit einem leicht sarkastischen Unterton:»Also dann: Gehen wir. Ich kann es gar nicht abwarten, zu hören, was Sie mir vorzuschlagen haben.«

Zunächst sagen wir aber beide kein Wort. Schweigend steuere ich mit Hoffmann vom Parkplatz direkt auf die Driving-Range zu. Es hat erneut angefangen zu tröpfeln, so dass ich den Reißverschluss meiner Daunenweste noch etwas höher ziehe. Ich schiebe fröstelnd die Hände in die Jackentaschen und spüre rechts das Diktiergerät zwischen meinen Fingern. Vorsichtig suche ich nach der Aufnahmetaste und drücke sie lautlos runter. Am Nachmittag habe ich diesen Handgriff immer wieder geübt, um sicherzugehen, dass ich auch wirklich die richtige Taste drücke und unser Gespräch aufgezeichnet wird.

Die Driving-Range liegt ein bisschen abseits des Clubhauses und ist somit vom Restaurant nicht einsehbar. Beim Bau der Anlage hat man nicht gespart und neben den offenen Abschlagplätzen auf dem Rasen angrenzend auch einen schicken Holzverschlag gebaut, der in zehn Kabinen unterteilt ist. Die einzelnen Abschlagplätze sind nur zur Rasenfläche hin offen und außerdem allesamt überdacht, so dass man hier komfortabel selbst bei Regen ungestört üben kann. Auf dem Weg zur Range kommt uns Jupp Schäfer entgegen, der wohl auch noch trainiert hat. Er sieht uns beide verwundert an, grüßt aber nur mit einem Kopfnicken und geht Richtung Clubhaus.

Offenbar war er der letzte Golfer, der bei diesem Wetter heute Abend noch draußen sein wollte – als wir auf die Driving-Range kommen, ist sie bereits menschenleer.

»Gehen wir ins Trainerhäuschen. Dort sind wir ungestört«, schlägt Hoffmann vor, und ich folge ihm in den letzten der Verschläge. Neben einer Kunststoffmatte, die jeweils in den Abschlagplätzen liegt, ist der Trainingsbereich zusätzlich mit allerlei Übungsutensilien ausgestattet. Lange, dünne Stangen stehen in der Ecke, an den Wänden hängen Spiegel, um den Schwung zu kontrollieren, und bunte Hütchen liegen an der Seite.

»Moment noch«, sagt Hoffmann, geht aus der Kabine hinaus. Ich höre den Ballautomaten poltern, dann kommt er mit einem Korb voller Golfbälle wieder herein. Er zieht seinen Golfhandschuh an und einen Schläger aus seinem Golfbag, legt sich einen Ball auf die Matte, stellt sich in Position, holt aus und schlägt ihn schnurgerade 100

Meter hinaus auf den Rasen. Auch wenn ich ihn nicht mag: Golfen kann er. Hoffmann dreht sich zu mir um, stützt sich auf den Schläger und sieht mich an. Dann sagt er:»Also, schießen Sie los. Was wollen Sie von mir?«

»Ich will das Catering in Ihrem neuen Hotel übernehmen, das Sie bauen wollen, wenn der Golfclub erweitert wird. Frühstück, Mittagstisch, Abendgeschäft. Das komplette Programm.«

»Das geht nicht«, gibt Hoffmann ruhig zurück.»Die Restauration wird ein Sternekoch übernehmen. Neben dem Gourmetlokal umfasst der Vertrag auch das Hotelgeschäft und das Bistro.«

»Nicht mein Problem«, gebe ich abgeklärt zurück und sage:»Entweder ich bekomme den Cateringvertrag, oder ich muss den Kommissar leider darauf hinweisen, dass Sie es waren, der die Beweise bei René Laufberger in der Garage platziert hat.«

Hoffmann verzieht keine Miene.

Ich fahre ungerührt fort:»Sie haben vorhin selbst erwähnt, dass man Beweise bei Laufberger gefunden hat. In der Garage. Woher können Sie das wissen? Doch nur, wenn Sie sie selbst dort platziert haben. Oder haben Sie mit Kommissar Loch heute schon gesprochen? Das würde mich sehr wundern.«

»Wieso sind Sie so sicher, dass ich es war, der die Marker – angeblich – dort hingelegt hat, und nicht René Laufberger selbst?«, gibt er zurück.

»Die Marker? Es waren also Ballmarker?«, frage ich gespielt erstaunt. Hoffmann sagt nichts und schluckt. Ich beginne aufzuzählen:»Also Sie wissen – erstens –, dass es Ballmarker waren. Laufberger war – zweitens – viel zu überrascht, als die Marker bei ihm gefunden wurden. Und – drittens –: Wie ich schon sagte, können Sie nur davon wissen, wenn Sie selbst etwas damit zu tun haben.«

Hoffmann schweigt und sieht mich abwartend an. Ich fahre fort:»Die Frage ist jetzt: Warum sollten Sie ausgerechnet René belasten? Sie müssen gewusst haben, dass er ebenfalls in der Nähe des Tatorts war. Sprich, Sie werden ihn gesehen haben, bevor oder nachdem Sie seinen Vater erschlagen haben.«

Während ich meine Mutmaßungen ausspreche, geht mir ein Licht auf, und es reimt sich wie selbstverständlich alles zusammen:»Dass es ausgerechnet René war, den Sie gesehen haben, hat Ihnen perfekt ins Konzept gepasst. Sie wussten, wenn man ihn wegen dem Mord an seinem Vater verurteilen würde, würde er für nichterbmündig erklärt. Es wäre sicher leichter, mit Frau

Laufberger zu verhandeln, als mit ihrem vom Naturschutz besessenen Sohn.«

Hoffmann dreht sich um, nimmt erneut einen Golfball und schlägt ihn in hohem Bogen ab. Das Eisen behält er weiterhin in der Hand. Er schweigt.

Ich werfe einen Blick in sein Golfbag, setze alles auf eine Karte und sage:»Wo ist denn Ihr altes Sandwedge, Herr Hoffmann? Ist Ihnen das abhandengekommen? Jedenfalls sieht das, was Sie in Ihrem Schlägersatz haben, noch nagelneu aus. Und zu dem Rest der Serie passt es, glaube ich, auch nicht. Könnte es sein, dass das alte, natürlich von Ihnen nach dem Mord gut abgewischt, in der Asservatenkammer liegt, weil Sie damit Otto Laufberger erschlagen haben? Ich bin sicher, es passt perfekt zum Rest dieser Schläger hier, wenn man es noch einmal näher betrachtet. Offenbar ist die Polizei mit ihrer Überprüfung noch nicht bis ›H‹ gekommen.«

Hoffmann schluckt und presst die Lippen aufeinander. Ich scheine ins Schwarze getroffen zu haben. Mutig fahre ich fort:»Und so ähnlich muss es auch bei Gerlach gewesen sein. Sie haben ihn erschlagen, da es sich ebenfalls einfacher mit der Witwe verhandeln ließ als mit ihrem Mann. Er wollte wohl sein Grundstück auch nicht verkaufen.«

Hoffmann starrt seinen Golfschläger gedankenverloren an, auf den er sich noch immer stützt und dabei leicht hin und her dreht.

»Nur, dass ich es nicht war, der Dieter erschlagen hat. Ich habe zu der Zeit Bälle abgeschlagen.«

Verdammt. Da hat er Recht. Ich überlege fieberhaft, wie er es angestellt haben könnte, trotzdem Gerlach zu erschlagen. Wenn ich mich richtig erinnere, sagte Otto Laufberger damals, er sei mit Hoffmann gemeinsam auf der Driving-Range gewesen. Könnte es sein, dass ...

»Otto hat Dieter erschlagen, nicht ich«, kommt mir Hoffmann zuvor, noch bevor ich meinen Verdacht aussprechen kann. Dann fährt er ruhig fort: »Otto und Dieter hatten sich gestritten. Wir dachten eigentlich, dass wir Gerlach das Golfen so schmackhaft gemacht hatten, dass er sein Grundstück für die Erweiterung – ohne Probleme zu machen – an den Club verkauft.«

»Deshalb haben Sie ihn das Turnier gewinnen lassen«, werfe ich ein.

Hoffmann zuckt gelangweilt mit den Schultern und sagt: »Was ist schon ein Golfturnier. Wichtig war, dass Dieter so richtig Spaß am Golf bekommen würde. Spätestens die Privatstunde mit Deutschlands Golf-Nr. 1, Peter Pranger, die wir als Preis ausgelobt hatten, hätte ihn vollends überzeugen sollen, dass die Erweiterung des Platzes eine prima Sache ist.«

»Aber dann wollte er doch nicht mehr verkaufen?«, frage ich Hoffmann weiter aus.

Der nickt und sagt: »Ja, Dieter hatte bereits herausgefunden, dass unter seinen geliebten Speyerlingbäumen wahrscheinlich jede Menge giftiger Schrott liegt. Offenbar hat er alte Unterlagen in der Stadtverwaltung eingesehen, die die entsprechenden Schlüsse zuließen. Er haderte ja während der ganzen Zeit der Verhandlungen noch etwas mit dem Verkauf und wollte wohl mehr über das Grundstück erfahren, zum Beispiel, wann die Bäume dort gepflanzt wurden und ob sie so alt waren, dass man sie doch besser nicht für einen Golfplatz fällen sollte. Da stieß er auf die Flurkarten von den Grundstücken und die damit verbundenen Hinweise auf den vergessenen Müllplatz. Und plötzlich hat ihn das schlechte Gewissen gepackt, und er wollte die Wiese nicht mehr verkaufen, sondern die Umweltschutzbehörde informieren.«

»Dann wäre das Grundstück aber wertlos gewesen. Und auch das von Laufberger«, schlussfolgere ich.

»Ja«, sagt Hoffmann. »Dieter war Geld nicht so wichtig – im Gegensatz zu Otto. Der arbeitete im Bauamt und wusste von den alten Karten, wollte aber sein Grundstück unbedingt veräußern. Dieter hat ihn an diesem Abend in der Umkleidekabine angesprochen und ihm mitgeteilt, dass er nicht mehr verkaufen werde. Aber Otto …« Der Club-Präsident verzieht den Mund zu einem schiefen Grinsen. »Otto konnte ja den Hals nicht voll genug bekommen.« Er lässt den Satz bedeutungsschwanger in der Luft stehen, bevor er erklärt: »Dann müssen die Sicherungen bei ihm durchgebrannt sein, und er hat Dieter erschlagen. Als er gemerkt hat, was er getan hatte, nahm er den Ballmarker und legte ihn Dieter in den Mund. Er wollte den Verdacht von sich ablenken, und es sollte so aussehen, als sei Dieter von jemandem erschlagen worden, der etwas gegen den Ausbau des Golfplatzes hat. Dann ist er durch die Hintertür aus der Umkleide raus und

außenherum zu uns ins Lokal gekommen.«

»Und Sie haben ihm ein Alibi gegeben? Warum?«

Wieder schnaubt Hoffmann verächtlich vor sich hin. Ihm scheint es überhaupt nichts auszumachen, mir gegenüber ein volles Geständnis abzulegen. Vielleicht geht er wirklich davon aus, dass er in mir eine neue Geschäftspartnerin hat, bei der er mit offenen Karten spielen kann. Oder …

Bevor ich den Gedanken zu Ende denken kann, zieht er die Augenbrauen hoch und die Stirn kraus und sagt:

»Frau Sommer: Otto Laufberger war ein hohes Tier im Bauamt. Ich bin Bauunternehmer. Ich habe bereits sehr viele lukrative Projekte realisiert, und Otto war für die Genehmigungen zuständig – auch für den Ausbau der Golfanlage und das geplante Wellnesshotel wäre er der zuständige Dezernent gewesen. Er hatte also genug Einfluss, um Baugenehmigungen zu erteilen oder zu verweigern. Man kennt sich, man hilft sich. Sie wissen ja, wie das läuft.«

Ich versuche, ein möglichst abgebrühtes Gesicht zu machen, denn ich finde es immer noch nicht selbstverständlich, dass man einem Mörder ein Alibi gibt – auch, wenn dieser ein guter Geschäftsfreund ist. Trotzdem bestätige ich seine Aussage mit einem kurzen Nicken.

»Und Sie wussten von alledem? Auch von der Möglichkeit, dass die Wiesen mit Giftmüll verseucht sind?«

Hoffmann schüttelt kurz den Kopf, bevor er antwortet:

»Nein, erst an dem Abend, als Dieter erschlagen wurde, hat mir Otto reinen Wein eingeschenkt. Und sein Wissen direkt mit einer Forderung verbunden: Ich solle ihm ein Alibi geben und der Club sein Grundstück sowie das von Gerlach kaufen. Zum geplanten Preis – damit es nicht auffällt.«

»Und deswegen haben Sie ihn umgebracht?«, frage ich Hoffmann und kann nicht verhindern, dass ich ihn jetzt doch mit einem Ausdruck des Abscheus ansehe. »Nein. Wenn es nur das gewesen wäre: Das Budget für den Ankauf hatte der Vorstand ja bereits genehmigt. Wir hätten die Grundstücke gekauft, und keiner hätte etwas bemerkt. Aber wie ich sagte: Laufberger konnte den Hals nicht voll genug bekommen ...«

Jetzt bin ich es, die Hoffmann schweigend mit fragendem Blick ansieht, so dass er erklärt:»Otto rief mich einen Tag später an. Nachdem er richtig realisierte, was er getan hatte, dachte er, er könnte mich erpressen.«

»Wieso sollte er Sie erpressen können? Ich verstehe nicht ...«

Hoffmann sieht mich mitleidig an:»Otto wollte sich möglichst schnell ins Ausland absetzen. Dafür brauchte er Geld – das Meiste seines Vermögens steckte aber in seinem Haus und in seinem Anwesen. So schnell hätte er das nicht verkaufen können, ohne Verdacht zu erregen – er war also nicht flüssig. Er wusste aber andererseits, dass er mich mit einigem in der Hand hatte. Nicht nur meine Mitwisserschaft bei dem Mord, den er begangen hat, hätte mich in Schwierigkeiten gebracht. In der Vergangenheit konnte ich auch schon einige Verfahren ... sagen wir ... mit Hilfe ein paar netter Gefälligkeiten an die richtigen Amtsträger beschleunigen. Otto war nicht der Einzige, der die Hand aufgehalten hat. Ich dachte immer, ich hätte das vor Otto verheimlichen können, aber da war ich ein einziges Mal wohl selbst etwas naiv.« Hoffmann zuckt erneut mit den Schultern und fährt fort:»Wie auch immer. Ich hätte als Bauunternehmer einpacken können, und somit wäre auch aus dem Sporthotel nichts geworden. Dumm nur, dass mein lieber Freund etwas zu viel vom Kuchen abhaben wollte. Welche Wahl hatte ich also? Ihm kein Geld zu geben und Gefahr zu laufen, dass Otto alles auffliegen lässt, sobald er sicher in irgendeinem Land sitzt, das nicht nach Deutschland ausliefert? Oder auf seine Forderung einzugehen – was mich quasi in den Ruin getrieben hätte – und nie sicher sein zu können, dass er mich nicht doch verpfeift? Oder dass er immer noch mehr wollen würde? Also musste ich handeln – schließlich bin ich Unternehmer und nicht Unterlasser.«

Ich schlucke. Hoffmann hat also wirklich eiskalt seinen Kumpel umgebracht, nachdem dieser Dieter Gerlach erschlagen hatte.

Hoffmann sieht mich ruhig an:»Aber, aber, Frau Sommer. Sie sind ja ganz blass. Kommen Sie, entspannen Sie sich. Zeigen Sie mir mal, was Sie gelernt haben, und schlagen Sie mal einen Ball ab. Sie sollten anfangen, fleißig zu üben: Ich erwarte schon, dass ich mit meinen

Geschäftspartnern die eine oder andere Runde auf dem Platz drehen kann.«

Ich habe keine Ahnung, was Hoffmann damit bezweckt und ob er mir meine Catering-Geschichte wirklich immer noch abkauft. Aber ich beschließe, das Spielchen mitzumachen, obwohl ich mich immer unwohler fühle. Wir sind in diesem Verschlag völlig allein, und es ist nun schon fast dunkel draußen. Und wie er mit Erpressern umgeht, hat er mir ja gerade gestanden. Trotzdem versuche ich, immer noch souverän zu wirken. Ich ziehe also das Eisen 9 aus seinem Golfbag, lege mir einen Ball zurecht und stelle mich in Position. Da fällt mir noch etwas ein.

»Was mir gerade noch einfällt: Wieso haben Sie Laufberger eigentlich ebenfalls einen Ballmarker in den Mund gelegt?«, sage ich und schaue über meine Schulter zu ihm hinter mir. Hoffmann antwortet mir, während er suchend in seinem Bag herumwühlt:»Zum einen hatte ich gerade noch René gesehen, wie er wutentbrannt wegging – ein perfekter Sündenbock. Otto hatte sich mit mir auf dem Golfplatz verabredet. Offenbar war sein Sprössling gerade zufällig auf seiner geliebten Obstbaumwiese unterwegs und hat die Gelegenheit genutzt, mit ihm zu streiten – mal wieder und wie so oft. Ich war etwas zu spät dran, deshalb hat mich René nicht gesehen, als er wieder Richtung Wiese ging. Ich habe dann noch kurz gewartet, bis ich sicher sein konnte, dass René den Bunker nicht einsehen konnte, wo ich mit Otto verabredet war. Zeugen kann ich keine gebrauchen.«

Er sieht kurz auf und quetscht sich ein fieses Lächeln ab. Dann ergänzt er noch:»Und zum anderen bot es sich an, die Polizei glauben zu lassen, dass es ein und derselbe Täter war. Den Verdacht auf René zu lenken, passte zudem perfekt. Er hatte ja keinen Hehl daraus gemacht, dass er mit allen Mitteln gegen den Ausbau des Golfplatzes kämpfen würde – zur Not auch gegen seinen Vater. Außerdem auch noch gut für mich: Ich hatte für den ersten Mord ja selbst ein Alibi.«

Ich stelle mich mit einem immer mulmiger werdenden Gefühl wieder in Position. Im gegenüberhängenden Spiegel kann ich mich sehen, wie ich in der »Ansprechposition«, wie der Fachausdruck heißt, stehe. Und ich sehe Hoffmann, der gerade einen zweiten Handschuh aus seinem Bag herausholt. Ich wundere mich kurz, denn ich dachte eigentlich, man trägt beim Golf nur einen Handschuh – Rechtshänder an der linken Hand, Linkshänder an der rechten Hand. Merkwürdig. Ich hole aus, schwinge zurück, ziehe durch, irgendetwas scheppert, ich treffe den Ball trotzdem recht ordentlich, so dass er in einer hohen Parabel davon auf den Rasen der

Driving-Range fliegt. Noch während ich zufrieden dem Golfball hinterherblicke, dämmert mir, was gerade zu Boden gefallen sein könnte. Ich schaue nach unten und sehe das Diktiergerät neben der Matte liegen, das mir beim Schwingen des Schlägers aus der Jackentasche gefallen ist, aber noch immer unser Gespräch aufnimmt. Ich bücke mich, um es rasch aufzuheben und wieder einzustecken, mache mir aber keine Illusionen, dass mein Malheur Hoffmann verborgen geblieben sein könnte. Als ich mich gerade wieder aufrichten will, schaue ich erneut vor mir in den Spiegel. Sehe Hoffmann. Wie er seinen Schläger in der Hand hält. Über seinem Kopf. Mit beiden Händen. Bereit, mir damit den Schädel einzuschlagen. Einen Wimpernschlag lang erstarre ich, dann werfe ich mich reflexartig zur Seite und höre fast gleichzeitig einen lauten Knall, begleitet von einem Schrei.

»Hoffmann! Schläger runter, oder ich schieße!« Es ist Sebastian, der plötzlich in unserem Verschlag steht. Ich drehe mich auf dem Boden zur Seite und sehe Hoffmann, dem der Golfschläger gerade aus den Händen fällt und der sich mit schmerzverzerrtem Gesicht an den rechten Arm fasst. Sebastian hat noch immer seine Dienstwaffe im Anschlag, aus der er eben einen Warnschuss in die Decke abgegeben hat. Trotzdem blutet Hoffmann – die

Kugel, die Sebastian eigentlich nicht direkt auf den Präsidenten feuern wollte, muss auf ein Stück Metall in der Decke geprallt sein. Und dieser Querschläger muss Hoffmann getroffen haben. Wie auch immer – Sebastian hat mir wahrscheinlich gerade des Leben gerettet. Direkt hinter ihm steht ein junger Mann mit weit aufgerissenen Augen.

»Lissie! Geht's dir gut? Ist alles in Ordnung?«, fragt mich Sebastian, und ich höre die Sorge in seiner Stimme.

»Ich … Ja, glaub schon«, stottere ich und realisiere jetzt erst wirklich, was gerade passiert ist. Mein Herz beginnt zu rasen, und ich muss ein paar Mal tief ein- und ausatmen, um mich wieder zu sammeln.

»Vettersen, stehen Sie nicht da wie eine Salzsäule. Rufen Sie einen Krankenwagen.«

Der angesprochene Polizist steht noch immer wie angewurzelt. Statt zu seinem Smartphone zu greifen, fragt er Sebastian, der sich inzwischen über Hoffmann gebeugt hat, um seine Schusswunde in Augenschein zu nehmen: »Herr Kommissaaar, hätten Sie nich erst den Täter ein zweites Mal auffordern müssen, die Waffe fallen zu lassen, bevor Sie einen Warnschuss abgeben dürfen, odeeeer?« Der norddeutsche Tonfall des jungen Polizisten erinnert mich stark an die Filmstimme von Werner Brösel.

Sebastian blickt zu ihm hinauf und fragt ihn: »Hatten Sie den Eindruck, es wäre noch genug Zeit gewesen, um den Herrn mehrmals hier zu fragen, ob er wohl Frau Sommer doch nicht erschlagen würde?«

Vettersen sagt nichts und wird ein bisschen rot.

Kommissar Loch sagt stattdessen: »Sie haben im Prinzip schon Recht, Vettersen, aber in einer akuten Lage geht eben nicht immer alles nach Lehrbuch. Theorie und Praxis sind verschiedene Dinge, Vettersen, das werden Sie auch noch lernen. Und jetzt rufen Sie bitte den Krankenwagen.«

Der Polizist tut wie ihm geheißen, dann händigt Sebastian ihm seine Dienstwaffe aus und bittet seine Kollegen mit seinem eigenen Handy, auf den Golfplatz zu kommen und die Spuren zu sichern. Die beiden Kripobeamten haben den immer noch winselnden Hoffmann mit dem Rücken an die Wand der Golfkabine gesetzt und mit einem Handtuch, das sie im Golfbag des Präsidenten gefunden haben, einen behelfsmäßigen Verband an seinem Arm angelegt. Hoffmann sitzt nun blass auf dem Boden und macht keine Anstalten zu fliehen.

»Sagen Sie mal, Hoffmann, eins muss ich noch wissen«, spreche ich ihn nochmal an.

»Warum haben Sie eigentlich mit den Baggerarbeiten begonnen, wenn Sie doch wussten, dass man dort wahrscheinlich auf Giftmüll stoßen würde?«

»Pfff«, stößt Hoffmann hervor. »Die Stümper haben an der falschen Stelle gegraben. 30 Meter weiter links, und der Dreck wäre nie zum Vorschein gekommen. Wenn die sich doch genau an die Pläne, die ich noch von Otto hatte, gehalten hätten. Es hätte alles so gut gepasst.«

Ich kann es mir nicht verkneifen und sage: »Hätte, hätte, Fahrradkette ...«

Hoffmann gibt ein sarkastisches Lachen von sich. Er weiß, wann er verloren hat. Erschöpft sieht er aus – irgendwie abgeschlagen.

Epilog

Sebastian streicht mir sanft mit dem Zeigefinger über meinen nackten Rücken. Es ist Sonntagmorgen. Es ist mein Schlafzimmer. Ich liege auf dem Bauch in meinem Bett und bin von seinen Berührungen gerade aufgewacht. Ich quittiere seine Streicheleinheiten mit einem wohligen Grunzen.

»Du schnarchst«, sagt Sebastian gespielt vorwurfsvoll.

»Frauen schnarchen nicht, sie schnurren«, gebe ich noch etwas benommen zurück und drehe mich zu ihm um. Er liegt auf der Seite und hat seinen Kopf in eine Hand gestützt. Er grinst. Ich kann es noch immer nicht glauben, dass wir es doch noch geschafft haben, zusammenzukommen.

Natürlich gab es nach dem Vorfall auf dem Golfplatz noch reichlich Ärger. Zunächst einmal für mich. Nachdem die Kollegen meines Kommissars alle Spuren gesichert und die Beteiligten eine erste Aussage gemacht hatten, musste ich Sebastians Standpauke noch direkt auf dem Golfplatz über mich ergehen lassen.

»Ich weiß wirklich nicht, was ich sagen soll, Lissie! Hoffmann hätte dich umgebracht, wenn ich nicht noch rechtzeitig gekommen wäre. Was sollte denn dieser Alleingang wieder?«

»Ich hatte ja gar keine andere Möglichkeit! Ich hab dich fünf Mal angerufen. Vergeblich!«, gab ich trotzig zurück. »Noch nicht einmal auf die Mailbox konnte ich dir sprechen, um dir eine Nachricht zu hinterlassen!« Sebastian seufzte und sagte: »Immerhin hat mir Vettersen gesagt, dass du auf dem Golfplatz bist und du ein paar Mal versucht hast, mich zu erreichen. Da habe ich mir schon gedacht, dass du wieder irgendeine schräge Sache vorhast, wenn du so oft im Präsidium anrufst.«

»Woher wusstest du eigentlich, wo ihr Hoffmann und mich finden konntet?«, fragte ich.

»Als wir ankamen, hat mich dieser Jupp Schäfer sofort angesprochen. Er ahnte wohl auch nichts Gutes und erzählte uns, dass er dich mit Hoffmann Richtung Driving-Range hat gehen sehen. Und dass ihr noch nicht zurück seid. Da hab ich mich beeilt.« Sebastian strich mir sanft über die Wange, sah mir in die Augen und sagte: »Ich hab mir wirklich Sorgen gemacht, hörst du? Mach so was bitte nie wieder. Bitte!«

Wir standen inzwischen alleine in der Kabine auf der Driving-Range. Es war dunkel und kalt. Auf dem Boden konnte man noch schwach die Blutspritzer von Hoffmanns

Schussverletzung sehen, die von den Laternen des Golfplatzes fahl beschienen wurden. Ich zitterte. Sebastian bemerkte es und zog mich an sich. Ohne weitere Worte sah er mir in die Augen und küsste mich. Waffenscheinpflichtig. Aber den hat er ja.

»Konntet ihr Hoffmann mit meinen Aufzeichnungen auf dem Diktiergerät denn dingfest machen?«, frage ich Sebastian jetzt hoffnungsvoll und nestele dabei an der Bettdecke herum. Er lacht kurz auf und streicht mir grinsend eine rote Locke aus dem Gesicht.

»Ach, Lissie, in diesen Sachen bist du wirklich ein bisschen naiv. Ich würde es mal so formulieren: Wäre das unser einziger Beweis gewesen, würde ich mich vor Gericht nicht darauf verlassen wollen. Aber es wird zum Glück nicht nötig sein, dein Band zu verwenden – Hoffmann hat sowieso alles gestanden.«

»Und ... Hast du eigentlich noch Stress wegen des kaputten Streifenwagens und weil ich bei ein paar Vernehmungen dabei war?«, frage ich so beiläufig wie möglich weiter, während wir an diesem gemütlichen Sonntagmorgen noch immer im Bett liegen und uns ansehen.

»Hm ...«, brummt er und sagt: »Ich konnte in meinen Berichten glaubhaft versichern, dass es lediglich erste Befragungen und keine Vernehmungen waren. Und

Vettersen hat sich als sehr loyaler, lernfähiger Jungkommissar erwiesen, der schnell begriffen hat, dass gute Zusammenarbeit unter Kollegen wichtig ist. Sagen wir also mal so: Ich hab ihm keinen Strick aus der Sache mit dem schlampig überprüften Alibi der Gerlach gedreht, und er konnte bestätigen, dass alle Vernehmungen korrekt abgelaufen sind.«

Er grinst vielsagend und fährt fort:»Aber ich kann schon von Glück reden, dass ich es letztendlich war, der den Auspuff des Streifenwagens abgefahren hat, und nicht du. Und dass ich überzeugend darstellen konnte, dass dieser Einsatz nötig war. Sonst hätte ich jetzt ein Disziplinarverfahren am Hals. Eigentlich darf niemand anders außer Polizeibeamten die Wagen fahren.«

»Aber René Laufberger hat doch gesehen, dass ich mit dem Dienstauto hinter euch hergekommen bin ...«

Zerknirscht lasse ich meinen Zeigefinger durch Sebastians Brustbehaarung wandern.

»Ja, hat er auch. Aber er hat die Klappe gehalten und gesagt, ich sei gefahren, als ihn die Kollegen dazu befragt haben.«

Ich ziehe eine Augenbraue hoch.

»Aber warum?«, frage ich ihn.

Sebastian schmunzelt und antwortet:»Zum einen war er sehr dankbar, dass der wahre Mörder seines Vaters gefunden und er entlastet wurde und er nun seine Wiese behalten wird. Und zum anderen ...« Sebastian hält meine Hand fest, die immer noch über seine Brust wandert. »Habe ich beim Staatsanwalt ein gutes Wort für ihn eingelegt, dass der über das bisschen Gras, was wir bei ihm in der Garage auch noch gefunden haben, hinwegsehen wird. Ein wenig Ermessensspielraum gibt's ja auch bei uns Staatsdienern bei kleineren Vergehen.«

»Herr Kommissar!«, sage ich gespielt entrüstet und richte mich etwas auf. »Sie gestehen mir hier doch nicht etwa, dass Sie meine Streifenwagenfahrt vertuscht und den jungen Kollegen sowie einen Zeugen zu einer, sagen wir mal, etwas geschönten Aussage genötigt haben?« Sebastian setzt ein dermaßen verschmitztes Lächeln auf, wie ich es überhaupt noch nie an ihm gesehen habe, und sagt ganz cool: »Ermessenspielraum, Frau Sommer, Ermessensspielraum! Von Vertuschung kann keine Rede sein!«

»Apropos Spielraum«, sage ich und setze ebenfalls ein keckes Grinsen auf. »Soll ich dir nicht mal zeigen, was ich in meinem Golfkurs so gelernt habe?«

Sebastian stutzt und sieht mich erwartungsvoll an.

»Hier im Bett? Da bin ich jetzt aber mal gespannt.«

In diesem Moment klingelt mein Telefon, das neben dem Bett auf meinem Nachttisch liegt. Ich stöhne genervt auf, beuge mich rüber und schaue auf das Display. Es ist meine Mutter. Ich lasse kurz das Gesicht ins Kissen sinken, dann nehme ich das Gespräch an, denn ich weiß: Wenn ich nicht ans Handy gehe, wird sie es auf dem Festnetz probieren, mir eine WhatsApp UND eine SMS schreiben, um es danach erneut mobil zu probieren. Ich habe also sowieso keine Chance, ihr zu entgehen.

»Mama!«, seufze ich ins Telefon. »Was gibt's?«

»Na, des is ja e Begrüßung am Sonntagmorgen«, sagt sie etwas eingeschnappt. »Passt's gerade net?«

»Genau. Es passt gerade nicht«, ergreife ich direkt die Gelegenheit, das Telefonat so kurz wie möglich zu halten. »Hast du Besuch?«

Meine Mutter und ihr siebter Sinn.

»Ja, Sebastian ist gerade zum Frühstücken gekommen«, lüge ich.

»Ach, da will ich aber net stören. Sag ihm en schöne Gruß«, sagt sie schnell. Sie weiß, dass sie später sowieso alles aus mir rausquetschen wird, was sie wissen will.

»Ja, mache ich, Mama. Du, ich melde mich später noch einmal. Ich war gerade dabei, Sebastian ein bisschen was übers Golfen zu erklären.«

Sebastian sieht mich ungläubig an, und ich fahre unumwunden fort: »Du weißt ja: Ich kenn mich inzwischen mit den wichtigsten Begriffen ein bisschen aus. Und Sebastian kann gar nicht abwarten, dass ich ihm eine kleine Lehrstunde erteile. Also tschüss, Mama.«

Ohne eine Antwort abzuwarten, drücke ich auf die rote Taste auf dem Display und beende das Gespräch.

Ich drehe mich wieder zu Sebastian um.

Er schmunzelt und fragt interessiert:»Soso. Eine Lehrstunde über die wichtigsten Dinge im Golf. Und die wären?«

Ich beuge mich zu ihm hinüber und flüstere ihm ins Ohr: »Ein guter Drive, viel Gefühl für das Spiel und schließlich das Wichtigste: Zielgenau einlochen.«

ENDE

Natürlich ist auch diese Geschichte frei erfunden und sind alle Ähnlichkeiten mit lebenden oder toten Personen (oder Orten) rein zufällig!

Danke

An meine Eltern – die besten der Welt

An meine Freunde – wie man sie sich anders nicht wünschen kann

An die Kölner Cafés Schomdorfs, Törtchen, Törtchen, Bastians, Franck, Rico, Èpi uvm. – mit Kaffee und Kuchen immer im Einsatz für meine Kreativität

An das Team von Midnight by Ullstein – für die professionelle Unterstützung und die Chance, auch den dritten Band der Lissie-Reihe zu veröffentlichen

An alle – die mich auf meinem Autorenweg mit so viel positivem Zuspruch begleiten.